庫 19

島木赤彦
斎藤茂吉

新学社

装幀　友成　修

カバー画
パウル・クレー『立体的構成（青紫色の十字架のある）』一九二〇年
メトロポリタン美術館蔵（ニューヨーク）
協力　日本パウル・クレー協会

河井寛次郎　作画

目次

島木赤彦

自選歌集　十年　7
柹蔭集　46
赤彦童謡集より　78
歌道小見　93
随見録（抄）　144
山上憶良の事ども／憶良と赤人／万葉集諸相／現歌壇と万葉集

斎藤茂吉

初版　赤光　169
白き山　239

思出す事ども　311
ニイチエの墓を弔ふ記（滞欧随筆より）　336
島木赤彦臨終記　347
斎藤茂吉之墓　367

島木赤彦

自選歌集　十年

「切火」より

二百六十三首中二十一首採録

大正二年

諏訪湖　一首

まかがやく夕焼空の下にして凍らむとする湖《うみ》の静けさ

原作二三句「夕焼空焦げきはまれる」

御牧ケ原

人に告ぐる悲しみならず秋草に息を白じろと吐《つ》きにけるかも

子の眼病に重大なる宣告を受け即日上京して入院せしむ

空罎《あきびん》に煙草のほくそ払ひたる心あやしく笑へざりけり

大正三年

家を出でて単身東京に住まんとす　五首

古土間のにほひは哀し妻と子の顔をふりかへり我は見にけり

原作「古家の土間の匂ひにわが妻の顔をふりかへり出でにけるかも」

日の下に妻が立つ時咽喉長く家のくだかけは啼きゐたりけり

子ども送り来れるに

幼な手に赤き銭ひとつやりたるは術《すべ》なかりけるわが心かも

軽井沢にて

この朝け道のくぼみに残りたる春べの霜を踏みて別れし

雪のこる土のくぼみの一と所ここを通りてなほ遠行《ゆ》くか

白雲の山の奥がにはしけやし春の蚕《こ》を飼ふ少女《をとめ》なりけり

原作第四句「春の蚕飼ふと」

青草を積みて焼く　一首

太陽ぞ炎の上に堪《た》へにける炎の上に揺するる太陽

夜の燭《しよく》いたも更くれば歌沢の絃《いと》は芒《すすき》にならむとするも

衢風《ちまたかぜ》はや秋ならしぬば玉の夜の目にしるく雲流れ見ゆ

下宿にて

硝子戸に夜の雨流れゐたりけり寝むと思《も》ひつつ寂しくもあるか

八丈島　八首

まことにも島に来つるか眼のまへの山みな揺れて近づくわが船

月の下の光さびしみ踊り子の体くるりとまはりけるかも

島芒舌にあつれば鹹《しほ》はゆし心さびしく折りにけるかな

原作第四句「ここに寂しく」

椿の蔭女音なく来りけり白き蒲団を乾しにけるかも

はらはらと蒲団をすべる椿の花土にぞ止まる昼は深けれ

この夕蒲団の綿のふくらみに体うづまり物思ひもなし

原作第一句「夜を寝ぬれ」

薊《あざみ》咲く岩の上高み島の子の冷たき手をば引き上げしかも

常磐木の林の中に家有《あ》らしある時は子の泣き声聞ゆ

「氷魚」より　八百七十九首中百五十八首採録

大正四年

白樺の木のあひの雪のいたく消えて雨止みにける朝《あした》の寒さ

原作第四句「春の雨止む」

帰国　二首

草家《くさいへ》にしみじみ妻と坐りけり桑の畑に雨ふる音す

夜おそくわが手を洗ふ縁の上ににほひ来るは胡桃《くるみ》の花か

遠空の山根に白く雲たまり著《いちじ》るしもよ梅雨あがりの雲

左千夫三周忌　一首

来て見ればおくつきのへの隠《こも》り水あさざの花は過ぎしにやあらむ

しらしらに障子白みて牛乳の車の音す疲れし頭に

帰国　一首

眠りたる女《め》の童子《わらはご》の眉の毛をさすりて我は歎きこそすれ

原作第四句「父は」

寒き国に父はいませり歩みゆく山かひの霜のひと日とけざる

大正五年

赤電車我を追ひ越し見えずなれり夜寒の坂をのぼりゆく一人

長塚節一周忌　一首

足曳の山の白雲草鞋《わらぢ》はきて一人い行きし人はかへらず

暁《あけ》近く砲工廠《しやう》の音きこゆ疲れて我は煙草をすふも

暁《あかつき》がた枕をしたるものゆゑに我の頭は疲れて眠る

工場は四時に笛鳴り五時に鳴り未だ暁《あ》けねば我は眠るも

何ゆゑに便り絶えしか分らねば夜をつくし思ふ我は坐るも

沈む日を止めし得ねば惜しみつつ山を下りぬまた逢はめやも

絶えまなく嵐にゆるる栗の毬《いが》にうち群れてゐる燕は飛ばず

嵐のなか起きかへらむとする枝の重くぞ動く青毬《あをいが》の群れ

諏訪下社

故郷の湖を見れば雛燕青波に舞ひ夏ふけにけり

いそのかみ古杉の下の神の田は穂を孕みけり注連縄を張りて

帰　国　四首

雨に似て音こそすなれ家そとの桑の畑に山風は吹き
桑原の茂り夜ぶかし杜鵑《ほととぎす》このごろ啼かずと妻の言ひつる
小夜更けて桑畑の風の疾《はや》ければ土用蛍の光は行くも
いとどしく夜風にさわぐ桑畑に天の川晴れて傾きにけり

木を離るる大き朴の葉すみやかに落ちて音せりこの山の池に
木の上に鴉は啼けり上野山土にあまねく霜ふる時か
十日ばかり病の床にありしかば十七夜忌に来て疲れたり

漱石先生危篤を聞く　四首

原稿を止めと言はれて止めたまひし大き先生を死なしむべからず
あな悲し原稿のつづき思ひたまふ胃の腑には血の出でていませり
霜夜の風窓《と》にしづまりておほけなし先生の道を思ひ見る一人
わが喉をいま通ふ息の音聞ゆ木枯の風とみに静まり

硝子戸の外《と》のも紅の南天に雀動きて冬の日かげる
一人して病の床に横はる日数思へば冬至に近し
日はささず師走となりし窓の下体疲れて眠ること多し

大正六年

下宿　二首

夕飯《いひ》ををはり小窓をあけて見れば日はあかあかと石ころの庭
昼のまの疲れをもちて手紙かく女中おつねの居睡りあはれ

中村憲吉に　一首

いく度か霜は下りぬと吉備の山下心《した》に歎かひ冬をこもらむ
冬空の黄雲の光散りぼへり日の暮れ寒く筆を動かす

家を雑司ケ谷亀原に定めて妻子を国もとより招く　四首

汗垂りてのぼりて行きぬ五月雨の雲暗く行く上富坂町

硝子窓《ど》に流るる雨を眺めゐる我の心は人待ちがたし
はるばるに家さかり来て寂しきか子どもは坐る畳の上に
うつり来ていまだ解かざる荷の前に夕飯たべぬ子どもと並びて
いく日《にち》の曇りをたもつ岡の空の日ぐれに近し雨蛙の声
忽ちに夜は更けわたる亀原の青葉の上の十三日の月
小夜ふけて青葉の空の雨もよひ光乏《とも》しく月傾きぬ
月曇る青葉の道は寂しきか唄をうたひて通る人あり
通り風過ぎて木擦れの音すなり枝々ふかく交はせる赤松
赤埴《あかはに》の土は明るしひとりゐるわが目に見えて松葉は散るも
松の木に我が凭《よ》りしかばたはやすく剝げて落ちたり古き木の皮
松風は吹きとよもせどわが笠に松の落葉はさはりて聞かゆ
火口原焼石原のからまつのおそき芽ぶきに嵐は吹くも
草の中の清水の槽《をけ》の水あふれ間なく時なく流るる真清水

岩手以北

川上に来りておそきわが汽車の吐く湯気かかる川原の石に

浅虫温泉

温泉《ゆ》に入りて一夜眠りぬ陸奥の山の下なる入海の音

北海道　二首

雨曇り暗くなりたる森の中に蜩《ひぐらし》鳴けば日暮かと思ふ

笹原の曇りにつづく大海《おほうみ》を遠しとも思ふ近しとも思ふ

後志国余市なる伯母の墓に詣づ　四首

おほ伯母の墓は磯べの笹の原海より風の吹く音止まず

われ一人立ちて久しき笹山に海風吹きて曇りをおくる

のぼり立ち見る笹山は小さくて海はてしなしおくつきどころ

忙しみ常忘れゐて七年ののちなる今日に涙流るも

阿武隈の川の雨雲低く垂り水《み》音《と》かそけく夕さりにけり

富士見原

行く雲はかそかなれども谿《たに》につきて相聚《あつ》まれり夕づく青原

年礼

枯芝原草鞋を穿きてかへりゆく小学校の先生一人

浅間山　五首

落葉松《からまつ》の色づくおそし浅間山すでに真白く雪ふる見れば

この原の枯芝の色に似て立てるからまつの葉は散るべくなりぬ

いちじるく雪照る山の下にして落葉松原は忽ち暮れぬ

山裾にありと知らるる川の瀬の音の聞ゆるこの夕かも

夕晴れの空に風あれや著るく浅間の山の烟はくだる

窓の外《と》に白き八つ手の花さきて心寂しき冬は来にけり

一株の八つ手の花の咲きいでしわが庭の木にのこる葉もなし

霜どけの日の照りぬれば楓の木一ときに葉の落つるにやあらむ

野分の雨いたくあれたる壁のしめり一日《ひとひ》乾かず日は照れれども

原作第五句「照らせども」

片寄りに烟は下る浅間根の雪いちじるし有明月夜

長子政彦国許より来りしに病むこと十日にして小石川
病院に逝く。この日老父亦国許より上京す

日の暮までおほ父の手をとりて悦びたはやすきかもわが子の命は

玉きはる命のまへに欲《ほ》りし水をこらへてゐよと我は言ひつる

田舎の帽子かぶりて来し汝れをあはれに思ひおもかげに消えず

山の村の隣人《となりびと》らに暇告げて来つる道には帰ることなし

子を守る夜の暁は静かなればものを言ひたりわが妻と我と

かぎろひの夕の庭に出でて見つかへることなき命を思ひて

大正七年

いく日かここに籠れる乏《とも》しらに二階にとどく冬木の梢

籠りゐて互に寂し時をりに二階の下に物音する妻

たえまなく嵐吹きゆく冬枯の林のなかゆ土埃《ほこり》あがるも
原作第三句「丘の上の」

善 光 寺　七首

雪はれし夜の町の上を流るるは山より下る霧にしあるらし
雪の上を流るる霧や低からし天《あめ》には満ちて光る星見ゆ
おのが子の戒名もちて雪ふかき信濃の山の寺に来にけり
昼明かき街のもなかに雪を捲くつむじの風は立ち行きにけり
晴るる日の空に聳ゆる山門より雪のまひ散る風絶えまなし
雪あれの風にかじけたる手を入るる懐の中に木の位牌あり
雪ふかき街に日照ればきはやかに店ぬち暗くこもる人見ゆ
紅梅の花をゆすぶる潮風の寒きに驚く湯の窓をあけて
通り雨すぎて明るし赭土道《はにみち》の小松の花のしめりたる見ゆ

諏訪山浦なる老父を訪ふ　十二首

ひたぶるに我を見たまふみ顔より涎を垂らしたまふ尊さ

雪のこる高山裾の村に来て畑道行く父に逢はむため

かへり来しわが子の声を知りたまへり昼の眠りの目をひらき給ふ

この真昼声するわれを床の上に遠眼をしつつ待たせたまへり

夏芽ふく櫟《くぬぎ》林の家のうちに命をもてる父を見にけり

若芽ふく櫟林は朝さむし炬燵によりて我が父います

古田の櫟が丘の下庵《いほ》にふたたびも見む父ならなくに

わが兄三人皆夙く逝く

われ一人命のこれり年老いし父の涎を拭ひまゐらす

父とわれと相語ること常の如し耳に声きくいく時かあらむ

間《あひだ》なく郭公鳥の啼くなべに我はまどろむ老父《おいちち》のへに

くれなゐに楓芽をふく窓のうちに父と我が居るはただ一日のみ

薄暮家を辞す

日のくれの床の上より呼びかへし我を惜しめり父の心は

白雲の山べの川を踏みわたり草鞋は霑《ぬ》れぬ水漬く小石に

高木なる我が家に帰る　六首

母一人臥《こや》りいませり庭のうへに胡桃の青き花落つるころ

庭のうへの二つ処に掃きあつめし胡桃の花はいくらもあらず

大き炉にわが焚きつけし火はもえて物の音せぬ昼の寂しさ

亡子を思ふ

政彦の足音ききて鳴きしとふ山羊も売られてこの家になし

柹《かき》の木の若葉の上に紅き月のぼりて寒き夕となれり

この家に帰り来らむと思ひけり胡桃の花を庭に掃きつつ

妻子を国に帰へす　一首

夏ながら葉の散り落つる梅の木の下べの窓に一人して居り

岩山におほひかぶさる雨雲の雲脚平らに降《くだ》りつつあり

野分すぎて再び曇る夕べ空岩山の上に雲を下ろすも

飯山町行

山の時雨疾《はや》く来りぬ屋根低き一筋街のはづれを見れば

恵端禅師の墓　四首

この町のうしろに低き山の落葉踏みのぼり行くわれの足音
石の上に桜の落葉うづたかし正受老人眠りています
あわただしき心をもてりおくつきの桜落葉踏む我の足音
冬の雨あがりて寒し板屋根の低くそろへる街を見下ろす

番町の家

霰《あられ》ふる冬とはなりぬこの街に借りてわが住む二階の一室《ひとま》
冬をとほす心寂しも物書きて肩凝りぬれば頸根をまはす
みぞれふりて寒けくもあるか向ひ家の屋根の下なるうめもどきの果《み》
夜の街に電車の音の絶えしより時をへたりと思ひつつもの書く

大正八年

家うらの桑の畠によごれたる古雪たたき雨降りしきる

みじか日の障子明るし時をおきて裏山の風冬木を鳴らす
昼すぎとなりて日あたる縁さきの牡丹の冬芽皮をかぶれり

池田町　三首

雪ふかき街道すでに昏くなりて日かげる山あり日あたる山あり
あらし吹く夕くらやみに踏みて行く川原の砂は踏みごたへなし
この駅の道ひろくして家低し雪の山おほくあらはれて見ゆ
今日うけし試験危しと来て告ぐる子どもの顔は親しきものを
あな愛《かな》しおたまじやくしの一つびとつ命をもちて動きつつをり
原作第五句「あり」

想左千夫先生　一首

鼻の息大きくなして告《の》らしたるひたぶる言《ごと》は大き言魂
赭土の山の日かげ田に紫雲英《げんげん》の花咲く見れば春たけにけり
汽車のうちに夕べ聞ゆる山の田の蛙《かはづ》の声は家思はしむ

瀧温泉

水無月の曇りをおびて日の沈む空には山の重なりあへり

大町　一首

雪のこる峰並み立てり町なかに頭をあげて心驚く

原作第二句「峰多くあり」

わが庭の柹の葉硬くなりにけり土用の風の吹く音聞けば

庭のうへの天の川原はこの夕まさやかにして浮雲に似たり

夏蚕《なつご》桑すがれし畑に折りをりに降りくる雨は夕立に似つ

体の汗拭きつつおもふ今日このごろ蟬の少なくなりたることを

帰国　三首

遠く来て夜明くる霧は道ばたの刈り田の株に下りつつ見ゆ

霧ふかき湖《うみ》べの道を来るらしき荷車の音久しく聞ゆ

山下道小暗き霧のなかにして学校に行くわが子に逢へり

雪ふれば山より下る小鳥多し障子の外に日ねもす聞ゆ

子どものたはれ言こそうれしけれ寂しき時にわれは笑ふも
二とせ前い逝きし吾子が書きし文鞄に入れて旅立たむとす
二日居りし畳の上に煙草火の燃えあとのこし我が去らむとす
都の空師走に入りて曇多し心疲れて障子を開く

大正九年

冬空の日の脚いたくかたよりてわが草家《くさいへ》の窓にとどかず
冬の日の光とほれる池の底に泥をかうむりて動かぬうろくづ
土荒れて石ころ多きこの村の坂に向ひて入る日の早さ
明りうすきこの部屋のなかに坐りゐて痛みおぼゆる膝を伸ばすも
ここにして坂の下なる湖の氷うづめて雪積りたり
原作第五句「をり」
みづうみの氷に立てる人の声坂の上まで響きて聞ゆ

この冬は母亡くなりて用少なし心寂しと妻のいふなる
この村につひにかへり住む時あらん立ちつつぞ見る凍れる湖を
つぎつぎに氷をやぶる沖つ波濁りをあげてひろがりてあり
坂下の湖の氷のやぶるるを嵐のなかに立ちて見てをり
沖べより氷やぶるる湖の波のひびきのひろがり聞ゆ
　土田耕平大島より来る
みんなみの島べの道をわれ知れり一人帰り行く姿をおもふ

「太虚集」より　　四百八十首中百七十三首採録

大正九年

金華山行　六首

わが船にうねり近づく大き波眼《まなご》のまへの島は隠りぬ
わが心ゆゆしきものか八重波のしき波のうへにいや静まりぬ

往路船相川の岬をめぐる

潮のいろ深く透れり群だてる岩並みの底の見ゆるばかりに
わが心をたもちつつ居りよる波のうねりの底に蒼める岩むら
この海の水底にある岩のむれおほに見えつつ思ひ知られず
夕波の音にまぎれざる沖つ風聞きつつあればとよもし来る

巌温泉　三首

草枯丘いくつも越えて来つれども蓼科山はなほ丘の上にあり
いくつもの丘と思ひてのぼりしは目の下にしてひろき枯原
雪ふりて来る人のなき山の湯に足をのばして暖まりをり
風に向ふわが耳鳴りのたえまなし心けどほくただ歩みをり

大正十年

稚子《をさなご》の心はつねに満ちてあり声をうちあげて笑ふ顔はや

桐の花のおつる静かさよ足らひたる眠りよりさめてしまし居にけり

朝づく日透るを見れば茂山のはざまに靄《もや》はのこりたるらし

茂山の木の間に靄ののこるらし清しと思ふ光透るも

時鳥夜啼きせざるは五月雨のふりつぐ山の寒きにやあらむ

夜ふけて寒しと思ふに五月雨の雨だりの音高まりにけり

降りしきる雨の夜はやく子どもらの寝しづまれるはあはれなるかな

五月雨の小止みとなりしひまもなし桑原とほく音して降り来

旅にありて若布《わかめ》をひさぐ少女《をとめ》一人降りしきる雨に霑《ぬ》れて来にけり

戸をあけて即ち向ふ落葉松《からまつ》のしげりをとほす朝日の光

赤松の幹より脂《やに》の泌みいづる暑き真昼となりにけるかも

寂しめる下心さへおのづから虚《むな》しくなりて明し暮らしつ

わが部屋の畳をかへて心すがし昨日も今日も一人居にけり
桑摘みて桑かぶれせし子どもらの痒がりにつつ眠れるあはれ

木曾御嶽　五首

栂の木の木立出づればとみに明し山をこぞりてただに岩むら
夕ぐるる国のもなかにいやはての光のこれりわが立つ岩山
踏みのぼる岩ほのむれの目に馴れてあやしく明かき星月夜の空
星月夜照りひろがれるなかにして山の頂に近づきぬらし
山の上にわが子と居りて雲の海の遠べゆのぼる日を拝みたり

森本富士雄の洋行を送る　一首

天つ空遠のそぐへにあらむ船に我の心は行くべきものか
日出づれば即ち暑しあかつきの雲の散りぼふ赤松林
夕ぐれの涼しさ早し山畑をめぐる林の蜩《ひぐらし》のこゑ
野の川の水のつめたさよ薯掘りて爪にはさまれる土洗ひをり

歌集「藤浪」に題す　三首

この道や遠く寂しく照れれども い行き至れる人かつてなし

この道やつひに音なし久しかる己が歩みをとどめて聴けば

現し身の歩みひそかになりゆくとき心に沁みていよよ歩まむ

皇太子殿下海外より還啓の日予は富士見原にあり

限りなく晴れたる空や秋草の花野に遠き蓼科の山

斎藤茂吉西欧に向ふ　四首

ひとつ日のもとにありとし思ひつついく年久にわれはたのまむ

いたづきのなほのこる君を海山のはたてにおきて思はむものか

益良夫《ますらを》は言にいはねども幼な子を船の上より顧みにけり

海も空もうるほひ澄める日の光船は遠きに向ひつつあらむ

山のべに家居しをれば時雨のあめたはやすく来て音立つるなり

光さへ身に沁むころとなりにけり時雨にぬれしわが庭の土

わが庭に散りしもろもろの木の葉さへさやかに見えつあはれ月夜に

この朝け戸をあけて見れば裏山の裾まで白く雪ふりにけり
湖べ田の稲は刈られてうちよする波の秀《ほ》だちの目に立つこのごろ
星月夜さやかに照れり風なぎて波なほ騒ぐ湖の音
時雨ふる昼は囲炉裏に火を焚きぬこの寂しさを心親しむ
福寿草の莟《つぼみ》いとほしむ幼な子や夜は囲炉裏の火にあててをり
福寿草のかたき莟にこの夕息ふきかけてゐる子どもはや

大正十一年

冬の日の暮るるに早し学校より一人一人に帰り来る子ども
冬ふかみ霜焼けしたる杉の葉に一と時明かき夕日のひかり
雪の上に落ちちらばれる杉の葉の凍りつきたるを拾ひわが居り
縁さきに干したる柿に日短し郵便配り食べて行きにけり
親鶏の腹の下よりつぎつぎに顔現はるるひよこらあはれ

静まりて親の嘴《くちばし》をつつきゐるこれのひよこは遊び倦みにけり
親鶏は知らぬに似たり居眠りてとづる眼蓋《まなぶた》をつつくひよこら
おのもおのも親の腹毛にくぐり入るひよこの声の心安げなる
腹の下にひよこを抱きて親鶏のしづまり眠るその静かさや
親雀しきりに啼きて自《し》が子ろをはぐくむ聞けば歎くに似たり
あかねさす昼のあひだの月うすし風吹きわたる楢若葉山
杉生《すぎふ》山《やま》木ぬれの霧の散りぼひに見えそむるなりあかとき青空
風の吹く杉の木末を仰ぎをりうちゆすぶるる杉の木末を

在欧中の茂吉を憶ふ

鴉啼く谷まの森に入りゆきて水を浴みけむ自《し》が心あはれ

有明温泉　五首

たえまなく鳥なきかはす松原に足をとどめて心静けき
いづべにか木立は尽きむつぎつぎに吹き寄する風の音ぞきこゆる
椴原《しとはら》ひろがりあへる若き葉にふりそむる雨は音立つるなり

わが歩み近づきぬらし松原の木のまにひびく山川の音
白雲の遠べの人を思ふまも耳にひびけり谷川の音
山道に昨夜の雨の流したる松の落葉はかたよりにけり
小松原雨の名残りの露ながら袂にさはる青き松かさ

柹蔭山房

いく久につづく旱《ひで》りに蟬さへも生れざるらむ声の乏しさ
暑き日の真昼まにしてもの書かむ心のそこのしまし澄みつる
はやて颪枝ながら揺る柹の実のつぶらつぶらにいまだ青けれ
野分すぎてとみに涼しくなれりとぞ思ふ夜半《よなか》に起きゐたりける

夜坐　一首

つぎつぎに過ぎにし人を思ふさへはるけくなりぬ我のよはひは
冬菜まくとかき平《な》らしたる土明しもの幽《かそ》けきは昼ふけしなり
畠なかに手もてわが扱く紫蘇《こしそ》の実のにほひ清《すが》しきころとなりにし

子規忌

むらぎもの心澄みゆけばこの真昼鳴く虫の音も遠きに似たり

姨捨駅にて

天遠く下りゐしづめる雲のむれにまじはる山や雪降れるらし

京都黒谷　四首

松風に時雨のあめのまじるらし騒がしくして小夜ふけにけり

この谷の松の落葉に霜白し木魚音するあかときにして

冬の日は低くしあれや日もすがら黒谷山の木がくりにして

中村憲吉黒谷を訪ひ来る

わが友と朝の床に目ざめゐて物を言ふこそ親しかりけれ

唐招提寺

霜晴れの光りに照らふ紅葉さへ心尊しあはれ古寺

法隆寺夢殿

扉ひらけばすなはち光流るなり眼のまへの御仏の像

明日香　四首

明日香路をか行きかく行き心親し古人《いにしへびと》をあひ見る如し

天なるや月日も古りぬ飛ぶ鳥の明日香の岡に立ちて思ふも

わたる日の光寂しもおしなべて紅葉衰ふる古国原に

中村憲吉と同行なり

明日香川瀬の音《と》ひびかふ山峡《やまかひ》に二人言止みあるが寂しさ

わが庭に松葉牡丹の赤茎のうつろふころは時雨降るなり

このごろの光やうすきわが庭に時雨の雨は晴れにたれども

いや日けに青むみ空やこのごろは時雨のあめの降ることもなし

湖《うみ》つ風あたる障子のすきま貼り籠りてあらむ冬は来にけり

長子政彦の逝きしは十二月十八日なりき

冬空の澄むころとなれば思ひ出づる子の面影ははるかなるかな

旅にして逝かせたる子を忘れめや年は六とせとなりにけるかな

霜月の真澄の空に心とほりしまらく我はありにけるかな

冬と思ふ空のいろ深しこれの世に清らかにして人は終らむ

諏訪湖

湖《うみ》のへに朝《あした》ありける薄氷風吹きいでて砕けけるかな

大正十二年

空澄みて寒き一と日やみづうみの氷の裂くる音ひびくなり

学校にて吾が子の飯の凍るとふ今日このごろの寒さを思ふ

鶫《つぐみ》来てそよごの雪を散らしけり心に触るるものの静けさ

欠伸《あくび》して出でし涙を拭きにけりもの書きふける心のひそけさ

この真昼入り来る人あり門の外に凍れる雪を踏み鳴らしつつ

高槻のこずゑにありて頰白のさへづる春となりにけるかも

桑原の色いちじるくなりにけりこの降る雨に芽ぶかむとして

春雨の雲のあひだより現るる山の頂は雪真白なり

ひよこらを伴《つ》れつつ歩む親鶏の間なくし呼ぶは思ふらむかも
生けるものなべて歎けり散ばれるひよこを呼ばふ親鶏のこゑ
土の上に白き線《すぢ》引きて日ぐれまで子どもの遊ぶ春となりにけり
風わたる遠松原の音聞ゆ昨日も今日も冴えかへりつつ

高木今衛寓居

若葉して降る雨多し窓さきに濡れて並べる大槻の幹
雨止みて木々の雫のいつまでも落つるいほりにあるが静けさ

別所温泉　四首

若葉山降りすぐる雨は明るけれ鳴きをやめざる春蟬のこゑ
降りすぐる雨白じろし一と山の楉《しもと》若葉のそよぐばかりに
春蟬の声は稚《わか》けれ道のへの若葉に透る日の光かな

同所安楽寺二尊像

山かげに松の花粉ぞこぼれけるここに古りにし御仏の像

巌温泉　八首

山にして遠裾原に鳴く鳥の声のきこゆるこの朝かも

谷川の音のきこゆる山のうへに蕨を折りて子らと我が居り

裾野原若葉となりてはろばろし青雲垂りぬその遠きへに

静けさよ雲の移ろふ目の前の山か動くと思ふばかりに

野の上に雲湧く山の近くして忽ちにして隠ろひにけり

水の音ききつつあれば心遠し細谷川のうへにわが居り

山の上に花掘る子らを見つつをり斯《かく》のごとくに生ひ立ちにけり

ここにして遥けくもあるか夕ぐれてなほ光ある遠山の雪

第十一回左千夫忌を修す。同年輩者多く会せず。

年ゆき人散ずるの思多し　一首

我さへや遂に来ざらむ年月のいやさかりゆく奥津城どころ

夏の夜の朝あけごとに伸びてある夕顔の果《み》を清《すが》しむ我は

露に霑《ぬ》るる夕顔の果は青々し長らかにして香ひさへよし

夕顔は煮て食《たう》ぶるにすがすがし口に噛めども味さへもなし
この山の杉の木の間よ夕焼の雲のうするる寂しさを見む
夏七月皇太子殿下富士山に登らせ給ふ　二首
青雲の八重雲の上にかしこきやわが日の御子のみ馬は向ふ
あり立たす山の頂は見えねども仰ぎてぞ思ふ青雲がへを
赤松の林のなかに微塵だに動くものなし日は透りつつ
夏の夜の更けゆくままに心清し肌を脱ぎつつ書きつぎてをり
関東震災十首　宮城前　一首
埃づく芝生のうへにあはれなり日に照らされて人の眠れる
焼け舟に呼べど動かぬ猫の居り呼びつつ過ぐる人心あはれ
月よみののぼるを見れば家むらは焼けのこりつつともる灯もなし
高田浪吉一家罹災。母及び妹三人行方を失ふ
現し世ははかなきものか燃ゆる火の火なかにありて相見けりちふ
一ぽんの蠟燭の灯に顔よせて語るは寂し生きのこりつる

焼け跡に霜ふるころとなりにけり心に沁みて澄む空のいろ
焼け跡に霜ふる見れば時は経ぬ夢のごとくも滅びはてにし

被服廠跡　二首

うち日さす都少女《をとめ》の黒髪は隅田川べの土に散りぼふ
ありし日の老若男女あなあはれ分ちも知らになりにけるかな

高田浪吉一家仮家に入る

ただ一つ焼けのこりたるものをもちて仏刻むと聞くが悲しさ

朝　鮮　四首

この国の野の上の土のいろ赤しさむざむとして草枯れにけり
行きゆきて寂しきものか国原の土に著《つ》くなす低き家むら
久方の空ひろらなり鴨緑《ありなれ》の流れのはてに低き山一つ
一と国の境をこえてなほ遠し雪さへ見えぬいやはての山に

金州は子規従軍の所

枯原のをはりの磯に波よれりここに血を吐きてつひに止みけむ

旅順二百三高地に登る　二首

山の上ゆ近きに似たり明らかに海に落ち入る夕日の光

海の日の入りて明るき山の上ここに戦ひて誰か帰りし

黒溝台戦跡遠望

わが村の貧しき人のはてにける枯野の面《おも》を思ひ見るわれは

奉天郊外

枯原の夕日の入りに車ひく驢馬の耳長し風にい向ふ

奉天北陵

みたまやの青丹瓦にふりおける霜とけがたし森深くして

長春行途上

東《ひむがし》の月かも早き枯原のはたての雲は夕焼けにつつ

鞍山なる矢沢氏宅　一首

庭つづき枯草原にあたる日の光こほしみ出でて歩みつ

遠嶺には雪こそ見ゆれ澄みにすむ信濃の空は限りなきかな

からまつの落葉はおそし野の空の澄みの深きを思ふこのごろ
冬空の晴れのつづきに落葉したるからまつの枝は細く直《すぐ》なり
からまつの落葉たまれる細径は踏むに柔かくこころよきかも

大正十三年

冬枯れて久しき庭や石垣の苔をついばみて小雀《こがらめ》の居り
石を踏み苔をついばむこがらめの行ひ疾し松に移りぬ
いくばくもあらぬ松葉を掃きにけり凍りて久しわが庭の土
みづうみの氷は解けてなほ寒し三日月の影波にうつろふ
春山に木を樵《き》る子らは思ひなからむ遠く居りつつ物言ひかはす
よべの雨に小径の石の現はれてすがしくもあるか散る松の花

蓼科山の湯　三首

白雲の下《お》りゐる沈める谿《たに》あひの向うに寂しかつこうの声

前山《さきやま》の風に吹かれて来る雨か櫟《くぬぎ》若葉に日はあたりつつ
ふる雨に音するばかりこの山の櫟若葉はひらきけるかも
諍《あらそ》ひを我に止めよといふ人あり自《おのづ》からにして至る時あらむ

燕　岳　　三首

山の上の栂《とが》の木肌は粗々し眼に沁みて明けそめにけり
高山の木がくりにして鳴く鷽《うそ》の声の短かきを心寂しむ
わが齢《よはひ》やうやく老けぬ妻子らとお花畑にまた遊ばざらむ

巻末小記

改造社から出す短歌叢書中へ小生のを加へるにつき、既作中から三百五十首を選出せよとのことで、昨年末著手した。小生の歌集は太虚集《たいきよしふ》を最近として、氷魚《ひを》、切火《きりび》、馬鈴薯《ばれいしよ》の花《はな》等があり、それ以前のも雑誌へ収められたものが可なり多く、中村憲吉君の選んでくれた島木赤彦選集にその小部分が載つてゐる。これを機として、ずつと前の、さういふものから今日までのを選んで見ようと思ひついて、やつて見たが、数が多過ぎて、とても三百五十首には纏まらない。そこで馬鈴薯の花及びそれ以前は他日別に纏めることにし、今回のは切火、氷魚、太虚集から選出することにした。大正二年後半から大正十三年初めに至る十年間に当るゆゑ、この自選集を「十年」と名づけた。

この間の歌数千六百二十三首である。それから三百五十首選出するといふことも少々難事であつた。標準を高くすれば数が減り、愈々高くすれば愈々減り、標準を緩るめると数が殖えすぎるといふ具合である。併し、叢書として出すのであるから、規定の数と余り距つては悪いと思ひ、どうにか彼うにか三百五十二首に切り縮めた。斯る有様ゆゑ、選中のもの必しも選外より優らず、選外に猶惜しいと思ふもあり、選内にあつて猶如何かとするものも交じつてゐる。この辺になると、作者自身の特別な愛著が出て迷ふのであるが、いつまで迷つても決まる訳でないから、この辺で打ち切ることにした。

十年間に三百五十二首はあはれである。中に、数首十数首の名作でもあれば、それで満足してよいが、それは覚束ない。十年の為事ここに出でざるは歌つくりの悲哀とも思ふ。併し、小生はまだ死なない。今後の心がけによつて何等かの域へ到著せぬとも限らないと思つてゐる方が心強い。さういふ時があるとすれば、過去十年の為事は皆その基礎になるであらうと思ふと幾分心持がいい。之は自ら慰める所以である。年に依つて序を分つたのは足跡の変遷を攷《かんが》へるに便なるためである。

この集を編むに当つて過去の作を訂正したものがある。さういふものは、半ば大正十四年作であるとも言へる。この関係如何かと思つたゆゑ、訂正のものは、下に六号活字で原作を示しておいた。

太虚集は古今書院より、氷魚は岩波書店より出版してゐる。(切火は絶版である)それ等を併せ読んで頂けば小生の幸福この上もない。

昨朝東京より帰り、今日少し疲れて床の上に在り、外は春雨が降つたり止んだりして、梅が少し開き、桜の蕾が赤らんでゐる。信濃の春は遅いが、これから少し心持よい時節が続くであらう。これで筆を擱く。

大正十四年四月二十二日　諏訪湖畔高木邑の草房にて記す

柿蔭集

大正十三年

大正十三年暮春平福百穂画伯老母に随ひて信濃善光寺
甲斐身延山に詣づる途次わが郷を訪ふことあり

母を奉じて信濃の国の古寺に遠来《とほき》ましつる命をぞ思ふ

老ゆるもの子に従ひて尊けれ信濃の寺に遠く来ませり

御仏《みほとけ》のみ庭に花の散るひまも母に随ひて心惜しまむ

行く春の光惜《を》しけれ年老いし母に随ひてまた遊ばめや

母堂と画伯とに随ひて諏訪湖に遊ぶ

老母《おいはは》は尊くいまし給ひけれ黙《もだ》に安らかに君がまにまに
春雨は晴れても寒し老母を舟にのらしめて下思《したおも》ふらむ

諏訪上社に詣つ

先に歩み後《あと》より歩みかにかくに老いたる母に心尽きざらむ

伝田青磁君に寄す

このごろの物思ひおほく疲れたらむ君を来しめて心悔い居り
わが村の往き来の道はいと細し草の夜露に君を霑《ぬ》らせし
数ならぬ我さへ共に行かましき一つの道に君を立たしむ

木曾の秋

谷寒み紅葉すがれし岩が根に色深みたる龍胆《りんだう》の花
岩が根に早旦《あした》ありける霜とけて紫深しりんだうの花
霜とけてぬれたる岩の光寒し根をからみ咲くりんだうの花
りんだうの花の紫深くなりて朝な朝なに霜おく岩むら
岩が根に小指《をよび》もて引く龍胆は根さへもろくて土をこぼせり

冬

岩山のはざまをつたふ垂《た》り水の氷柱《つらら》となりて見ゆるこのごろ

睦月すぐるこのごろ著《しる》し山あひの岩さへ白く凍る瀧つ瀬

柹蔭山房の冬

朝な朝な湖《うみ》べにむすぶ薄氷昼間はとけて日和《ひより》つづくも

湖向ひ日ねもすにして日のあたる枯芝山は暖く見ゆ

一《ひ》と俵《たはら》今年の米を碓《うす》にひきて冬構へするわが家のうち

門川《かどがは》の氷の下に籠りたる水《み》の音《と》幽《かそ》けし小夜更けにして

雪の山さやかにうつるみづうみに暁《あかとき》鴨の動きゐる見ゆ

よべ一夜浮寝をしけむ水鳥の群れゐる湖《うみ》の岸は凍れり

通り過ぐる吹雪の雲の上にして鳶の鳴く音の聞えつるかも

しばしばも過ぐる吹雪の雲疾《はや》し昼の月寒く現れにけり

日並べて底冷えしるき雪もよひ曇りのなかに日は見えにつつ

山北の峡《はざま》の雪の消えやらで冬至に近くなれるこのごろ

三年《みとせ》経て帰り来れる家鳩に餌をやる子らや交《かは》るがはるに
わが家の庭の氷を踏み歩む鳩のさま寒し紅の趾《あし》
落葉負ひて帰る娘ら手拭をかぶりて寒し夕ぐれにけり
落葉かく林の入りの山白く雪ぞ降りける昨夜《よべ》のあひだに
小林《をばやし》の落葉をかきて現れし日蔭蘿《ひかげかづら》やうち乱れつつ
西空は日の入るころか雪あれの雲紅にやや染りつつ
北の空開きて寒し雪あれの雲行き疾くさわぐ日のくれ
谷川の氷砕きて顔洗ふ村の人々に年明けわたる
年明くるあしたの日ざし届きけり雪に埋もるる谷々の家

大正十四年

斎藤茂吉氏帰朝

ちちのみの父いまさざる故郷を遠思ひつつ船出せりけむ

冬の日

軒の氷柱障子に明《あ》かく影をして昼の飯《いひ》食ふころとなりけり

下伊那行

谷川に朝立つ霧や凍るらし竹の葉むらの白くなりつる
天龍の川ひろくなりて竹多し朝《あした》は霧の凍りつき見ゆ
山の霧ことごと川に下りけむ光身に沁みて晴るる朝空
川霧は残りて久し久方の真澄みの空に日はのぼりつつ
川べゆく電車の外は霧深し青空ややに現れて見ゆ
谷川のあしたの霧を洩《も》れてさす光こほしも電車のなかに
霧のなかに電車止まりてやや長し耳に響かふ天龍川の音
この日ごろわが胃痛めり暁より電車にのりて今日も冷えつる
この宿の炬燵に居りてなほ寒し体疲れて今日も旅なる
帰り来て一夜《ひとよ》見にける子らが顔朝《あした》は見ずて汽車に乗りつる
駒が嶽は奇しき山かも晴れし日も己れ雲吐きて隠ろひにけり

土肥《とひ》温泉

沼津より修善寺

西吹くや富士の高根にゐる雲の片寄りにつつ一日《ひとひ》たゆたふ

富士が根を片削《かたそ》ぎにしてゐる雲の沈むともなし日の夕べまで

富士が根に夕日残りて風疾し靡きに靡く竹《たか》むらの原

船原温泉

夕まぐれあやに静けし山の上にとよもす風の谿《たに》に至らず

巌《いは》が根ゆ湧き出づる湯に身は浸《ひた》り心は遠く思ひ居にけり

湯の中に肩沈めゐて心安《うら》し音して過ぐる山の上の風

いで湯湧く岩を枕《まく》らぎ思ふことありとしもなく我は思ふも

二た本の椎の大木に注連張りて宜《うべ》も古りけり湯の宿の庭

船原より山越三四里にして土肥に至る

草枯れのいづれの山を人に問《と》ひても天城の山のつづきなりといふ

冬枯の芒《すすき》うちつづく山道に親しくもあるか稀に人に遇ふ

山なかの枯芝道に親しけれ稀に遇ふ人の皆物を言ふ

道のへのヤシヤの蕾《つぼみ》は青黝《あをぐろ》し指につぶし見てわが憩ひ居り

わたつみの海をめぐらして山の上の小笹が原は騒ぎけるかも

伊豆の海ゆ吹きに吹きあぐる風を疾み埃ぞあがる山の上の道

人の足すべる山道《やまぢ》にねもごろに柴木並ぶる伊豆の国人

わが臀《しり》の土を擦《す》るばかりこの山の下りけはしさよ海に向ひて

土　肥

磯山の椿の花は咲けれども いまだ寒けし大海の色

土肥の山に二日ありける雪とけて風なほ寒し海あれの音

八木沢の山下海に櫟葉《くぬぎは》の古葉《ふるは》の落つる春に向ひぬ

櫟葉は多くは落ちず入海の磯岩かげに音のかそけさ

逝きし人々の面影今にして皆遥かなり。心閑なれば即ち想ひ出づ。今年一月末伊豆土肥温泉にありて

亡きがらを一夜抱きて寝しこともなほ飽き足らず永久《とは》に思はむ

二月三日寺沢・高田二氏と舟遊す

土肥の海榜《こ》ぎ出でて見れば白雪を天《あめ》に懸けたり富士の高根は
富士が根はさはるものなし久方の天ゆ傾きて海に至るまで
海の上ゆ振りさけて見ればわが前に押してか来《く》らし富士の裾野は
富士の山裾曳くを見ればうちよする駿河の海も籠る思ひあり
今日ひと日小舟を浮けて雪白き富士が根の下に遊びけるかも
富士が根をめぐりて遠し久方の天の垂《た》り所《ど》に畳まる山々
天地のめぐみは常にありといへど思ひて見れば身に沁みにけり
これの世に母と妹のなきことを一日《ひとひ》忘れて君が遊びし
富士が根を仰げる君や舟の舳《へ》に腮鬚《あごひげ》あげてやや痩せにけり

長塚氏を追憶す

癒えがたきおのが病を思ひつつ出雲の山の道は行きけむ

柹蔭山房雑詠

凍りたる湖《うみ》の向うの森にして入相《いりあひ》の鐘をつく音聞ゆ

伊那颪《いなおろし》いたく吹く日は湖《うみ》べ田《だ》の温泉《いでゆ》どころに波打ちにけり
木枯の日ねもす吹きて波をあぐる湖べの田ゐの温泉《ゆ》はさめにけり
木枯の吹きしくままに濁りたる湖《みづうみ》の波高まりにけり
古き籠に書物《ふみ》と著物《きもの》を詰め入れて吾子《あこ》は試験に旅立ちにけり
子どもらの試験を下《した》に思ひつつ日ねもす物を書きくらしをり
試験日を忘れて子らに訊きにけり下思ひつつ事の忙《せは》しさ
曇りつつ雨ふるらしき夕ぐれの縁に出で立ちて背伸びせりけり

五月上京

東路《あづまぢ》にわが来て見れば小さき瓶《かめ》に銀杏葉さして子は住みにけり

初　夏

湖《うみ》に入る谷川水の浅き瀬にいささ蟹《かに》はふ夏となりけり
清らかなる山の水かも蟹とると石をおこせば砂の流らふ
谷あひの小川の草は短くて蛍の生《あ》れむにほひこそすれ

温泉委員へ

真心をもてる村人凍りたる湖《うみ》の底ひより湯を掘りにけり
神の代の姿に似たり凍りたる湖の底ひより湯を掘る村人

高山国の歌

大正十四年五月三十日木曾福島町に斎藤茂吉君と会す。
その夜大衆木曾踊を踊る

踊り止みて静かなる夜となりにけり町を流るる木曾川の音
仏法僧鳥《ぶつぽふそう》一声を聞かむ福島の町の夜空に黒きは山なり

五月三十一日木曾王瀧川上流に入る

この谷の若葉はおそし御嶽《おんたけ》のみ雪はだらになほ残りつつ
夏にして御嶽山《やま》に残りたる雪の白斑《しらふ》は照りにけるかな
谿《たに》の上にやや開きたる空青し雪山の秀《ほ》の現れにけり
やや暫し御嶽山の雪照りて谿の曇りは移ろひにけり

駒ケ嶽は東方にあり

木曾谷の雲を隔てて相向ふ二つの山の雪斑《はだ》らなり

わが友と御嶽山の雪は見てなほ峡《かひ》ふかく入り行かむとす

谷川の音さやかなり高木より咲きて垂りたる藤波の花

谷川の水はやくして藤波の花をゆすぶる風吹きにけり

峡の雲はれゆく見れば檜木山《ひのきやま》黒々として重なりにけり

檜木山の光は寒し谷川の早湍《はやせ》の音のひびきわたらふ

横さまに若葉にあたる雨疎《あら》し照りかげり疾《はや》くなりまさりつつ

谷の空雲剝《は》ぐること疾くして雨は若葉に照りにけるかも

鞍馬に至りて谿漸く深し

岩あひにたたへ静もる青淀《あをよど》のおもむろにして瀬に移るなり

谷川の早湍のたぎち激《たぎ》ち来てここに静もる岩垣青淵

川上の遠瀬のひびき響き来る岩垣淵に我しまし居む

木曾街道より入ること六里にして氷ケ瀬に至る

折りをりに心にとめて聞きにけり耳に馴れにし谷川の音

霧はるる岩より岩にあな寂し傾きざまに橋をかけたり

驚きて橋をぞわたる谷川の底明らかに渦まく青淀
山人は蕨を折りて岩が根の細径《ほそみち》をのぼり帰りゆくなり
山岨《やまそば》道尽くれば橋あり山人の谷の入り深く帰り行く見ゆ
石楠《しやくなげ》は寂しき花か谷あひの岩垣淵に影うつりつつ
跣足《はだし》にて谷川の石を踏みわたり石楠の花を折りにけるかな
石楠の花にしまらく照れる日は向うの谷に入りにけるかな
夕ぐるる谷川はたに石楠の花を折らむとするが幽《かそ》けさ
谷川の早瀬のこゆる石むらのありの清《すが》しさ水の底ひに

氷ケ瀬に泊る

雲下る真木山並《まきやまな》みの谿にして我は宿らむ夕ぐれにけり
谷なかに檜木づくりの小屋一つ心静まりて我は眠らむ
谷川に米を磨ぎたる宿の子の木の間がくりに帰り来るなり
仏法僧鳥《ぶつぽふそう》啼く時おそし谷川の音の響かふ山の夜空に
谷川の早湍《はやせ》の音をうち乱し夜風ぞ騒ぐ雨来るらむか

谷川の早湍のひびき小夜ふけて慈悲心鳥《じひしんてう》は啼きわたるなり
朝あけて檜の木の山の木のまより上《のぼ》るものあり雲にかもあらむ
檜の木山の光は寒し夏に入りて山吹の咲く村に来にけり

高木村

谷あひ川浅瀬の砂の粗くして暁《あけ》のあさけの光沁むなり
二つゐて郭公《くわくこう》どりの啼く聞けば谺《こだま》のごとしかはるがはるに
みづうみに向ひてひらく谷口の木《こ》がくり水よ音たつるなり

浴泉　十首

白雲は向うの谷をゆきしかばいで湯の底に日は照りにけり
白雲は真昼向うの谷をゆき我はいで湯に静まりにけり
山なかは朝《あした》寒けし湯の底に白くし見ゆるわが足の色
杉生《すぎふ》洩《も》る昼の光は幽かにていで湯の底に直《ただ》に透《とほ》れり
伊豆の湯は男女《をとこをみな》ら共に浴《あ》めり山深く来て疑ふものなし
男女共に湯を浴めり山川の自らなる心にしあらむ

昼の湯の光は寂し黒みたる女《をみな》の乳をわれは見にけり
湯の中に静もる時は耳に馴れし谷川の瀬の聞えつるかも
子どもらが湯にのこしたる木の葉舟口をすぼめて我は吹きをり
山の湯に雀の居りて朝夕に餌を拾ふこそやさしかりけれ

信濃下高井郡野沢温泉

雪のこる遠山白し湯の庭の桑の高木に実の熟るるころ
雪のこる山をかぞふれば五つありいで湯の里に夕著《つ》きにけり
桑のみを爪だちあがり我は摘む幼きときも斯くのごとせし
桑の実を食めば思ほゆ山の家の母なし子にてありし昔を
桑のみのか黒《ぐろ》く熟るる水無月の雨《あま》あがり野を我は歩むも
はるけくも年はなりにけり桑のみを口さへ染《そ》みて我は食みけむ

七月二十日

わが庭の敷石のうへにかぶされる秋萩の花咲きそめにけり

比叡山夏安居

大衆の多くゐねむれる講堂をめぐりておこる蜩《ひぐらし》のこゑ

比叡山の夏安居より下りて暫く東京にとどまる

わが家の萩も盛りとなりつらむ妻子も湯よりはや帰りつらむ

能登の湯に病やしなひてゐる子より手紙とどけり我も旅なる

柹蔭山房即時

久しくも夕顔の花の咲きつぎて棚にあまれる蔓伸びにけり

夕顔の棚の末蔓《すゑづる》屋根にのびて白き花さく秋となりにし

夕顔の果《み》は垂り花は咲きに咲きてその末《うれ》の蔓は伸びに伸びにけり

夕顔の花ほの白くたそがれて清《すが》しと思ふ月立ちにけり

戸を閉《さ》さで灯影《ひかげ》のとどく草むらに蟋蟀《こほろぎ》鳴けりこの二夜《ふたよ》三夜《みよ》

うちよりて夜は茶を飲む子どもらの休暇も果てぬこほろぎの声

小夜なかに二たび起きて蚤をとれりかかる歎きも年経《ふ》りにけり

わが庭の萩の花藪の下にして蟋蟀を追ふあはれ仔猫は

萩が根に動くこほろぎを覘《うかが》ひたる仔猫はあはれ居睡りにけり
萩の下に日影をよきて眠りたるひよこ五つよ相居倚《ゐよ》りつつ

峡谷の湯

馬上程遠しここは八ケ岳の裾野なり。地高くして秋冷早く至る

驚きて山をぞ仰ぐ雲の中ゆあらはれて見ゆ赤崩《あかく》えの山
わが馬の腹にさはらふ女郎花色の古りしは霜や至りし
わが足に馬の腹息《はらいき》を感じつつしまし見はるかす高野原の上
皆がらに風に揺られてあはれなり小松が原の桔梗《きちかう》の花
わが馬の歩み自《おのづか》ら止《とど》まりて野中の萩の花喰ひにけり
秋の日の日でりを熱み草の中に入りてぞ歩むあはれわが馬
馬を下りて苺を食めり野の末に遠ざかる山の低くなりつる
野苺の赤き実いくつ掌《て》にのせて心清しく思ひけるかな
野苺の赤実の珠《たま》は露をもてり心鮮けき光といはむ
斯くゆゑに我は山に来《く》野苺の一つの実にも光沁むもの

山かげに深山雀といふ鳥の蜩《ひぐらし》に似て鳴くあはれなり
山の上に残る夕日の光消えて忽ち暗し谷川のおと
谿深くして木立古りたり。志す所は赤岳温泉なり
仆《たふ》れ木《ぎ》にあたる早湍《はやせ》の水も見つ寂しさ過ぎて我は行くなり
深山木の仆れ木くぐり行く水のささやかにしてせせらぎにけり
山深く馬を曳き来てあはれなり人に言ふ如く物言ふ馬子《まご》は
深山木の白蘿掠《をがせかす》めて過ぐるもの雲とかも言はむ雨とかも言はむ
山道に日は暮れゆきて栂の葉に音する雲は過ぎ行きにけり
温泉より千段瀧に至る
白蘿垂《をがせた》る木のたたずまひ皆古《ふ》りて心に響く瀧落つるなり
谷かげに苔むせりける仆れ木を息づき踰《こ》ゆる我老いにけり
赤岳温泉数日
安らかなる眠りに向ふ時のあひだ谷まの水の音を聞くなり
谷の入りの黒き森には入らねども心に触《ふ》りて起臥《おきふ》す我は

奥山の谷間の栂の木《こ》がくりに水沫《みなわ》飛ばして行く水の音
入り来つる森の蘚地《こけぢ》の深くして踏みごたへなく思ほゆるなり
たまさかに里より上《のぼ》り来る馬あり谷の下遠く嘶《いな》き聞ゆ
山に育ちて人来れば吠ゆる宿の犬尾をうち振りて直ぐなるるなり
湯の窓に下《くだ》るかと思ふ雲疾し赤岳山ゆただに垂《た》り来《こ》し
物読みつつ我は聞き居り折りをりに谷のうつろにこもる風音
沸かしたる山の朝湯に蜘蛛も蟻も命終りて浮びゐにけり
山の上に寂しく見ゆる大岩の道心岩と名づけそめけむ
岩崩《いはく》えの赤岳山に今ぞ照る光は粗し目に沁みにけり
板縁はいたく霑《ぬ》れたり一しきり通り過ぎたる雲と思《も》ひしに
栂山の茂りは暗し横さまに雨脚見ゆる風立ちにけり
栂の葉に音する雲は折りをりに小雨になりて過ぎ行かむとす
雲疾《はや》み現れ出でし山の上の空さやかなり七日月の影
雨霧《あまぎり》の中に見えつる七日月あやしく明し晴れゆくらむか

山深く起き伏して思ふ口鬚《くちひげ》の白くなるまで歌をよみにし

かへらざる我に悔あり山ふかく心静まりて思ひ出でつる

栂の茂りただに黒める谷の入り恐れをもちて恋ひ思ふなり

高山ゆ雲を吹き下《お》ろす風止みて鶯鳥《うそどり》の声ややひびくなり

明日立たむ心惜しみに出でて見つ月さへ照れり谷川の水

谷川の音を惜しみて出で来しに月ののぼるは何の幸《さち》ぞも

湯の窓につづく白檜《しらべ》の葉の光霜と見るまで月照りにけり

八月三十一日

遠く学ぶに堪《た》へなむものかこのあした涙おとして子は行きにけり

夏ながき家ゐに馴れて行きがてに思《も》ふらむ吾子《あこ》よ髪を結ひつつ

訪欧飛行機

安辺河内片桐篠原四氏に寄す

飛行機の下に烏拉爾《うらる》の山も見えず行きに行きけむ雨雲の中を

雲浮ぶいく山川の上にしてありけむ心偲《しの》びかねつも

亜細亜を過ぎ烏拉爾をこえていや行きに行きけむ空よ目をとぢて思ふ
世をこぞり思ひにけらし青雲のそきへがうへにありとふ君を
益良夫《ますらを》を遠空《とほぞら》にやりて日の本の国つみ神も思ほすらしも
天の原振りさけ見れば西に入る日よりも遠く思ほゆる君は
名細《なぐは》しき初風《はつかぜ》東風《こちかぜ》の向ふところ雲も開きて晴れゆきにけむ
西の空にい行きつくとふ文をよみて涙拭へり我のみにあらず

憶故人

長塚節氏の出雲に旅せしは喉頭結核の宣告を受けし後なり

白雲の出雲の寺の鐘一つ恋ひて行きけむ命をぞ思ふ　一首訂正作
釣鐘を爪だたきつつ聞きにけむ音も命もかへることなし
霜白き出雲の道よわが君の咽喉《のみど》に沁みて冷えわたりけむ
悲しみを文に手紙に告げざりし君が命し思ほゆるかも
他人《ひと》の手紙《ふみ》をはじめて君が見せし時我の心に永久《とは》に沁みけむ
途轍《とてつ》もなき愚かさに君の驚けり笑ひて我の顔を見ましし

今日ここに君が遺稿は編《あ》みしかど猶歓びに遠き思ひあり
病中記虫眼鏡もて読みにけり細かに至るあはれ御《み》こころ
年の立つあしたの床に筆とりて芋の肥料を母に言ひつる

秋田行

多年の望みかなひて十月三十一日夜百穂画伯の郷国に向ふ

遊ぶ時いたりにけらしみちのくの鳥海山に雪のふるころ
秋早く稲は刈られてみちのくの鳥海山に雪ふりにけり
をちこちの谷より出でて合ふ水の光寂しきみちのくに来し
みちのくの谷川はたの杉黒し茂吉が生《あ》れし家の屋根見ゆ
栗原の素枯れ紅葉の道さむく田沢の湖《うみ》に下り行くなり
旅遠く友に随ひてみちのくの秋田の国の米食ひにけり

番町の宿

武蔵野原枯れゆくころは町中の庭に小禽《ことり》の来て鳴きにけり
二階にて鳥のけはひの聞ゆるは廂《ひさし》の下の木に来居るなり

みちのくの秋田あがたゆ帰り来て今日もこころよくわが疲れをり
わが心に懈怠《けたい》ありて風邪ひきし爾《し》か思ひつつ眠りけるかな
風邪ひきて心ゆるやかになりにけり昨日も今日もおほく眠りぬ

山房内外

斯ることもあり

幼子が母に甘ゆる笑み面《おも》の吾《あ》をも笑まして言忘らすも

秋去冬来

秋ふけて色ふかみゆく櫟生《くぬぎふ》の光寂しく思ほゆるかも
山の上の段々畠《だんだんばた》に人動けり冬ふけて何をするにやあらむ
この真昼硝子の窓の青むまで小春の空の澄みにけるかな
胡桃の実もてば手に染む青皮のにほひも親《し》し秋さりにけり
秋といへば庭のうへなる胡桃木《くるみ》の実落しおとして葉も透きにけり
霧下りて久しとぞ思ふわが庭の庭木に鵯《ひよ》のゐる声聞けば
霧の中に透りそめたる日の光り心ひそまりて我は待ち居り

雪をかむる山の起き伏し限りなし日に日《け》に空の澄みまさりつつ

冬にして日和のつづく庭の上に山椒の実は色づきにけり

覚えある幼き時の土蔵《くら》の壁に冬菜をつりて今も吊るなり

木枯の吹きしづまりし夕ぐれどき梁《うつばり》の煤《すす》の猶落ちにけり

冬の湖《うみ》の時《とき》照《て》りすればここだくも鴨の首見ゆ波のあひだゆ

柹《かき》の葉はいまだ落ちねば折りをりに時雨のあめは音たてにけり

霧の上に遠山の端《は》の見えそめて小春の日和定らむとす

朝霧は低くしあらし青空のけはひはつかに見えそめにつつ

子ども演習にゆく

脚の病《やまひ》もてる子どもの演習を我は思ひて夢に見にけり

霜白き落葉をよせて焚けりとふ中学生の演習あはれ

わが子らの足裏の肉刺《まめ》をあはれみつつ焼火箸をば押しあてにけり

山村小情

柹の葉は色づかずして落ちにけり俄《には》かに深き霜や至りし

この朝《あした》降りける霜の深くして一時《ひととき》に柹の葉は落ちにけり
草の家に柹をおくべき所なし縁に盛りあげて明るく思ほゆ
蜂屋柹《はちやがき》大き小さき盛りあげて心明るく眺めわが居り
山つづき柹の畑に雲の来て時雨ふる日は寂しかりけり
柹の実を摘むこと遅し故郷の高嶺に雪の見ゆる頃まで
柹の木の上より物を言ひにけり道を通るは皆村の人
わが門《かど》の道行く人は音たてて柹の落葉を踏みにけるかも
前山の芒《すすき》を刈りて光さむし巌のむれの現れにけり
前山の芒にのこる夕づく日今宵も早く霜や至らむ

新年其他

見ゆる限り山の連りの雪白し初日の光さしそめにけり
落葉松の芽ぶきは早しこの山の谷の底ひに雪残りつつ

老松集

年老いし村人某に与ふ二首

田を作り蚕を飼ひて老いにけり尊くもあるかその老人《おいびと》は
鍬をもちて楽しむ色あり田に畑に親しみ深く老いにけるかな
小夜更けて土に汎《あまね》く霜のふるけはひにやあらん立ちそめにけり
自ら心に響く思ひあり霜夜のけはひ外《と》に立ちぬらむ
手水水《てうづみづ》少し動かせば凍るなり朝な朝なに汲み入れしめて
庭の松四方に伸びて土を偃《は》へり老いたるものに霜のさやけさ
大き石の一つを置きて庭の眺め何か動けり朝々の霜

河井酔茗氏誕辰五十年なりと聞くに己も同庚なりければ

行き行きて五十路の坂も越えにけり遂に寂しき道と思はむ
この道に寂しき光常にありていくたりの人を行かしめにけり
和泉なる堺の浦にわが君と水を浴みしは三十年《みそとせ》の昔
海にして君がかうべに照りにける月の光は思ほゆるかも

君は詩におのれは歌に別れたる道なつかしく顧みるかな

上京汽車中

村一つ野中に寂し八ケ岳を埋めつくしたる雲下るなり
枯草原高株刈りの榛の木に押してぞ下《くだ》る雨雲の脚
汽車の窓《と》にふる霧久し経本の折本よみてゐる少女《をとめ》あり
経よみつつ眠れる姉の鼻の孔へ紙撚《こより》をさしぬあはれ女童《めわらは》
汽車のなかに姉と妹の余念なし講談本をよみ交《か》はし居り

十二月下伊那行

谷を出でて直《ただち》にひろき石川原草枯れがれて水行きにけり
わが電車は冬山裾の松原の小松が枝に触れて行きにける
はだら雪降りける松のあひだより覗き見にけり天龍の川を
小夜更けてたぎつ早瀬の鳴りわたる川の向うか伊那節の声
霜白き電車の道よわが腰の神経痛に沁みて光れる
日は照りつつ寒き電車よ川原の小松の霜も未《いま》だ解けなくに

この家に冬至梅《ばい》の花すでに咲けり掌《たなそこ》に沁みて我は折りつる

寄代田文誌子

耳しひていませる君の言はざるは秋風にして色なきごとし

大正十五年

恙ありて　一

ささやかなる室をしつらへて冬の日の日あたりよきを我は喜ぶ
今にして我は思ふいたづきをおもひ顧ることもなかりき
この夜ごろ寝ぬれば直ぐに眠るなり心平らかに我はありなむ
みづうみの氷をわりて獲《え》し魚を日ごとに食らふ命生きむため
寒鮒の肉を乏しみ箸をもて梳《す》きつつ食らふ楽しかりけり
寒鮒の頭も骨も嚙みにける昔思へば衰へにけり

○

さうさぎの毛の裘衣《かはごろも》われは著て今日もこもらふ君がたまもの

恙ありて　二

あしたより日かげさしいる枕べの福寿草の花皆開きけり

朝日かげさしの光のすがしさや一群《ひとむら》だちの福寿草の花

二月一日上京

もろもろの人ら集りてうち臥《こや》す我の体を撫で給ひけり

わが腰の痛をさすり給ひけるもろもろ人を我は思ふも

二月十三日帰国昼夜痛みて呻吟す。肉瘠せに瘠せ骨たちにたつ

生き乍《なが》ら瘠せはてにけるみ仏を己れみづから拝みまをす

或る日わが庭のくるみに囀りし小雀《こがら》来らず冴え返りつつ

火箸もて野菜スープの火加減を折り折り見居り妻の心あはれ

隣室に書《ふみ》よむ子らの声きけば心に沁みて生きたかりけり

春雨の日ねもすふれば杉むらの下生《したふ》の笹もうるほひにけり

信濃路はいつ春にならん夕づく日入りてしまらく黄なる空のいろ

わが村の山下湖《うみ》の氷とけぬ柳萌えぬと聞くがこほしさ
信濃路に帰り来りてうれしけれ黄に透《とほ》りたる漬菜《つけな》の色は
風呂桶にさはらふ我の背の骨の斯《か》く現れてありと思へや
魂はいづれの空に行くならん我に用なきことを思《も》ひ居り
神経の痛みに負けて泣かねども幾夜寝《い》ねねば心弱るなり
この頃の我の楽しみは飯《いひ》をへてあつき湯をのむ漬菜かみつつ
漬菜かみて湯をのむひまもたへがたく我は苦しむ馴れしにやあらむ

三月十三日

我が病ひ悪《あ》しとあらねど遠国より来りし人にむかへば泣かゆ

三月十五日

箸をもて我妻《あづま》は我を育《はぐ》めり仔とりの如く口開く吾は

三月十六日

たまさかに吾を離れて妻子らは茶をのみ合へよ心休めに

三月二十一日

我が家の犬はいづこにゆきぬらむ今宵も思ひいでて眠れる

編輯小記（抄）

○大正十五年二月一日に上京なされたのが、先生の東京においでになつた最後である。此ころ既に自ら胃癌の疑ひを有つて居られたので、今年の暮頃までに、「太虚集」以後の歌を一冊に纏めたいと言つて居られた。斯るお考へがあつたので、御存命中に一渡り覧ていただきたいと思つた私は、辻村直氏と堀内皆作氏に依頼して、内々御歌の書写を急いだのである。二月十三日に信濃へ帰られた先生の病気は、その後日一日と進み、三月十八日に私が参上した時には、非常に衰弱なされてゐた。たしか二十日だつたと思ふ、先生の病床に侍して居た私が、「太虚集」以後の歌集に就いて意見をお聞きしたことがある。其時、先生は「宜しいやうにやれ、題目もいいやうに附けろ」と言はれたのみで、具体的のことは一言も言はれなかつた。私は心のうちで、もつと具体的のことをお聞きしたいと願つたが、これ以上お聞きするに堪へない状態であつたのである。この時、話の次手に、辻村、堀内の両君に頼んで書写して貰つてゐるのが、近いうちに出来るから御覧に入れたいと言ふと、今とても目を通すことは出来ないといふ意味のことを言はれた。両君に依頼した書写は、先生御逝去の後、一週間ほどして出来上つた。それを本として、配列体裁等を考へながら、浄書し了つたのは、先生の四十九日の前々日である。

○本書を「柹蔭集《しいんしふ》」と題したのは、先生が始終用ゐて居られた「柹蔭山房」の頭二字を採つたのである。御生前に、題はいいやうに附けろと言はれたので、先生の最近の御歌の中から詞を探して見たり、「赤彦遺詠集」なども考へて見た。「柹蔭集」も頭に浮んだ一つであつて、偶訪問せられた土屋文明氏に、相談して見たりなどした。そして五月十七日に、平福百穂画伯の白田舎で、画伯、岡麓氏、斎藤茂吉氏、中村憲吉氏、土屋文明氏、胡桃沢勘内氏、竹尾忠吉氏、高田浪吉氏、及び私の九名が集つたアララギ編輯会の折、「柹蔭集」と確定したのである。

○本書には、大正十三年十一月発行の、「太虚集」以後に発表せられた短歌の全部と、発表されないもので、半切などに書いて人に贈られたもの、例へば、大正十四年の「温泉委員へ」「比叡山夏安居」大正十五年の「恙ありて二《も》」の中の

魂はいづれの空に行くならん我に用なきことを思ひ居り

（この歌は、今年四月号「アララギ」への送稿中、初瀬さんの代筆で一旦書かれたのを消してあつたもので、暫く出さないで置くやうにと言はれたさうである）等を合せ

て、総て三百九首を収めた。先生自身で編輯されるのであつたら、推敲は言ふまでもなく、この中の幾つかを捨てられたかも知れない。

(以下略)

大正十五年六月十五日

麴町区下六番町アララギ発行所にて　藤沢古実謹識

赤彦童謡集より

母さんの里

お日さま待たれ
夕日が低い
あの野を越して
この野を越して
母さんの里が遠い

お日さま待たれ
夕日が赤い
あの森暮れて

この森暮れて
坊やの足がおそい

子守

こんこん子守
子守の草履
尻切れ草履
草履が切れて
小坊主が重い

こんこん子守
子守の半纏
ねんねこばんてん
はんてんの中の
小坊主が動く

こんこん小坊主
目がさめた
山風寒い
川風寒い
子守はつらい

山の茂作

山の茂作が炭やく煙
木立にかかって木立が黒く
顔にかかってお色が黒い
山の茂作が煙草をふかす
大きな鼻から煙をふかす
二つ孔から盛にふかす
山の茂作が煙管をはたく

黒く大きな手のひらへはたく
もえる煙草を平気にはたく

山で暮して年より茂作
谷に辛夷《こぶし》の花さくけれど
春が来たとも知らない茂作

鍋のお尻

野火がついた
火がついた
鍋のお尻へ
火がついた

焚き火が消えたと
思うたら
鍋のお尻へ

火がついた
鍋煤《なべずみ》ぴかり
百も千もぴかり
消えてはぴかり
ついてはぴかり
狐火の行列か
狢《むじな》どのの提灯か

野火がついた
火がついた
鍋のお尻へ
火がついた
あつたら狢は焼け死んだ
あつたら狐は逃げてつた

木馬

鈴子が
笑うたから
おれさま
赤ん目をしてやつた

鈴子はおしやれで
気取屋で
先生の前では
お行儀もの

向う鉢巻
腕まくり
木馬に乗らうとする俺を
鈴子がくすくす笑ろたのさ

向う鉢巻
腕まくり
木馬の尻を一打ち打つて
赤ん目をしてやつたのさ

行　水

夕顔棚の
花の下
父さんも裸
わたしも裸

田から帰つて
盥《たらひ》の行水
父さんも裸
わたしも裸

ひとりで寂しい
厩《うまや》の馬が
盥の上へ
顔出した

馬の顔引つこめ
棚の下せまい
夕顔白い
お月様まるい

霰《あられ》

板の小橋で霰が跳ねる
跳ねてころげて踊ををどる
踊をどらば板の上で踊れ
板のひびきで音頭が要らぬ

渡りかかるは小僧でござる
小僧もとより正直なれば
丸い頭であられを受ける
うけた霰がやつこらさと踊る

やつて来たのはお仙でござる
お仙もとよりおてんばなれば
板の小橋をかたかた駆ける
駆けるころげる霰が踊る

踊をどらば板の上でをどれ
板にかたかた足音立てて
おもしろいぞや小僧とお仙
そこで霰がやつこらすつこら踊る

土掘れ

土掘れ
土掘れ
一尺掘りや
一尺明るい
二尺掘りや
二尺明るい
不思議なことぢや

掘つた明りは
何所から生れる
わたしの鍬の
尖から生れる
不思議なことぢや
汗出して掘れ
一心になつて掘れ

柴　苅

枯れた枯れた
野が枯れた
ひろい裾野が
みな枯れた

のぼる　のぼる
野をのぼる
柴苅り馬が
そろつてのぼる

お山の奥で
苅る柴は
裾野の町で
焚く薪

のぼれ　のぼれ
お山の雲が
雪なら柴が
苅られない

独　楽

赤独楽青ごま黄いろごま
つるつるすべる板の上に
鉢合せするのはお互さま
ごめんなさい
直に仲よくなつて
まはるまはる揃つてまはる

赤独楽青ごま元気ごま
くるくる跳ねて踊り出して
見向きもしないはお互さま

ごらんなさい
みんな静かになつて
うなるうなる揃つてうなる

雲

湧いて生れた雲の峰
土蔵のうへの太郎雲
畑のうへの次郎雲
三郎雲は未だ低い

低い雲から雲が湧く
八月明るい青空に
湧いてわいて重なつて
だんだん高い雲の峰
突つ立ちあがつた太郎雲

それを見上げた次郎雲
三郎雲も負けないで
重なりあがる雲の峰

太郎の目次郎の目三郎の目
ぴかりと光る三つの目
ぴかりごろごろ鳴り出して
大きな雨が落ちて来る

野　菊

野菊の花を見てゐると
水の流れる音がする
野菊の原のくぼたみに
泉が湧いて居りました
野菊の花を見てゐると

こほろぎの鳴く声がする
野菊の原の草の根に
虫がかくれて住みました

野菊の花を見てゐたら
雲が通つて行きました
空に浮んで行く雲の
影が花野に動きます

虫と泉の音のする
野菊の原はしんとして
雲の通つた大空は
いよいよ青くなりました

歌道小見

歌の道を如何に歩むべきかといふことは、人々の性質や経歴によつて、一概に斯くあるべしと定め得るものでないでせう。ここには、只、私の好みと、私一人の信ずる所とによつて、気の付いたところの大体を述べませう。

古来の歌

短歌は、最も古くから日本に生れた詩の一体であつて、それが長い間の流れをなして今日に伝はつてゐるのでありますから、歌の道にあるほどの人は、古来の歌の中で、少くも権威を持つてゐる歌人の歌を知る必要があります。さうでないと、往々、一人よがりの作品に甘ずるやうな結果を生じます。明治三十年代和歌革新以後にあつて、多少素質のいい作品を遺したと思はれる人の歌を見ても、この人が、どれほどまで古人の歌の前に礼拝したかといふことを思うて、その作品に、或る遺憾を感ずる場合があります。

我々は、自分が生れる時授けられた性情の一面を歪めたり、遺却したりして生長してゐるのが普通であります。現世の環境に歪みがあり、虧欠《きけつ》があるからでありませう。その遺却され歪められたものが、古人の作品に接触することによつて、覚まされたり、補はれたりすることが多いのでありまして、左様な問題に無関心で歌を作《な》してゐる人は、自分では自分全体を投げ出してゐるつもりでも、それが、猶、一人よがりに終る場合が多いやうであります。勿論、古人の作品に接することが、自己を覚醒し補足することの全部であるとは思ひませんが、歌の道にあるものが歌の道の由来する所を温《たず》ねて、そこから啓示されるといふことは、直接で自然な道であらうと思ひます。歌に入らうとする人も歌の道に久しく居る人も、この意味で、古人の作品に常に親しむことが結構であると思ひます。それは、古人の作品を見本にして歌を作すこととは違ひます。

万葉集

それならば、先づ第一に、どんな歌集に親しめばよいかといふことになります。それには、私は躊躇するところなく、万葉集を挙げます。

万葉集は、我々の遠い祖先から伝はつた歌の精神を、最も素直に受け継いで、それを、広く、豊かに、深く透徹させて発達したものでありまして、古来の歌集中最も傑《すぐ》れたものであります。これを時代から言ふと、今から千五百年前頃から、四百四五十年間に亘つた作品を輯《あつ》めたもので、飛鳥朝藤原朝奈良朝（万葉集を言ふには、舒明以後奈良朝までを斯様に分けぬと都合が悪いやうです。藤原朝は十数年に過ぎませんが、万葉集最盛期をなして居ますから、矢張り他と分つ方が好都合です）の作品を最も多く収めてあります。そのうち、飛鳥朝の末頃から、藤原朝を中心として、奈良朝の初期頃までがこの集の頂点を成してゐるのでありまして、その中で、特に高い位置を占めてゐるのが、柿本人麿と山部赤人であります。この二人は、古来歌聖と言はれてゐる人でありまして、日本の人は、皆その名を知つて居りますが、どんな作品を遺してゐるかといふことは知らぬ人が多いのであります。特に、その作品のうちで、どんなのが傑れた作であるかといふことは、専門の歌人も見当のついて居らぬ人が多いのでありまして、古来、左様な問題に到達して、人麿赤人を説いた人は殆どないのであります。それほど、歌人といふものが、古人の作品に無関心であり、或は、無関心でなくとも、その作品の命にまで触到するといふことが少なかつたのであります。元来、傑れたものを認めるのは、傑れた心の持主でなければなりません。人麿赤人の歌の高さ深さを知るのは、我々には一つの修業であつて、それが、一面には自分の心を開拓する道になるのであらうと思ひます。

人麿赤人は、万葉集中の傑れた作者でありますが、この二人を以つて、万葉集を代表させるといふことは出来ません。それは、この他に猶沢山傑れた作者がありまして、それが、各、自己の本質に根ざして、立派な歌を作してゐるからでありまして、これらの作者は、決して、人麿や赤人を小さくしたり、薄くしたりしたものでありません。万葉集の作者は、殆ど凡ての人が、皆自己の本質の上に立つて、各特徴ある歌を作してゐるのでありますから、万葉集を知らうとするには、矢張り、万葉集全体を知らねばならないのであります。詳しく言へば、万葉集の初期と末期では、歌の命に可なりの相違があり、特に末期に近づけば、相違が余計に目に付くのでありますが、それも猶総括的には以上の言が為されるのであります。歌の数は、長歌短歌旋頭歌《せどうか》すべて四千五百首ほどでありまして、作者は、皇帝皇后より農夫漁人、大臣も将軍もあれば防人《さきもり》（今の守備兵二等卒といふ所です）も資人《つかひびと》（官人使役の従者です）もあり、下つては遊行婦女（昔の芸妓です）もあり、乞食もあるといふやうに、すべての階級を通じての人が、必然の衝迫から赤裸々の人間となつて歌ひあげてゐるのでありまして、この点から見れば、各作者の絶対個人的要求に徹して生れた歌集であると言ひ得ると共に、一面からは、それが、宛《さなが》らに当時の民族的性情を代表してゐるといふ観があります。近頃は、歌が民衆的でなければならぬ。普遍的でなければならぬ。言ひ換へれば、一般の人に分るやうに歌はれねばならぬといふ議論が、歌人の一部に行はれてゐるやうであります。それは議論として差支へありませんが、歌を作すものが、左様な条件を目安において歌はうとするの愚なることは、万葉集作者の態度と、その作品のもつ意義を考へて見れば分ります。ここには横道でありますが、序《ついで》を以て言及するのであります。つまり、万葉集は、何所までも個人的要求から生れた歌集であると共に、それが直ちに民族を代表する歌集になつてゐるのであります。之は、万葉集の大きな特質でありまして、単に歌の上のみならず、その他の点から日本民族の血液の源泉を知らうとする人々のためにも、儔罕《ちうかん》なる宝典であり得ると思ひます。

万葉集の性命

万葉集時代の人は、心が単純で、一途で、調子が大まかで、太くて強いところがあつたやうであります。それが宛らに歌に現れて居ります。単純一途であるから、原始的な強さと太さとを持つて居り、子どもの如き純粋さと自由さを持つて居ります。それが様々の相《すがた》となつて生長して、或るものは、芸術の至上所と思はれる所にまで到達してゐるのでありますが、左様な所に到達することが、原始的の素朴さや純粋さから離れることを意味してゐないのでありまして、その所が万葉集の真の力の生れる所であり、どの歌を見ても、如何にも生き〳〵としてゐる所であらうと思ひます。（後出

「万葉集諸相」参照）今の世の芸術（歌に限りません。猶言へば、芸術に限りません）の力の弱さ、軽さ、甘さが、如何なる所に胚胎してゐるかを考へるものの参考にならうと思ひます。

万葉集の作者は、平安朝以後の歌人の如く、歌を上品な遊戯品として取扱つて居りません。歌ふ所は、皆、必至已むを得ざる自己の衝迫に根ざして居ります。これは、万葉人として当然の行き方でありまして、万葉集のすべての歌の命は、一括して、ここにあるのだと言ひ得ると思ひます。これを内面から言へば、全心の集中であり、外面から言へば直接な表現であります。直接な表現でありますから、打てば鳴り、斬れば血が出るのでありまして、左様な緊張した表現が、上代簡古な姿と相待つて、芸術としての気品を持して居るのであります。全心集中から生れない歌は、生れない先きから歌でありません。さういふ歌に限つて、表現が生《なま》ぬるくなり、間接なものになり、安易軽薄なものになり、しまひには、詞の上の遊戯に陥つて、洒落《しやれ》や虚仮《こけ》おどしの駢《へん》列《れつ》に終ります。今の世の人は、生活精神が幾つにも分岐して居ますから、歌をよむ時になつても、素直に心の集中が出来ず、その割合に、世間気の方が多く発達して居りまして、歌の気品を余計に低下させるやうであります。つまり、純粋な歌の心から恵まれない時代に我々は生息してゐるやうであります。それゆゑ、我々は自分では全心を集中させたつもりでも、案外力のない一人ずましのものであるのが実際のやうであります。さういふ我々でありますから、歌に入る時から、歌に果てる時まで、万葉集に親しむことが結構でありまして、それは、丁度、歌のお血脈を身につけてゐるやうなものであらうと思ひます。

万葉集の読み方

万葉集は、近頃沢山出版されて、割合に手に入り易くなつて居ります。ポケツトブツクになつてゐる袖珍文庫本は、価一二円で得られます。それで結構です。それを何回も何回も読んでゐれば、意味の分らぬのも、自然に分つて来ます。分らぬ歌があつたら、それは暫く措いて、分るだけ読んでゐてもいいでせう。千何百年前の歌ですから、今の人に通じない詞も可なり多いのですが、いくら分らぬといつても外国語ではありません。我々の祖先の間に用ひられた詞でありますから、自然に分るやうになりませう。どうしても、隅々まで訓《よみ》と意味とを明かにしたいと思ふ人は、註釈書に依る外ありません。註釈書を見ても不審がありますから、その場合は自分で研究するより外ありません。自分で研究するとは、古写本以下万葉諸本を校合して、その文字の異同を考へ、訓と意味とを考へることです。これは一生をかけても大成し難いほどの為事になります。ここには、註釈書の主なるものを挙げます。

仙覚律師著　万葉集註釈（一名万葉集抄とも又仙覚抄ともいふ）国学院大学出版部

出版国文学註釈全書。古本屋にあり。価不定。仙覚は、近古万葉集訓点の大成者であつて、その註釈も我々の参照すべきものがあります。

北村季吟著　万葉集拾穂抄　木版本。古本屋にあり。価不定。季吟の拠本は、仙覚の新点本と異つて居りますから、訓点校合の上にも参考になります。

僧契冲著　万葉集代匠記　早稲田大学出版部出版。古本屋にあり。価不定。徳川初期の万葉研究に光明を与へたもので有名です。参照を要します。

荷田春満《あづままろ》著　万葉集僻案抄　古今書院出版万葉集叢書。価二円九十銭、前の二人と殆ど同時代の古学者であつて、創見があり、真淵の万葉集研究に影響を与へてゐます。参考になります。

賀茂真淵著　万葉集考その他　弘文館出版賀茂真淵全集。古本屋にあり。価不定。徳川時代万葉集研究の中心をなしてゐること誰も知つて居りませう。

本居宣長著　玉の小琴その他　弘文館出版本居宣長全集。古本屋にあり。価不定。創見があります。

富士谷御杖著　万葉集燈《あかし》　古今書院出版万葉集叢書。価三円六十銭。真淵宣長の学系を引かぬ人であつて、万葉集の助辞研究その他に特色があります。

橘千蔭著　万葉集略解　博文館出版。価三円。普通に行はれてゐる簡単な註釈書です。訓み方も解釈もさうよくありませんが参照にはなります。

荒木田久老著　万葉考槻乃落葉《つきのおちば》　古今書院出版万葉集叢書。価不明。宣長千蔭と共に真淵の門人で、研究の材料も広いし、説が稳健で創見があります。

橘守部著　万葉集檜嬬手《ひのつまで》　国書刊行会出版橘守部全集。価凡そ四十円。古今書院出版万葉集叢書。価二円八十銭。宣長等とは異つた向きに古学を究めた人であるから、所説に特異な所があります。

岸本由豆流著　万葉集攷証　古今書院出版万葉集叢書。近刊の筈で価は未定です。徳川末期の研究書として考証該博、所説穏当の註釈書です。

鹿持雅澄著　万葉集古義　国書刊行会出版。価三四十円。徳川末期に成されたもので、註釈書として最も精細に入つてゐませう。僻説も交じつてゐます。

木村正辞著　万葉集美夫君志《みふぐし》　光風館出版。価五円。明治時代に出た註釈書としては最も権威あるものです。

その他、現今生存してゐる人の著書では、井上通泰氏の万葉集新考（歌書珍書刊行会出版。非売品）佐々木信綱氏の万葉集選釈（博文館出版価一円八十銭）折口信夫氏の口訳万葉集（文会堂出版。価四円）等があります。以上は皆訓点解釈を主としたものであります。歌の価値論にまで入つて精細に説いてゐるものは、只一つ、伊藤左千夫の万葉集新釈があるばかりです。（雑誌馬酔木《あしび》及びアララギ）さういふ所まで入つてゐるものは、その外に正岡子規の「万葉集を読む」及び其他諸説（アルス出版竹里歌話。価二円八十銭）長塚節の万葉集十四巻研究及び万葉集口占、（雑誌アララギ）万葉集輪講（雑誌アケビ・アララギ）斎藤茂吉氏著童馬漫語（春陽堂出版価二円三十銭）和辻哲郎氏の万葉集の歌と古今集の歌との相違について（雑誌思想）等であらうと思ひます。この他に小生の目の届かぬものもありませう。

万葉集以後の歌集

万葉集以後の歌集は、勅撰集やら何やら、非常に多数ありますが、値打ある歌集といへば、万葉集の系統を引いたものばかりでありまして、古今集以下の勅撰集及びその系統を引いたものは、前申したやうな全心の集中がなく、従つて、その表現は多く生《なま》ぬるく、且つ間接的なものばかりでありまして、甚しいのは、専門に詞の洒灑を弄んでゐるやうなものもあります。例へば、新勅撰集の中の

来ぬ人をまつほの浦の夕なぎに焼くや藻塩の身もこがれつつ　藤原定家

古今集の中の

心あてに折らばや折らむ初霜のおきまどはせる白菊の花　凡河内躬恒

といふやうなものでありまして、人を待つと、淡路島の「まつほの浦」とを言ひかけた所など、作者には得意でありませうが、詞の上の洒灑に過ぎぬのでありまして、更に藻塩を焼くといふことと、身も焦れるといふことを言ひ通はせたのも、詞の遊戯

以上に何等の真情も現れて居らぬのであります。万葉集にも、序詞《ついでことば》その他に言ひかけの句法がありますが、多く、直観的実情を伴つて居るのでありまして、詞の遊戯とは違ひます。一首の歌を味はつて、頭の中へ、ぴんと来るか来ないかが、さういふ所で岐れるのであります。初霜か白菊か目で見て分らぬなどに至つては、全く実感の範囲から抜け出して、言語の概念を以て遊戯をしてゐるものとするより外はありません。この二つの歌で、勅撰集全体を言ひ去るのは乱暴でありますが、多くのものが、斯んな調子のものと思つても大した間違ひはなく、それほどの遊戯でなくとも、歌全体に生き〳〵した命のこもつたものは極めて少いのであります。さういふ歌集を人に推奨する勇気は、私にありません。

それで、万葉集の系統を引いた歌集を、万葉集につづいて読むことが有益でありませう。先づ、源実朝の金槐集（国民文庫中の金槐集）非売品。古本屋にあります。すみや書店発行の鎌倉右大臣家集（稀に古本屋にあり。）であります。徳川時代では、田安宗武（博文館出版近代名家歌選。価三円二十銭）僧良寛（警醒社書店出版良寛和歌集。価四十銭。目黒書店出版良寛全伝。価二円。良寛会出版良寛全集。価一円五十銭。春陽堂出版良寛和尚詩歌集。価一円五十銭等）平賀元義（彩雲閣出版平賀元義歌集。価六十銭。これは今殆ど得られません。春陽堂出版平賀元義歌集。価三円二十銭。古今書院出版平賀元義歌集評釈。近刊価不明）などであります。明治になつては、正岡子規の歌（アルス出版竹の里歌全集。価二円五十銭。同所出版子規選集。価一円五十銭。新潮社出版花枕。価三十五銭。俳書堂出版竹乃里歌。価二十五銭。この一書は稀に古本屋にあります）伊藤左千夫の歌（春陽堂出版左千夫全集第一巻。価三円五十銭。アルス出版左千夫選集。価一円五十銭）長塚節の歌（春陽堂出版長塚節歌集。価二円六十銭）は、私の常に座右に備へてゐる歌集でありまして、万葉集を崇拝する現世人が如何なる域にまで到達したかを知らんとする人にも、いい参考になるべきであらうと思ひます。明治三十年以後革新された歌を作した人々のうち、これ以外にも、素質のいい歌を遺して逝つた人がありますが、それらの人が、更に万葉集に礼拝する所があつたら、余計に歌柄に品位を備へたであらうと思うて、遺憾に感じます。

古歌集と自己の個性

私が、万葉集及びその系統を引いてゐる諸歌集に親しむことが大切であると言ふのに対して、世間往々反対の説をなすものがあります。歌は素と作者自身の感情を三十一音の韻律として現すべきものである。それであるのに、千年以上も昔の歌集を読んで歌の道を修めよといふのは、生き〳〵した現代人の心を殺して、千年前の人心に屈服せしめようとするものであつて、少くも現代人の個性は現れる筈がないと云ふのでありまます。此説一通り御尤もでありますが、人間の根本所に徹して考へた詞でありません。歌には歌の大道がある。その大道の由つて来る所に礼拝するのは、自分の今踏まんとする大道を礼拝することであり、自分の踏まんとする大道を礼拝することは、自分の個性を尊重する所以になるのであります。仏教の真の行者は、皆、己れを空しくして釈尊の前に礼拝します。己れを空しくし、愈々空しくして、一向専念仏に仕ふる行者にして、初めて、真の個性を発現させることが出来ます。法然、親鸞、道元、日蓮の徒皆この類でありませう。この消息に徹せずして、今人説く所の個性は、多く目前の小我でありまして、有るも無きもよく、無ければ猶よいほどの個性であります。之れを歌の上で言へば、正岡子規であります。子規は、歌の上で絶対に万葉集を尊信しました。万葉集を尊信した子規の歌が、古人に屈服して個性を滅却し了つてゐるか何うかといふことは、子規の歌集を見て分りませう。

囚屋《ひとや》なる君をおもへば真昼餉《まひるげ》の肴の上になみだ落ちけり

人みなの箱根伊香保と遊ぶ日を庵にこもりて蠅殺す我は

カナリヤのさへづり高し鳥彼れも人わが如く晴れを喜ぶ

金網の鳥籠ひろみうれしげにとぶ鳥見ればわれも楽しむ

瓶《かめ》にさす藤の花房みじかければ畳のうへにとどかざりけり

これらは、子規の歌集から一例を挙げたに過ぎませんが、子規の至つた所が、万葉以外に出られなかつたと思ふ人には、よい反省にならうと思ふのであります。序を以て、子規門下、伊藤左千夫の歌を少し挙げます。

天地の四方《よも》の寄り合ひを垣にせる九十九里の浜に玉拾ひをり
高山も低山《ひくやま》もなき地のはては見る目のまへに天《あめ》し垂れたり

これらの歌は、古今数千載を通じて、何人の追躡《ついでふ》をも容さぬほどの傑作であると思ひます。同じく子規門下、長塚節の歌を少し挙げます。

蕗の葉の雨をよろしみ立ち濡れて聴かなと思《も》へど身をいたはりぬ
むしばみて鬼灯《ほほづき》赤き草むらに朝はうがひの水すてにけり

二首ながら、節の末年に近い病中の作です。如何にもよく病者の神経の細かさが出て居ります。（以上子規以下の歌「はしがき」を略す）私の万葉尊信を言ふを見て、個性滅却の言となすものも往々あるやうであります故、一言の弁解をして置くのであります。

歌を作《な》す第一義

自己の歌をなすは、全心の集中から出ねばなりません。これは歌を作すの第一義でありまして、この一義を過つて出発したら、終生歌らしい歌を得ることは出来ません。自ら全心の集中と思ふものでも、案外、一時的発作に終るやうな感動があります。左様な感動は、数日を経過し、十数日を経過するに及んで、心境から霧消して居ります。

さういふものは、自己の根柢所に根ざした全心の集中とは言はれません。さうして見ると、歌を作す機会は、存外多くあるものではありません。心の中に軽く動いて軽く去るやうな感動は、それを何う現しても、要するに軽易な作品に堕ちてしまひます。軽易な作を数《しば》ば作して、数ば之に馴れるといふことは、歌人として恐るべき道に入つてゐるものであると思ひます。大抵歌が上手になると、この道に入り易くなります。嘱目嘱心のものが何でも手軽に歌に纏まりますから面白いのであります。歌の道は、決して、面白をかしく歩むべきものではありません。人麿赤人の通つた道も、実朝の通つた道も、芭蕉(これは歌人ではありませんが)の通つた道も、良寛、元義、子規等の通つた道も、粛《つつ》ましく寂しい一筋の道であります。この道を面白をかしく歩かうとするのは、風流に堕し、感傷に甘えんとする儕《ともがら》でありまして、堕する所愈々甚しければ、しまひには、詞の洒灑や虚《こ》仮《け》おどしなどを喜ぶ遊戯文学になつてしまふのであります。私は、歌の道にある人々に向つて、濫作は勿論、多作をも勧めません。

写生

私どもの心は、多く、具体的事象との接触によつて感動を起します。感動の対象となつて心に触れ来る事象は、その相触るる状態が、事象の姿であると共に、感動の姿でもあるのであります。左様な接触の状態を、そのままに歌に現すことは、同時に感動の状態をそのままに歌に現すことにもなるのでありまして、この表現の道を写生と呼んで居ります。私の前に直接表現と言うたのも、多くこの写生道と相伴ひます。感動の直接表現といへば、嬉しいとか、悲しいとか、寂しいとか、懐しいとか、所謂主観的言語を以て現すことであると思ふ人が多いのでありますが、実際は多くさうでないのであります。一体、悲しいとか、嬉しいとかいふ種類の詞は、各人個々の感情生活から抽象された詞でありまして、所謂感情の概念であります。概念は一般に通じて特殊なる個々に当て嵌まりません。我々の現したいものは、個々特殊なる感情生活でありますから、概念的言語を以て緊密に表現することはむづかしいのであります。悲しいと言へば甲にも通じ乙にも通じます。併し、決して甲の特殊な悲しみをも、乙の特殊な悲しみをも現しません。歌に写生の必要なのは、ここから生じて来ます。つまり、感情活動の直接表現を目ざすからであります。前掲の歌について一二の例を挙げれば、例へば、子規の歌「肴の上に涙落ちけり」左千夫の歌「見る目の前に天し垂れたり」といふ現し方にしても、それが単なる悲しみとか、壮大感とかいふ抽象的言語によつて成されてあつたら何うであらうと考へる時、歌に於ける写生道の貴さが直ぐに理解されるであらうと思ふのであります。

元来、写生といふ詞は、上古の支那画論から生れた詞でありまして、生を写すといふことは、心と物と相接触する状態を写すものとされて居ります。それを明治時代の画論家が誤り伝へて、単に一寸した形態をスケッチする位の意味に用ひたのであります。今でも、写生といへば、そんな向きに思つてゐる人が多いのでありますが、森田恒友画伯などは、明かに写生道を以て伝神道と同じ意義に説き且つ用ひて居ります。これを歌の上に転用したのは正岡子規であります。私どもは、歌に於ける写生道を以つて、感情活動の直接表現をなす殆ど唯一なる道として、この道を究極せしめて行きたいと冀《ねが》ふのであります。喜怒哀楽といふ如き主観的言語については、猶少し詳しく言及しておきませう。

主観的言語

一体、悲しいとか嬉しいとかいふ主観的言語は、我々の日常生活の上で、何ういふ種類の人から多く聞かされるかと考へて見るに、これは男よりも女の方から多く聞かされるやうであります。その女の中でも、甘たるい女とか、愚痴の多い女とかいふ側から、余計に多く聞かされます。尤も、これは女に限りません。男でも、甘たるい側に属する人々、殊に芸術かぶれ、文学かぶれ、宗教かぶれなどをしてゐる男の口から、よく斯様な主観的言語を頻発するのに出遇ひます。斯ういふのに出遇ひますと、又かといふ感じが先立つのでありまして、又かと思ふ感じは、其の弊に堪へぬといふ感じでありまして、他方面より言へば、主観的言語の軽卒浮薄に用ひられるのを厭ふ感じであります。小生の傾向から申しますと、悲しいとか嬉しいとかいふ種類の言語は、せつぱ詰まつた或る場合に、稀に聞かされる時、身に沁みるのでありまして、左様な言語を頻用されれば、されるほど、身に沁みる程度が薄くなつて、しまひには軽薄感さへ伴ふに至るやうであります。これは、丁度、武士がまさかの場合抜く刀に威力を感ずるが、容易に屢々抜く刀に威力を感じないと似た所があります。まさかの場合に抜く刀には、その刀の背後に、せつぱ詰まつた具体的事情が潜んで居りまして、その事情が刀を活かします。容易に抜く刀にはそれがありません。今の詩歌人は、刀を容易に抜いて振り翳《かざ》すところがあるやうであります。これは虚仮《こけ》おどしのつもりではないでせうが、結果は殆ど虚仮おどしに等しくなつてしまふのであります。その現象が歌に出てゐるのでありまして、主観句を歌の上に頻用することが、主観を尊重する道である如く心得てゐる人が多いのでありますが、小生は、それを、その反対に考へてゐること上述の如くでありまして、物心相触れた状態の核心を歌ひ現すのが、最も的確に自己の主観を表現する道と思ふのでありまして、これを写生道と称してゐるのであります。主観的言語も写生道に伴つて多く命を持ちます。抽象的言語が具体感によつて特殊化されるからであります。丁度、刀の背後に切迫した具体的事情が潜んでゐることに似てゐます。それにしても、私は、左様な主観的言語の歌の上に頻用されるのを、重厚にして強みある心の現れなりと思ひません。この消息は、前に掲げた子規、左千夫、節の歌等によつて了解し得ることと思ひます。
万葉集は、感動を直叙したものが多く、従つて、主観的言語を多く駢列してあると思ふ人があり、恋の歌哀傷の歌羇旅の歌などは、余計にさういふ傾きを持つと思はれてゐるやうでありますが、必しも、さうでありません。矢張り、現れ方の虔ましいものに傑れたものが多いやうであります。人麿は、妻に別れて来た哀しみを

笹の葉はみ山もさやにさわげども我は妹おもふ別れ来ぬれば　万葉二

と歌ひ、阿騎《あき》の野に、日並皇子《ひなめしのみこ》の曾遊を追懐しては

日並の皇子の尊《みこと》の馬並《な》めて御猟立たしし時は来むかふ　万葉一

と歌つて居り、赤人は、旅情の寂しさを

島隠りわが榜《こ》ぎ来れば乏《とも》しかも大和へのぼる真熊野の船　万葉六

と歌つて居ります。内に切な心があつて、外に虔ましい姿があります。斯ういふものが余計に感慨を深く湛へてゐるといふ心地がいたします。

稲舂《つ》けば皹《かが》るあが手を今宵もか殿《との》の若子《わくご》が取りて長息《なげ》かむ　万葉十四

彼の子ろと宿ずやなりなむはた芒浦野の山に月片寄るも　万葉十四

ことし行く新防人《にひさきもり》が麻ごろも肩の紕《まよ》ひはたれか取り見む　万葉七

これらは、皆無名の男女の歌でありますが、所謂主観語を用ひずして、哀れな心が内に籠つて居ります。「かがる」は皹《あかがれ》の切れること「紕ひ」は著物の擦りきれさうに

なることです。勿論、万葉集に主観的言語の用ひられた歌も多くありますが、それらの歌の生きてゐるのは、寧ろ、それと相伴へる具体的事情が急迫してゐるためであつて、その急迫の力が強く現れてゐるために、主観語を軽薄にしないのであらうと思ひます。

歌の調子

短歌に於ける表現は、単に歌の言語の持つ意味の上に現れて、それで足りてゐるとすることは出来ません。その表現しようとする感動の調子が、歌の各言語の響きや、それらの響を聯《つら》ねた全体の節奏の上に現れて、初めて歌の生命を持ち得るのであります。歌の言語の響き・節奏これを歌の調べ・調子若くは声調・格調等と言ひます。

我々の感動は、伸び〳〵と働く場合、ゆる〳〵と働く場合、切迫して働く場合、沈潜して働く場合といふやうに、個々の感動に皆特殊の調子があります。その調子が、宛《さなが》らに歌の言語の響きや全体の節奏に現れて、初めて表現上の要求が充されるのであります。この調子の現れは、意味の現れと相軒輊《あひけんち》するところないほど、短歌表現上の重要な要求になるのでありまして、古来よりの秀作は、皆、歌の調子が作者感動の調子と快適に合つてゐるために、永久の生命を持つほどの力となつてゐるのであります。例へば、柿本人麿歌集中にあるといふ

あしびきの山川の瀬の鳴るなべに弓月《ゆづき》が嶽《たけ》に雲立ちわたる　万葉七

の歌について言ひましても「山川の瀬の鳴るなべに」と一気に進んで第四句を呼び起すところに多く生動の趣きがあるのでありまして、この「なべに」といふ濁音を含んだ第三句が、第四句二個の濁音と相待つて、山川の景情生動の趣きをなしてゐる勢は、之を他の如何なる句法（例へば「なべに」の代りに「ままに」を用ひる如き）を以てしても換へることの出来ないものでありませう。これは勿論「なべに」の持つ意味より来る力もあるのでありますが、響きから来る力と、その響きの全体の節奏に及ぼす影響が大きいのであります。（言語の響きというても意味から全く切り離して考へることの出来ないのは勿論です）殊に、第一二句弖仁波《てには》「の」の畳用を受けて、「鳴るなべに」と押し進んでゆく勢を想ふべきであります。第四五句は、是に対して更に非常の力を以て据わつてゐるのでありまして、金剛力を以て前句を受け且つ結んでゐるといふ概があります。この力も、主として調子の上に現れてゐるのでありまして、第五句二五音が、主として力の中心となつて居ります。試みに、第五句を「雲ぞ立つなる」「白雲立つも」などの三四音四三音としたら何うでありませう。歌の力が滅茶々々に砕けてしまふでありませう。歌の命が内容や材料になくて、調子にあることが分ります。この歌、実に、山河自然の景物に対して、作者の心中に動いた寂寥感（この辺まで行けば、もう寂寥感に入つて居りませう）が、徹底して歌の調子に現れてゐるのでありまして、斯様な歌によつて歌の調子を会得することは為めになると思ひます。この歌は多分人麿の歌でありませう。（人麿歌集は皆人麿の歌と限りません）人麿の歌を今一つ挙げます。

敷妙の袖易《か》へし君玉だれの小市野《をちぬ》に過ぎぬ又も逢はめやも　　万葉二

これは、天智天皇の皇子川島皇子の殯宮《あらきのみや》の時、その妃泊瀬部《はつせべ》皇女に献つた歌でありまして、「敷妙の」は袖の枕詞、「玉だれの」は小市野の枕詞に使はれて居ります。袖を交はして相寝たといふ実感を劈頭に持ち来たして、それが忽焉《こつえん》として小市野に過ぎた（過ぎるは世を去る意です）と叙し、泉門一たび掩つて再見するに由なきの憾みを述べて一首を結ぶの意が由々しいのでありますが、その由々しい心が、如何にもよく一首の声調に現れて居ります。我々が由々しき悲しみにある時、言葉が所々に断絶するのが自然でありまして、左様な場合の断絶した言葉は、流暢な雄弁よりも人の心に沁み入ります。この歌がそれでありまして、先づ「敷妙の袖易へし君」と句を切つて居ります。次に「玉だれの小市野に過ぎぬ」と再び句を切つて居ります。さうして、最後に「又も逢はめやも」と結んで居ります。斯く三ケ所に切れてゐる句と句との間に、悲しみの心が自然に深く潜むのでありまして、その潜む力が、単なる悲しみを通り越して、人生の究極に想ひ至らせるほどの力を持つて居ります。特に、第五句は、普通ならば「又逢はめやも」の七音にすべき所であります。それを「またも逢はめやも」の八音にして感情を重大にして居ります。つまり、句を三ケ所で切り、結句を八音の字余り句にせねば、作者の主観が満足しなかつたのでありまして、その主観の要求が、いかにも快適に一首声調の上に現れてゐるといふ感がいたされます。この歌は、矢張り人麿作中の傑れたものの一であらうと思ひます。これに比べますと大伴家持（万葉末期の作者です）の

春の園くれなゐにほふ桃のはな下照るみちに出でたつ嬬嫣《をとめ》　万葉十九

などになりますと、第一句第三句第五句の三ケ所で切れてゐる句法が、現さんとする所の景情に対して硬《かた》過ぎまして、快適な表現と言はれぬ感がいたします。同じく三ケ所で切れても、人麿の歌とは比べものでありません。特に、切れ句が皆名詞止めでありまして、斯る景情に対して、余計に窮屈な響きを感ぜさせられます。この歌、調子の上から言つても、斯様な欠点を持つ上に、「春の園」などといふ、要らざる断りがありまして、後に古今集などの歌が観念化する萌しを見せてゐる観があります。家持には、この他にも、さういふ観念的な色合をもつ歌が可なりあつて、万葉末期の一面を表してゐると思はれますから、横道でありますが、序を以て言及して置きます。

み吉野の象山《きさやま》のまの木《こ》ぬれにはここだもさわぐ鳥の声かも　万葉六

これは山部赤人の歌であります。「山のま」は「山の際」、「木ぬれ」は「木の末《うれ》」「ここだ」は「許多」の意であります。この歌山河自然の風物に対してゐる境地が、前

の人麿の「足曳の山川の瀬の」の歌によく肖《に》てゐるのみならず、「み吉野のきさ山の際《ま》の」と弖仁波「の」を畳用して初句を起してゐる手法までも、よく肖て居るのでありますが、第三句以下に至つて、全く前者と異る感動を現すに至つて居ります。これは、前の人麿の歌の、第四句に至つて突然山の名を提示し来つた勢に比して、「み吉野のきさ山のまの木《こ》ぬれには」と呼びかけた句法が、直ちに第四句以下と相聯つて、一首を直線的に押し進めてゐるからでありまして、「ここだも騒ぐ鳥の声かも」の四三音三四音の諧調が、人麿の「弓月が嶽に雲立ちわたる」の七音二五音の諧調と、自ら別趣の勢をなして居ります。人麿のあの歌は、人麿の雄渾な性格に徹して、おのづから人生の寂寥所に入つて居ります。赤人のこの歌は、赤人の沈潜した静粛な性格に徹して、同じく人生の寂寥所に入つて居ります。入つてゐる所は同じであつても、感動の相《すがた》は、個性の異るがままに異つてゐるのでありまして、それが自然に歌の調子に現れるのであります。人麿の歌は、数歩を過《あやま》れば騒がしくなりませう。赤人の歌は、数歩を過れば平板になりませう。これは皆両者の歌の調子から来てゐる相違でありまして、調子の相違は、両者性格の相違から来てゐること勿論であります。猶、この赤人の歌で、上句を受ける第四五句に重々しい響きを持つた詞の多いといふことが、読者の感動を異常な所へ誘つて行く力になつてゐることを注意すべきであらうと思ひます。

ぬば玉の夜の更けぬれば久木《ひさぎ》生ふる清き川原に千鳥しば鳴く　万葉六

これも赤人の歌で、前の歌と同時に吉野山の離宮で作つた歌でありまして、静粛な感動と、その感動の現れが、前の歌と通じてゐる所があります。「ぬば玉の夜の更けぬれば」と押して行く勢が、既に異常でありまして、澄み入つた世界へ誘ひこまれる心地がいたします。それを三句から五句まで連続した句法でうけて、最後に「千鳥しば鳴く」と引き緊まつた音を以て結んで居ります。暢達の姿があつて、軽い滑りになりません。各音の含む響きが悉しく緊まつてゐるためでありませう。この歌、前の歌と共に、赤人の傑作であらうと思ひます。久木は櫟《くぬぎ》といふ説もあり、「木ささげ」といふ説もあつて、よく解りません。「しば鳴く」は「しば〳〵鳴く」の意です。夜半に歌うてゐるのに「久木生ふる清き川原」と明瞭に直観的に歌つたのは何のためでありませう。そこに多少の疑問がないではありません。

歌の調子《つづき》

春すぎて夏きたるらし白妙のころもほしたり天の香具山　万葉一

持統天皇の御歌として知られて居ります。第二句と第四句で切れてゐるために、調子が落ち著いて、初夏の心持が現れて居ります。第五句の名詞止めも、この場合よく据わつて、動かせない重みを持つて居ります。秀作であると思ひます。歌の命は、大抵第五句で定まります。第五句だけでは無論定まりませんが、少くも、第五句の調子が軽ければ、歌全体を軽くしてしまふやうであります。これは、前に挙げた歌例について見ても分ります。万葉集には、字余り句が多いのでありますが、それは、大抵第五句にあるやうであります。それも、第五句の調子を重くしたいといふ自然の要求から来てゐるのであらうと思ひます。

吉野なる夏実《なつみ》の川の川淀に鴨ぞ鳴くなる山かげにして　万葉三

湯原王の御歌であります。第一句からすら〳〵と連続した句法を第四句で一旦踏み切つてゐるために緊まりと勢が生じ、更に、「山かげにして」といふ生動の句を据ゑて、この句一首全体に反響するほどの力になつて居ります。感嘆に値するほどの作でありませう。

よき人のよしとよく見てよしといひし吉野よく見よよき人よく見　万葉一

これは、天武天皇御製であります。古来の良き人が良しと見て良しといひし吉野である。その吉野をよく見よと言ふのでありまして、全体の調子が、いかにも快い響きを持つて居ります。これは、天武天皇が壬申乱後天下定まつて、吉野に行幸の砌《みぎり》、欣快禁ぜられずして皇后その他に賜はつた歌であらうといふ意に、荷田春満《かだのあづままろ》が説いて居りますが、恐らく当つて居りませう。快い時に無邪気な快い調子に現れるのが歌の命であります。但し、斯様な種類のものは、快よすぎて軽いものになり易く、ともすれ

ば、滑り過ぎて遊戯化するやうなことがあります。例へば、大伴家持の

　秋の野に咲ける秋萩秋風になびけるうへに秋の露おけり　万葉八

などになりますと、「秋」といふ詞を畳んだ遊戯でありまして、調子に乗り過ぎて歌の命を失つて居ります。秋の野に露のしとどに置いた心持は、このやうな上滑りな調子では現れません。前の御製に比して、似て非なりといふ感じがし、万葉も末期に入つたといふ感じが致されます。

　我はもや安見児《やすみこ》得たり人みなの得がてにすとふ安見児得たり　万葉二

藤原鎌足が、采女《うねめ》安見児を得た時の歌でありまして、人皆の得難くする美人を得た歓びが、如何にも無邪気に現れて居ります。第一句劈頭に自ら自己を感嘆してゐる句法や、安見児（女の名）得たりと繰り返してゐる句法が、作者の歓びその物に直面する心地がいたされます。これを他の詞で言へば、歌の意と調子と如何にもよく、しつくり合つてゐるといふことになりませう。この歌、万葉初期を代表し得るほどの生き〳〵しさをもつて居ります。

　白縫《しらぬひ》筑紫の綿は身につけていまだは著ねどあたたけく見ゆ　万葉三

　新しきまだらの衣《ころも》目につきてわれに思ほゆいまだ著ねども　万葉七

　前の歌は満誓沙弥の歌であり、後のは柿本人麿の歌集にある歌で、誰の歌かよく分りません。両者、綿と摺衣《すりごろも》との相異だけで、歌の内容がよく似て居ります。前の歌は、

心も調子も素直に徹《とほ》つて、綿其ものの暖さうな感じを歌つてゐることが分ります。後のになると、新しき斑の衣に対して「目につきて我に思ほゆ」と句を切つて居ります。特に「我に」と言うて感じを強めてゐるので、余計に啻《ただ》ならぬ表情であるといふ心地がします。それのみでありません。普通の叙述ならば「未だ著ねども目につきて我に思ほゆ」とあるべき順序が顚倒されて居ります。我々の日常の言語について考へても、感情がやや激しく働いて来る時、叙述の順序の顚倒されるのが普通であります。「降つて来たな。雨が」「来た来た。彼が」といふ如き類であります。この歌、新しき斑の衣を歌つて、斯様に啻ならぬ感情の現れてゐるのは、材料を斑の衣に仮りて恋の心を現してゐるからであります。つまり、恋の心が、この歌を第四句で切らせたり、叙述の順序を顚倒させたりして、啻ならぬ表情にしてゐるのであります。二つの歌の内容が外観相似て、現れる所が斯様な相違を来してゐるのは、句法声調の相違から来てゐるのであります。歌の命が声調によつて左右されるといふことは、斯様な例によつても解し得ると思ひます。

以上の例は、皆万葉集から挙げました。今一つ、源実朝の歌を挙げます。

大海の磯もとどろに寄する波割れて砕けて裂けて散るかも

波の鞳鞜《たうたふ》と寄せかへす景情に対して、割れてといひ、砕けてと重ね、裂けてと畳んで、その重畳の勢を「かも」といふ強い響きで結んだ力を想ひ見るべきであります。

一本、第三句「よる波の」とありますが、之れは、必ず「よする波」と一旦踏み切らねば歌の勢を成さぬのでありまして、この関係は、斎藤茂吉氏が、その著「短歌私鈔」で詳説して居ります。波の姿と、感動の姿と、そしてそれを現した歌の姿と、如何によく一致して居るかを知ることが出来ませう。

以上諸例によつて、少しく歌の調子を説きましたが、心の相《すがた》が人々に異り、一人の心も様々に動くのでありますから、その動きの状《さま》が、如何にして歌の調子に現れるかといふことは、到底説き尽せる筈がありません。只、それが如何なる心の動きであらうとも、調子の上に緊張して現れて居らねばならぬことは、どの歌にも通じて言ひ得る所であります。柔きものは柔きに緊張して居り、強きものは強きに緊張して居り、暢《のび》やかなるは暢やかなるに緊張して居らねばならぬのでありまして、その緊張の快適に現れてゐるのが万葉集でありまして、左様な歌の調子を我々は万葉調と唱へてゐるのであります。緊張の調子が緊張の主観から生れることは贅言に及びません。

単純化

歌はれる事象は、歌ふ主観が全心的に集中されれば、されるほど単一化されてまゐります。写生が事象の核心を捉へようとするのも、同じく単一化を目ざすことになるのでありまして、単一化は要するに全心の一点に集中する状態であります。この消息の分らぬ人々が、短歌に、複雑な事象や、若くは哲理や思想などを駢列して得意として居ります。さういふ人々は、短歌を事件的に外面的に取扱つてゐるのでありまして、短歌究極の願ひが、一点の単純所に澄み入るにあることを知らないのであります。極端な例を挙げると、古今集に紀貫之の歌があります。

袖ひぢて掬《むす》びし水のこほれるを春立つ今日の風や解くらむ

といふのでありまして、第一二句「袖浸ぢて掬びし」といへば、多分夏の季節でありませう。所が、第三句へ行くと、その水が凍つてゐるのでありまして、急に冬の季節へ移転して居ります。然るに、第四五句へ行くと、更に「春立つ今日の風やとくらむ」になつてゐるのでありまして、一首中心の移転が旋風の如くぐる〳〵廻つて、結局何等纏まつた感情を現して居らぬのであります。斯ういふ歌が、単純化の行はれてゐない極端例になるのでありまして、つまり、作者の主観が、四角八面に分裂する状態が、そのままに歌の上に現れてゐるのであります。分裂の状態から生れるゆゑ、春にもなり夏にも冬にもなつて、事件的には複雑であります。外面的な求め方をしてゐる人々は斯ういふ歌を有難がるのでありますが、歌本来の命よりすれば鐚《びた》一文の値打もないのであります。万葉集にも

春は萌え夏はみどりにくれなゐのはだらに見ゆる秋の山かも　万葉十

といふのがあります。前の歌の「袖ひぢて掬びし」「春立つ今日の風」といふ如き

形式的な言ひ方に比べて、率直に鮮やかに頭に来る所があり、従つて季節の変遷に多少の感慨も潜んで居りますが、矢張り羅列した傾きがあつて傑れた歌と思はれません。序を以て、新古今集にある西行法師の歌を一つ挙げませう。

岩間とぢしこほりも今朝は解けそめて苔の下水道もとむらむ

これは、流石に貫之ほどの分裂をしては居りません。目ざす所は初春の景情にあります。只、歌として最も大切な結句に至つて「苔の下水道求むらむ」となつて居ります。氷が解けて苔の下水が流れはじめる。それはいい。それを「道求むらむ」といふに至つて感じが分裂するのであります。「道求むらむ」といへば、道を求むるものは水であつて、その求め方が他動的である。第四句まで、作者の立場から事象に対してゐて、水の存在の有様を有りのままに平叙してゐると思うて居たのが、急にここで変更されて、水の立場になつて、水に意あつて道を求むることになつて居ります。これを感じの分裂と名づけます。西行法師には、子規左千夫等の力説せる如く、可なりこの種の分裂をしてゐる歌が多いのでありまして、殊勝らしい主観（子規等は理窟といひました）を駢《なら》べたがる弊が、こんな所へも顔を出して居ります。さういふ歌を存外世間で称讃してゐるのは、事件的に歌を取扱ふ人々の多いことを証するに足ります。この歌も矢張り貫之の歌の如く形式的概念に捉はれて居ります。「今朝は」と言つて立春を現さうとしたのが夫れです。前から挙げてゐる万葉集の歌、実朝の歌、子規、左千夫、節の歌等には、少くも、斯様な分裂の痕がないことを参照すべきであらうと思ひます。

表現の苦心

小生は、前に、歌を作るほどに全心の集中する機会は、さう多くないと言ひました。それゆゑ、多作や濫作はすべきものでないと言ひました。然るに、我々の心が、縦令《たと》ひ一点に集中するとしても、それを歌に現す時、その微妙な動きまでを緊密に現し果すことが容易でないのであります。ここに表現の苦心が要るのでありまして、苦心を重ねれば重ねるほど作物の少くなるのを当然といたします。今の世の中には、平等観や自由観が流行しまして、この流行の中に入つてゐる人々には、緊密微細な現れ方でも、粗漫蕪雑な現れ方でも、平等に見えるやうであります。大体現れてゐればいいではないかといふ口吻であります。これを作者側とすれば、今感じたものを有りのままに即座に吐き出せば、夫れが歌ではないかと言ふのであります。表現に苦心するといふやうなことは、不自由極まる無意義な為事ではないかといふ口吻であります。如何にも無造作で自由で、そして又自然であります。小生と雖も、自分の感動が無造作に即座に現れれば甚だ有難いのでありますが、中々、そんな妙境に達しかねるのであります。自分の感動の本体と、歌に現れた所と、意味に於て調べに於て、微細所に入つてぴたりと相合するといふことは、中々むづかしいのでありまして、そこに、いつも表現上の苦心が要るのであります。実は、その微細所に入つて、はじめて個性の特色が現れるほどのものであります。そこまで至らぬうちの個性は、割合に、誰にも共通した普汎的のものであるかもしれません。小生は、小生の平素尊敬してゐる画家が、或る一つの画を成すために二年余を費してゐることを知つて居ります。さういふ苦心から生れたものも、現れる所は却つて無造作に見えます。無造作に見える所を学ぶに、無造作な態度を以てするは、浅慮者のする所であります。画は画として表現上の技巧が要ります。歌は歌として同じく表現上の技巧が要ります。技巧といふ詞を、無を有に見せ、醜を美に見せる技術の如く解してゐるものもありますが、小生は、自己の感動を尤も直接に尤も緊密に表現することが、技巧の目的であると解してゐるのでありまして、技巧の上に苦心することは、自己の感動の有りのままなる表現を重ずることであると解して居ります。有りのままなる表現は、言ふに容易にして実現に容易でありません。ここに精進の苦行が必要になるのだと思ひます。尤も、この苦行の発心も、感動そのものの強さ深さと、さうして芸術に対する尊敬心と、この両者から自らにして生れて来るのでありませう。さうすると、矢張り、前項に述べた「歌をなす第一義」にいつも立ち帰ることが必要になります。

概念的傾向

私は、前に、家持の歌、貫之の歌、西行の歌について、形式的であり、観念的であり、概念的であることに言及しました。概念的であるといふことは、特殊な一個体よりも、普汎な多数に通ずる意であつて、多数に通ずるものは、唯一の個体を生き〳〵と鮮やかに現すことが出来ません。それゆゑ形式的にも観念的にもなるのであります。たとへば、立春といへば、霞が立つとか、氷が解けるとか言ふ。それが必しも悪いのではありません。併し、立春といへば、必ず、霞が立ち氷が解けねばならぬもののやうに歌の上に取扱はれて来れば、その霞と氷は段々に直観的意味から遠ざかつて、観念的なものになり、形式的なもの、概念的なものになつて、個性の特色を失つてしまふのであります。歌が写生から離れれば離れるほどこの傾向を帯びて来ます。猶言へば実感に対する忠実性を失へば失ふほど、写生から遠ざかつて、概念的に進むといふ順序になるのが多からうと思ひます。

斯様な歌は実感に対する熱がありません。熱がなくて歌を作すのでありますから、所謂詞の上のこねくり(この語左千夫の用語)をして、そのこねくりの上に面白みを求めようとします。古今集以下勅撰集の多くの歌が、真実から離れて詞の遊戯に堕ちて行つたのは、病弊全くここにあります。柿本人麿歌集中に

天の海に雲の波立ち月の船星の林に漕ぎかくる見ゆ　万葉七

といふのがあります。若しこの歌が人麿の歌であるとするならば、人麿の大袈裟に騒がしい方面を代表した悪作とせずばなりますまい。人麿は技巧の達者な人でありますから、事によると、滑り過ぎて、騒がしく終るやうなことがあります。この作者恐らく人麿でありませう。天を海と見、雲を波と見、月を船と見、星を林と見ること必しも悪いのでありませんが、その結構が、あまり行き届き過ぎて、却つて、実感から遠ざかつて理智の働きが現れて居ります。それゆゑ、折角の天の海も、雲の波も観念化して熱のないものになり、材料や詞の騒がしさのみが目立つやうになります。斯様な歌が、虚仮《こけ》おどしの歌でありまして、道具立てや詞に人が嚇されるのであります。真実性から離れれば、何うしても道具立てに重きを置くやうになるか、然らざれば、詞のこねくり、機智といふやうな道に進むことになります。万葉集中、材料負けをして観念的になるのが山上憶良であり、熱が薄くて多作するために概念的に傾いてゐるのが大伴家持であります。憶良には熱はあつても材料を消化しきれない所があつて、そこがあはれであります。家持は、概念的であつても、詞のこねくりまでに堕ちては居りません。古今集以下勅撰集の概念歌観念歌になれば、家持あたりに比して、ずつと調子の弛るんだものでありますから、理智の色が一層濃くて、感動の姿が愈々薄れて居ります。

併しながら、私は、概念を以て成された歌は悉く歌としての命のないものとは致しません。概念の背後に直観の熱が直ぐ想ひ起されるほどの力を持つてゐるものは、概念が直観化されてゐるといふ心地がして、矢張り歌として生きてゐるといふ感じがいたされます。それほどのものは、現れる所が単一で、声調に透徹の力がありますから、材料の騒がしさや、理智の巧さが頭を擡《もた》げません。たとひ、材料用語の由々しきものがあつても、その由々しさを感ずるよりも、更にそれ以上に主観の勢の由々しさを感ずるために、材料用語の由々しさは気に止まらないのであります。さういふものは、概念の歌であつても、立派に歌の命を持つてゐるものであります。例へば、源実朝の

　物言はぬ四方の毛だものすらだにもあはれなるかなや親の子を思ふ

は概念を以て歌はれた歌でありますが、その概念が一個の生き〳〵した命となつて我々に迫る心地がいたされます。如何にも単純で一途《いちづ》であります。さうして声調に痛切な響きがあります。「あはれなるかなや」「親の子を思ふ」と八音字余り句を重ねて重大な感じを我々に惹き起させます。それほど重大な感じの前には「すらだにも」といふ如き稀代な弖仁波《てには》の畳用すら目立たなくなるのみならず、却つて稚拙愛すべき素樸感をさへ与へます。これほどの力となつて詠み出されるといふことは、その背後に必然的に何等かの具体感が伴つてゐることが想はれるのでありまして、実は、その具体感がさながら歌の上に現れてゐるのでありませう。概念の歌であつて、単なる概念

の歌でないといふ心地がいたされます。田安宗武の歌に学ばでもあるべくあらば生《あ》れながら聖《ひじり》にてませどそれ猶《なほ》し学ぶといふのがあつて、同じく概念の歌であります。それが、単純に素樸に一貫した調子で歌はれてあるために、矢張り、生き〳〵した命が出て居ります。八音字余り句を第四五句へ畳用したことは前の実朝の歌と似て居りますが、実朝の歌調の痛切なのに比して、こちらのは、むくつけき所があつて、それが自然に大まかな重厚さに至つてゐます。

概念歌に於て、主観の力のつよく働くために、形が単純になり、声調が緊張して、歌としての命を持ち得るものがあること上述の如くでありますが、我々の主観は、いつも具体的事象に接触して動くのが普通でありますから、その感動に即せんとする時、具象的の歌となつて現れるのが自然であります。従つて、同一作者にして、常に多く概念的の歌が生れるといふのは、感動よりも道具立てを尊び、実感よりも趣向・言ひまはしなどに面白味をもつ時に現れる状態でありまして、つまる所は勅撰集あたりの生まぬるい概念歌の列に伍せざれば幸であります。

比喩歌

比喩は感動そのものに対して直接な現し方でありません。従つて、比喩の歌には熱が乏しくて理智の働く傾向があります。理智が働きますから、概念歌観念歌になり易いことは前項で述べた所と通じてゐます。例へば、前項に述べた人麿の「天の海に」の歌なども、比喩の形を取つて理智的になつて居ります。比喩の歌の一面には、さうした道具立てに興味を持つものの生れる傾きを持つて居ます。これも亦前項に述べた所と似て居ます。本来から言へば、比喩歌全体が概念歌の一部分として考へらるべきものであるかも知れません。明治時代に明星派と言はれた歌は、多く比喩によつて歌はれて居ります。この派の歌を考へるに一つの参考条件にならうと思ひます。

万葉集でも、譬喩歌は矢張り理智的の所が目につきます。只歌の調子が流石に万葉時代の特色を帯びて、後世の比喩歌と異る所があります。それを万葉集の中に置いて見れば、色の褪めてゐる感がいたされます。例へば

みすず苅る信濃の真弓引かずして弦著《をは》くるわざを知るといはなくに　石川郎女　万葉二

みちのくの安太多良《あだたら》まゆみ弾《はじ》きおきて撥《せ》らしめ置《き》なば弦著《つらは》かめかも　万葉十四

をちこちの磯のなかなる白玉を人に知らえず見むよしもがも　万葉七

の類です。「弦《を》」も「弦《つら》」も弓弦です。「著《は》く」は著けること、「安太多良」は地名です。矢張り智識的で形式的の所が見えます。比喩の歌でも、単純に緊張して感情の透徹してゐるものは命を持つてゐます。只、さういふものが比喩歌には少いだけです。その関係も、前項概念歌の所で述べたことによつて尽されてゐます。ここには重ねて

言ひません。万葉集中、譬喩歌で命のあると思はれるものを三四挙げませう。

軽の池の浦回《うらみ》もとほる鴨すらも玉藻のうへにひとり寝なくに　万葉三

向《むか》つ岡《を》に立てる桃の樹成りぬやと人ぞささめきし汝《な》が心努《ゆめ》　万葉七

石倉《いはくら》の小野よ秋津に立ちわたる雲にしもあれや時をし待たむ　万葉七

苗代の子水葱《こなぎ》が花を衣《きぬ》に摺《す》り馴るるまにまに何か悲しけ　万葉十四

第一首「もとほる」は徘徊する意。第二首「成りぬや云々」は果《み》がなつたかと人が私語したのです。努汝《ゆめ》の心を許すなよと戒めて不安がある心です。第四首「こなぎ」は水葵らしい。花が紫で水面にひそかに浮びます。「何かかなしけ」は何とも言はれぬ愛憐の心が動くのでありませう。これらは皆生きてゐる心地がいたします。

以上は、歌全体が多く比喩を以て成されたものについて言ひました。歌の一部の比喩を以て成されたものも、それに準じて考へ得ませう。

象徴

比喩の歌を以て象徴の歌とするものがあります。必しも違つては居りません。只比喩歌を以て高い意味の象徴となし得る場合は、比喩歌に生きた歌の少い如く少いであらうと思ひます。象徴とは、実相観入（この語斎藤茂吉氏用ふる所）の上に、心霊の機微が自らにして現れるに至るを極致といたしませう。別言すれば、象徴の極致と写生の極致と一致するといふことになります。さういふ域に入つた象徴歌は、露《あら》はに象徴と見えずして、象徴の意が深く内に籠ります。例へば、人麿の

あしびきの山川の瀬の鳴るなべに弓月《ゆづき》が嶽《たけ》に雲立ちわたる

赤人の

み吉野の象山《きさやま》のまの木《こ》ぬれには許多《ここだ》もさわぐ鳥の声かも

湯原王の

吉野なる夏実《なつみ》のかはの川よどに鴨ぞ鳴くなる山かげにして

などになると、歌ふ所の境地は山であり川であり、材料とする所は雲であり樹木であり鳥であるけれども、現れる所は、作者心霊の動きの機微であります。その機微が、露はに現れずして、自らにして、樹木や雲や鳥の中に潜んで居ります。即ち、是等の歌にあつて、樹木は樹木でなくして作者の心霊であり、雲も鳥も雲と鳥でなくして作者の心霊そのものであります。是れまでに至つて、初めて象徴が高い位置に置かれるといふ心地がいたされます。今の歌人往々にして歌を象徴化せんとして不自然にして奇怪な比喩歌を作ります。さういふものも象徴歌にはなり得ませう。高い意義をもつことは出来ません。我々の歌は、象徴を目がけるといふやうなことをせずとも、一心を集中して写生してゐれば、入るべき時に自らにして象徴に入りませう。安易と速達を目ざす時に浅薄な比喩的象徴歌を得ます。その道を通れば、至上所に至ることは最

後までむづかしからうと思ひます。

官能的傾向

明治維新以後、日本人の生活精神は、すべて物質的に開放されましたから、一般人の求めるものが、多く外面的に発達して、生活の目標を末梢神経の満足感に置くといふ傾向を生じて来ました。これは独り日本だけの傾向でなくて、世界全体が左様なものを目がけて、その目標のもとに多くの文化的現象が開展されて来たといふ観があります。求めるものが外面的なものにある時、その対象となるものは多く物質でありまして、物質は、物質として取扱はれる時、要するに有限であります。有限なものを求めるに無限な人間の慾望を以てするのでありますから、そこに争ひを生じます。官能の満足感と不満足感との争ひであります。この争ひが行詰まりにならうとする時、物質的平等観といふやうなものが生れて、その争ひを解決しようといたします。物質観の争ひを救ふに物質観を以てするは、火を救ふに火を以てするやうなものであるかも知れません。これは、歌の上には余計な事で、要らぬさし出口でありますが、明治以後、旧套を脱して新しく目ざめたといふ歌人の中に、同じく現代生活精神の渦流に入つて、官能を中心とした歌を多く生み出した人々があります。与謝野晶子夫人などがその代表でありませう。夫人の歌から一二の例を挙げませう。

湯あがりを御風召すなのわが上衣《うはぎ》臙脂《えんじ》紫《むらさき》人美しき

湯上りの心持は小生も嫌ひではありません。それへお風邪召すなど言はれて上衣を掛けられるのは具合のいい心地がいたされます。特に、その上衣がえんじ紫で、引つかけてくれるのは美人といふのでありますから、益々具合がいいのであります。小生もさういふ状態に置かれたら有難く思ひませう。従つて、湯上りにも臙脂紫にも異存はないのでありますが、然らば、この歌の前に頭が下がるか何うかといふことになれば問題が変つてまゐります。つまり、この歌が人に快感を与へるとすれば、それは皆末梢神経を刺撃するだけの意味に止どまるのでありまして、それ以上に我々の中枢神経へ沁みて来るものがないのであります。つまり、この歌のもつ意味は、物質的であり、外面的であり、官能的であるといふことにおいて、現代の生活精神と相合つてゐるといはれますが、それ以上のもの、例へば厳粛な感じ敬虔な感じといふ如きもの、即ち我々の中枢神経にまで沁みて来るといふものは、この歌に求めることが出来ないのでありまして、従つて我々の頭がその前に下がらないのであります。これは極言すれば、当世流行の軽薄感の代表とも言はれませう。芸術に求めるものが哀れを軽薄感に止どめたら末期《まつご》でありませう。それは、丁度、人類のもつ人生観が物質万能に堕ちる時、人類の末期を感ぜさせられるのと似て居ます。今一つ晶子夫人の歌を挙げます。

鎌倉やみ仏なれど釈迦牟尼は美男《びなん》におはす夏木立かな

夫人が大仏の前に立てば、まづその美男感が頭を支配すると見える。小生も幾度か鎌倉の大仏の前に立ちましたが、未だかつて美男醜男の問題に逢著しない。美男であるか。醜男であるか。それも問題になり得るでありませうが、左様な問題よりも異つた方面―も少し品位ある方面―で仏像などに対するのが、普通の人情でありませう。晶子夫人の感じた仏像は、美男であることは結構でありますが、只それだけでは、矢張り頭が下がりません。「美男におはす夏木立かな」は両句の関係が羅列的であり智識的であつて俳句の発想法に似てゐます。さういふ方面はこの項では多く言及しません。以上二首の如きは、その制作当時多くの人々から感嘆されました。伊藤左千夫に

鎌倉の大き仏は青空をみ蓋《かさ》と著《き》つつよろづ代までに

といふのがあつて、晶子夫人の大仏の歌より三年前に歌はれて居り、それより二年前に、子規に

岡の上に天凌《しの》ぎ立つ御仏のみ肩にかかる花の白雲

といふのがあり、それより猶一年前、子規に

火にも焼けず雨にも朽ちぬ鎌倉のはだか仏は常仏《とこほとけ》かも

がありますが、斯様な崇高感の伴ふものは、当時の人々に注意されなかつたのであります。一般人の生活精神の嚮《むか》ふ所が分りませう。

私は、歌に官能の臭ひの多いことを否認するものではありません。官能のにほひは

多くても構ひません。只それらを通じて中枢的に沁みて来るもののあることを要求します。万葉集には官能のにほひの高いものが可なり多いのでありますが、それらが、すべて中枢的に統べられて、直に人に迫るほどの力を持つて居るから、歌として高い位置におくことが出来るのであります。小生は、万葉集中、只一首、藤原麻呂が大伴《おほとも》坂上《さかのうへの》郎女《いらつめ》に贈つたといふ

むしぶすまなごやが下《した》に臥せれども妹とし寝ねば肌し寒しも　万葉四

といふ歌を、比較的官能的に終つてゐる歌ではないかと思つてゐます。「むしぶすま」は暖い蒲団「なごやが下」は「柔かく和《なご》やかなる下」の意です。一二句が已に官能的であり、その蒲団の中に妹を思ひながら、単に「肌し寒しも」と言うてゐるのが、遂に官能に終つてゐる所ではないかと思ふのであります。与謝野夫人の「湯上りを御風召すな」の歌などに比すれば、ずつと虔ましいのでありますが、万葉集の中に置けば、そんな心持がいたされます。それに較べれば、東歌《あづまうた》（東国の人民の歌）のうちの

高麗《こま》錦《にしき》紐とき放《さ》けて寝《ぬ》るが上にあどせろとかもあやにかなしき　万葉十四

などは、同じく高麗錦の衣の紐とききさけて寝るのでありますが、それに「あどせろとかも」といふ嘆息の力が加はつて官能に終らせてゐないのであります。左様な時「高麗錦」も「寝る」も同じく官能以上の力になつてゐるのでありませう。「あどせろとかも」は「何とせよとかも」の意で、その当時の東国人の言葉です。

笹が葉のさやぐ霜夜に七重著《か》るころもにませる子ろが膚はも　万葉二十

これは防人の歌でありまして、矢張り前二首に似通った所があります。「はも」は主もに追懐に用ひられる感嘆詞です。「子ろが膚はも」といふ追懐に「笹が葉のさやぐ霜夜」を聯想して余計にしみじみとした心持が出て来ます。官能だけに終つては居りません。以上、官能的の歌に関聯して、万葉集から数例を取つて、小生の意を明かにしたに過ぎません。

思想的傾向

現代人が歌を作すからは、その歌の上に現代人のもつ思想が現れて居べきである。その点から見て、明治以後革新されたといふ歌に、多く新しき思想が取扱はれて居らぬのは欠陥であるといふ意見に接することがあります。つまり、現代の有する哲学とか、人道問題とか、労働問題とかいふものが歌に現れて居らぬのに不足を感ずる声であります。左様なものが歌に現れるのはいい。ただ、それが単なる思想であつては為方がありません。歌の領域は、個人のもつ思想感情を押し詰めて、単純なる一点に澄み入る所に拓かれてあります。単なる思想は、澄み入るまでの道程の上にあるのが普通でありまして、思想そのものの形で究極所まで澄み入るといふ場合は甚だ少からうと思ひます。それは、前に「概念的傾向」の項で言うたことと通じて居りませう。今の世に、哲理を取扱つたり、物資問題労働問題といふ如き所謂社会問題を取扱つてゐる歌が、多く生硬露骨蕪雑なものの多いといふことも参照になります。左様なものに歌の新しさを感ずるのは、目の新しさであつて心の新しさでありません。万葉集でも、山上憶良にこの傾向があります。この人は、入唐して帰朝した人ですから、当時にあつて新智識であつたらしい。盛に儒仏の思想を歌に詠んで居りますが、大抵生硬で観念的なものであります。貧窮問答の長歌などが有名になつたのは、歌を外面から見て鑑賞する人が多かつたためでありませう。あゝいふものは憶良として傑れたものでありません。歌をして、もつと思想的であらしめよといふ希望は、歌の水平を下げよと希望するに邇《ちか》いと小生は思つて居ります。

用　語

現代人が歌をなすには現代語を用ふべきであるといふ声が、歌人の一部にあり、その中には、全然現代の口語を以て詠み出でようと試みてゐる人々もあります。一応尤もに思はれます。只、小生等が歌を作す時には、自己の感動を意義に於て、格調に於て如何にして適切に緊密に現し得るかといふことに腐心するのでありまして、その腐心の前には、現代語古代語口語といふ如き区別をおいて考へる余裕はないのであります。現代語、古代語、苟《いやし》くも日本語として許さるる範囲から適切なものを選択しても、猶且不自由を感ずるのが普通であります。さういふ時に、範囲を狭く限つて考へることは、少くも小生には不便であります。例へば、同じ感嘆詞でも「かな」と言つて適切の場合と、「かも」と重々しく言つて適切な場合とあります。感動の調子に様々の場合があるからでありまして「かも」でも猶感動の調子の現れぬ時は「かもよ」など言つて、漸く収まる場合もあり「かなや」と言つて収まる場合もあります。現代語口語と範囲を限る人々は、斯様な場合何うするつもりでありますか。少くも、不便は小生等よりも多いであらうと思はれます。

原始的で、一途な古代人の用語は、自ら素樸にして純粋な響きを持つて居ります。さういふものの中で、今日まで命を持つてゐるほどのものは少くも、何千年の試練から選び出されたものであります。それを小生等が喜んで用ふることを妨げるものはない筈だと思ひます。文禄の頃の小唄に

怨みたれども、いや味《み》のほども無《な》や、さうして、怨みも、言ふ人によりか

といふのがありまして、「さうして」「よりか」の意が、子どもの口つきの如く無邪気に素樸に現れて居ります。この「よりか」（依るかの意）の言ひ方は、万葉の「思へか」「恋ふれか」などに当り、「さうして」は万葉の「そこゆゑに」などに当つてゐる感がありまして、素樸純粋の所がよく通じて居ります。左様に我々の心に生き得る詞であるならば、それが万葉語であらうとも、近代語であらうとも、或は又口語であ

らうとも、（さうしては口語でありませう）之を我々の感情表出の具に用ふるに何の妨げがありませう。只、現代の口語は頗る蕪雑煩多でありますから、之を歌に用ふるには洗錬が要ります。歌は三十一音の短詩形でありますから、一音と雖も疎漫蕪雑に響いたら歌の命を失ひます。それ丈けの用意があつて、口語を用ひることは少しも異論のないことであります。子規に

　狩びとの笛とも知らで谷川を鳴き鳴きわたる小男鹿あはれ

　うま酒三輪のくだまきあらむよりは茶をのむ友と寝て語らむに

などがあり、左千夫の亡児一周忌の歌に

　去年の今日泣きしが如く思ひきり泣かばよけむを胸のすべなさ

といふのがあります。「くだまき」は口語の取り入れであり、「鳴き鳴き」も「思ひきり」も口語的発想であつて、この場合よく生きて居ると思ひます。

万葉集の東歌には、口語的発想と思はれるものがあつて（万葉集全体を当時の口語歌と思つてゐる人があれば違ひます）それが、よく生きて居ります。例へば

　児毛知山《こもちやま》若楓樹《わかかへるで》の紅葉《もみ》づまで寝《ね》もと吾《わ》は思《も》ふ汝《な》は何《あ》どか思《も》ふ　万葉十四

の第四五句は全く口から出る言葉そのままの心地がしまして、その稚や及ぶ可らずといふ感があります。口語で歌を作すものも、これまでに純真に行き得たら大したものでありませう。それは、只、議論だけでは為方がありません。実際の作物にそれ丈け

のものが現れてから口語歌の権威も生じませう。

連作

我々が或る事象に対して、その感動を歌にする時、一首を以て要核を現し得て満足する場合もあり、相関聯した数首乃至十数首を作して、初めて満足する場合もあります。左様な場合の数首乃至十数首は、個々が各独立して存在すると共に、それが有機的に相聯《つらな》つて、綜合的に或る心持を現します。左様な相聯つた数首十数首を連作と言ひます。連作は明治三十年以後正岡子規によつてなされたものであつて、それに連作といふ名をつけて、積極的に連作の唱道をした人は伊藤左千夫であります。左千夫の言によれば、子規以前にも多少連作的の歌はあるが、自覚的にこれを作したのは子規であつて、その後の徒が、その心を受け継いで連作を発表成長させたといふのでありまして、それが正しいと思ひます。(アララギ十二巻七月伊藤左千夫号所載斎藤茂吉「短歌連作論の由来」参照)つまり、子規の歌は、いつも真実感に根ざしましたから、自然に写生を重んずるやうになり、写生の道に即けば、その対象から受ける感動が、時間的にも空間的にも相継起して聯り合ふ場合が生じて来るので、それを継起するままに、聯り合ふままに如実に現すから連作的になつて来るのであります。万葉集に連作的のものが見えて居り、勅撰集以下にそれらしいものの無いといふことも、その消息に通じて考へられます。それは、実感と題詠との相違から来てゐるのであります。

左千夫が、連作論をしたのは、明治三十五年であつて、それから今日まで二十年たつて居ります。その間に連作の風は汎《ひろ》く歌の世界に行き亘りました。それが、近頃では、連作の綜合的効果の方を主なる目的に置いて、その目的の下に個々の歌をあらしめるやうに連作して行くべきであるといふ議論まで現れて、それを実行してゐる作家もあるのであります。それまでに入れば、連作といふものは、短歌本来の性質から離れはじめるのであつて、連作に深入りしてその余弊に踏み入るものではないかと思ひます。綜合の結果を主にすれば、個々の歌は従属の地位に置かれます。従つて主目的のためには個体の犠牲に供せられるやうな場合も生じて来ます。個体としては存立要なき時も、綜合の目的のために已むを得ず存在するといふやうな場合であります。已むを得ず存在するとは、熱の充実なくして存在することであり、或は又、一首としての独立性なくして、他の間に介在することによつて存在し得ることであります。近頃の連作中、往々にして一首の独立性なきもの、若くは、独立しても、一首としての価値の薄いものが交じつてゐるのは上述の事情に胚胎してゐるのであつて、連作の弊に入つたものであると思ひます。

歌の価値は何所までも一首の上にあります。それが何首も相連つて綜合的に或る心持の現れるのは、偶然若くは自然の開展であつて、予定的若くは意図的になさるべきものでありません。意図的になされたために、一首存在の意義が稀薄になり不確かになつたら、歌本来の性質から離れたものであると思ひます。左千夫の挙げた子規の連作の一例を掲げて参照に資します。これは、明治三十四年、子規病臥晩年の作です。

しひて筆を取りて

佐保神の別れかなしも来む春にふたたび逢はむ我ならなくに
いちはつの花咲き出でて我が目には今年ばかりの春ゆかむとす
病む我を慰めがほにひらきたる牡丹の花を見れば悲しも
世の中は常なきものとわが愛づる山吹の花ちりにけるかも
わかれゆく春のかたみと藤波のはなの長房絵にかけるかも
夕顔の棚つくらむとおもへども秋待ちがてぬわがいのちかも
くれなゐの薔薇《うばら》ふふみぬわが病いやまさるべき時のしるしに
薩摩下駄足にとりはき杖つきて萩の芽つみしむかしおもほゆ
若松の芽だちのみどり長き日を夕かたまけて熱いでにけり
いたづきの癒ゆる日知らにさ庭べに秋草花の種子《たね》を蒔かしむ
心弱くとこそ人の見るらめ。

随見録（抄）

山上憶良の事ども

山上憶良は六十九歳で妻を喪つてゐる。さうして妻を喪つた年に近いと思はれる頃子が生れてゐる。七十四歳の時自分の重病を悲しんだ歌に「年長く病みしわたれば、月かさね憂ひさまよひ、異事《ことごと》は死ななと思へど、五月蠅なすさわぐ子どもを、棄《うつ》てては死には知らえず、云々」とあるのを見ると棄てては死なれぬといふ子どもは、余り成長してゐる子どもでないことが分る。或は妻の亡後即ち七十歳頃更に妻を娶つて子を生んだのではないかとさへ思はれる位である。幼児古日《ふるひ》を喪つたのは憶良の何年であるか。万葉集巻五の憶良の歌は殆ど編年体に編輯されてゐるが、その終りに前掲の七十四歳重病を悲しむ歌があつて、次に古日を悲しむ歌三首が載つてゐる。その中に「夕星《ゆふづつ》の夕になれば、いざ寝よと手を携はり、父母も側《うへ》はな離《さか》り、三枝《さきぐさ》の中にを寝むと、愛《うる》はしく其者《し》が語へば」とあるのは、明に妻の生存してゐる証拠である。之を編年体歌巻の順序に従つて、七十四歳頃の歌とすれば、生存してゐる妻は彼の六十九歳後に娶つた後妻である。六十九歳以後に後妻を娶つて居らぬとすれば、古日を悲しむ歌は、編年体に編輯された歌の巻尾に、只一つ余分に取り添へたものになる。如何にして此歌だけを余分に取り添へる必要があつたかを契沖は考へて「今按《あんずるに》神亀年中に憶良のよまれたるを、選者類を以て此に載する歟。其故は上に憶良の妻は神亀五年死せられたるに、今の歌に、父母も表《うへ》はなさかり、三枝の中にを寝むとあればなり。神亀五年は憶良六十九歳なれば後妻を迎へらるべうもなし云々」としてゐる。前の重病を悲しむ歌と同じく哀傷の歌なるが故に、「類を以て此に載する歟」と考へたのである。これも一つの見方であるが「神亀五年は憶良六十九歳なれば後妻を迎へらるべうもなし」は常識論として穏当であるが、それが真に憶良に当て嵌まるか否かを考へて見る余地がある。兎に角、憶良は七十歳前後、少くも六十歳ずつと以後に子を設けてゐるのは確かである。之に依つて、彼が、古代の男としても体力の旺盛な方であつた事を推測し得るのである。又「沈痾自哀文《ちんあじあいの》」の中に「四支不動。百節皆疼。身体太重《ダ》。猶《シ》レ負《フガ》二鈞石《ヲ》一」とある。「猶負鈞石」は病気で体を動かすに大儀なのを言つてるのだらうと思はれるが、憶良の体が肥大して居た事を想像し得るとも取れる。四肢の動かぬのは中風症であつたかも知れぬ。或は百節皆疼むと合して僂麻質斯《リューマチス》症であつたかも知れぬ。或は一身に両症を兼ねてゐたかも知れぬ。中風症の人には体の肥大した人が多い。斯様に考へて来ると、憶良は筋肉の大きい脂肪の多い体力の旺盛な人であつたかと思はれるのである。斯様な種類の人は、大抵の場合、元気が盛んで神経が麁大《そだい》である。憶良の歌は赤人の歌の様に神経が微細に感情が濃やかにいつて居ない。その代り元気が充満してゐる。只、人麿の様に渾然化成されてゐない。時勢を慷慨して詠んだ歌には特に斯様な所が目に付く。有名な貧窮問答、令反惑情の長歌や反歌の如きが夫れである。只、斯の如きの憶良が、自分の妻や子供に対し、若《も》しくは自己の病気等に対する時の歌は、多く渾一化成の観がある。これは人が違ふのではない。事象に対する態度が違ふのである。歌は思想を盛る器ではない。心の態度を示す気息である。歌の値打を定むるものは歌に現れる思想ではない。事象に対する専念一途の態度である。憶良の歌を見れば、此関係の両端が明瞭に相対立して我々を啓発するといふ感がする。

憶良が大宝元年に初めて遣唐少録といふ微官となつて、粟田真人の渡唐に扈従したのは四十二歳の時である。歌人である彼が四十二歳まで歌を作らなかつたとは想像出来ない。夫れが世に伝らぬのは残念である。彼の歌が帰朝後漢籍仏典の新智識に累《わづら》ひされて、不消化な思想的のものを歌つて、観念的な歌ひ振りになり、道学的の歌になつてゐるのに対して、渡唐以前の歌が遺つて、夫れと対象されたらば興味多き現象であらうと思はれる。渡唐以前の歌が、貧窮問答、令反惑情の類の歌に系統を引くか、悲傷亡妻、罷宴時歌、老身重病思児等の歌の類に系統を引くか。若くは其何れにも系統を引くかを知り得るのが興味多いと思ふのである。

憶良は遣唐少録となつた時は無位であつた。和銅七年に正六位下から従五位下に進んでゐる。その翌々年霊亀二年に伯耆守となつた。夫から六年を経て、養老五年には、退朝の後東宮に侍せしむるといふ詔が下つてゐる。この頃までの歌も多く伝はつて居らぬのである。伝はつて居るのは、聖武天皇の神亀年間に（契冲は神亀三年としてゐる）筑前守となつて筑紫に渡つてからの歌が多いのである。万葉集に出てゐる歌、特に憶良の家集として目さるる万葉集巻五の歌は多く此時代の歌である。筑前には、此時丁度大伴旅人が太宰帥となつて赴任して居つた。両人共辺土に相会して、宴席の間に羈情を慰め、不平を遣つた事が多い。そして両者の歌が互に影響し合つた事も自然の数である。実に憶良と旅人の歌は、観念的な点に於て、神経が太く働いてゐる点に於て、歌ひ振が較々《やや》粗い点に於て相似通つてゐる所がある。斯くして、貧窮にして志多く、轗軻《かんか》にして不平多かりし老歌人は七十四歳（天平五年）若くは夫れより余り多からざる年齢を以て筑前の客地に長逝したのである。

憶良と赤人

○

憶良の歌は、足がしつかり地を踏みしめてゐる所はあるが、沓《くつ》が泥へ食ひ入つて動きの取りにくい観がある。併し、足をずん〳〵運んで、何うにか先方へ到達するだけの力がある。多力に見えて、高くも深くも澄み入らないのである。貧窮問答の長歌などは、殊にその感が多い。難きを望んで取りついたのは偉いが、純化しきれずに、ごたついてしまつたのである。この人の長歌は、大抵、事柄や思想が先きに目に立つ。そこが足どりのごたつく所であつて、そのごたつくところを外辺から鑑賞する人は、複雑であり多力であると言つて感心するし、内面的に鑑賞する人は、純化の不足を遺憾に思ふのである。佐々木信綱氏は、その著「歌学論叢」で、貧窮問答歌、好去好来歌等に現れた深い情緒と雄大なる技倆は、とても他人の作中に見出し得ないと激賞し、万葉集中、人麿と併称すべきは憶良であつて、赤人でないと断じてゐる。佐々木氏が憶良を挙げて赤人をおとすのは、氏の眼が、いつも歌の外辺に彷徨してゐるからであつて、赤人の歌を貶するに、先づ赤人の歌の数を人麿憶良家持等と較べて物言つてゐるのでも分り、人麿に比べて大作のないことを言つてゐるのでも分る。成るほど、赤人の長歌は人麿よりも形が小さい。その代り、率《おほむ》ね、清澄純化の域に入つてゐて、事件や思想の外辺にごたついてゐるやうなことはない。長歌の人麿に比して如何であるかを思はせても、猶、立派な独自の境があり、少くも憶良などよりも高い位置を占めてゐることは勿論である。最も、憶良も、思想や事件に累ひされずに、情緒一貫の長歌を作してゐることもある。さういふものは、形は短くても純粋で命がある。子等を思ふ長歌などが夫れである。「瓜《うり》食めば、子ども思ほゆ、栗食めば、まして偲《しぬ》ばゆ、いづくより、生《な》り出しものぞ、目《まな》かひに、もとなかかりて、安寝《やすい》しなさぬ」如何にも純粋一途で勢の一貫がある。但、反歌になると「白金も黄金も玉も何せむにまされる宝子に如かめやも」であつて、殊に、上句憶良の癖が出て観念的な色をつけてゐる。万葉の歌を観念的にし、事件的にして、万葉末期の端緒をなしてゐるのは、主として憶良であるといふ感さへするのであつて、到底同時代の赤人と比肩すべき作者ではないのである。それについて興味あるのは佐々木氏の富士山長歌観である。万葉巻三にある富士山の二つの長歌中、前の赤人のは、後の無名作に比して劣れること「具眼の士の何人も心づく所なるべし」と言つてゐるのである。小生は、見方が全く違つてゐる。成るほど、赤人の富士山は事件的には賑やかでない。それだけ渾然として天地の心に合してゐる所がある。後の長歌を悪いとは思はぬ。前者の「天地の分れし時ゆ、神さびて高く尊き」と大きく高く踏み出してゐるのに対して「なまよみの甲斐の国、うちよする駿河の国と、こちごちの国のみなかゆ」と出てゐるのを比べるだけでも、歌柄の区別が想像出来る。赤人は「渡る日の影もかくろひ、照る月の光も見えず、白雲もい行きはばかり、時じくぞ雪は降りける」と歌うて、日月雲雨を点じて霊山の姿を髣髴させてゐるのに対して、後者は「天雲もい行き憚り、飛ぶ鳥もとびものぼらず、燃ゆる火を雪もて消ち、ふる雪を火もて消ちつつ、言ひもえず、名づけも知らに、くすしくもいます神かも、せの海と名づけてあるも、その山の包める海ぞ、富士川と人の渡るも、その山の水のたぎちぞ」とやうに歌うて、勿論甚だ結構であつて、異議を挟む所はないが、前者に比して、猶事件的に並べてゐる傾きはある。この後の長歌、或る説の如く高橋虫麿作であるか。他の或る説の如く赤人作であるか分らぬのであるが、少くも、この前作を後作に比べて劣つてゐること「具眼の士」の心づく所であらうとまで断ずるのは大胆の至りである。凡そ、赤人の長歌の小形であるのは、赤人の沈潜した處ましい人柄に胚胎してゐるのであつて、それが、いつも清澄の歌品に到達してゐるところが偉いのである。その消息が分らねば、赤人の長歌も短歌も分らないのであつて、歌格などの研究から、外辺的穿鑿をしてゐては、歌の命と縁遠くなつてしまふのである。盛り沢山といふことと、調理の上等といふこととは違ふのである。

赤人には、明澄な心境と微細鋭敏な神経とがある。これが彼を高級の歌人たらしめてゐるのであつて、憶良は此の点に於て赤人の敵でない。短歌としても、憶良のよきものは貫徹の域に達しながら、猶、澄みと冴えに達し得ないところがある。

憶良らは今は罷《まか》らむ子泣くらむそのかの母も吾《あ》を待つらむぞ

家にありていかにか吾がせむ枕づく嬬屋《つまや》さぶしく思ほゆべしも

妹が見しあふちの花は散りぬべしわが泣く涙いまだ干《ひ》なくに

の如く、思想的でも事件的でもないものに佳作がある。それを赤人に比べると、小生の言が首肯出来るであらう。「み吉野の象山《きさやま》のまの」「ぬば玉の夜のふけぬれば」等の秀作は、度々挙げてゐるから暫く擱《お》いて、その他に例を求めても

高桉《たかくら》の三笠の山になく鳥のやめば継がるる恋もするかも

百済野《くだらぬ》の萩の古枝《ふるえ》に春まつと来居《きゐ》しうぐひす鳴きにけむかも

奥《おき》つ島荒磯《ありそ》のたま藻潮みちていかくろひなば思ほえむかも

の如き、一読憶良と撰を異にすることが分るであらう。只、赤人の沈潜せる歌境は、あまり落ちつき過ぎて、熱を伴はぬ時平板に堕ちる。それは、丁度、人麿が調子に乗り過ぎると、騒がしくなるに似てゐて、どちらも弊とする所があるのである。

○

憶良の短歌のよきものは万葉初期の率直さがあり、悪しきものは、万葉末期の面影がある。万葉中期の絶頂所へ出入出来なかつたのは素質の不足であらう。或は、当時入唐の新智識に累はされた所もあらう。体が頑丈で、誠実性に富んだ面白いお爺さんであつたらしい。（大正十三年三月二十日記）

万葉集諸相

万葉の歌を原始的であり、素樸であり、端的であるとするはいい。それらの詞を以て、万葉の歌を言ひ尽し得たと思ふは浅い。万葉の精髄は、それらの諸要素を具へながらにして、芸術の至上所に到達してゐる所にある。万葉人のひたすらなる心の集中が、おのづからにして深さと高さの究極を目ざしたのである。今の万葉を説くものが、この点を遺却してゐるのは、万葉を遺却して万葉を説くに等しいのである。

小竹《ささ》の葉はみ山もさやにさわげども我は妹思ふ別れ来ぬれば　人麿
足曳《あしびき》の山川の瀬の鳴るなべに弓月《ゆづき》が嶽に雲たちわたる　人麿
淡海《あふみ》の海夕浪千鳥汝《な》が鳴けばこころもしぬに古《いにしへ》おもほゆ　人麿
み吉野の象山《きさやま》のまの木《こ》ぬれには幾許《ここだ》もさわぐ鳥の声かも　赤人
烏玉《ぬばたま》の夜のふけぬれば久木《ひさぎ》生ふるきよき河原に千鳥しば鳴く　赤人
吉野なる夏実の川の川淀《かはよど》に鴨ぞ鳴くなる山かげにして　湯原王
一つ松いく世か経ぬる吹く風の声の清《す》めるは年深みかも　市原王
あかときと夜鴉鳴けどこの山上《をか》の木末《こぬれ》の上はいまだ静けし　読人不知

これらの歌、皆、一心の集中が深い沈潜となり、それが、おのづからにして人生の寂寥相幽遠相に入つてゐるのであつて、この辺、前田夕暮氏の万葉新古今対照観に資するを要する所である。前田氏は万葉集を以て土の臭ひであるといひ、原始的にして素樸な端的な芸術であると言うてゐる。(前田氏のは比喩語が多くて意の限定し難いものが多い、意の推測し得る所を要約して述べておく)それはいい。只、それが宛《さなが》らに澄み入つた至上諸相を言はない。そして礦石《くわうせき》であり、璞《あらたま》であるから、手触りが粗いなどというてゐる。手触りの粗いといふことが、氏の作品に自ら標榜する「未成品」の意味ならば、万葉を知らないのであつて、それを以て新古今と対照するは殆《あやふ》いのである。

こもりくの泊瀬の山の山のまに猶予《いざよ》ふ雲は妹にかもあらむ　人麿
もののふの八十氏河の網代木にいざよふ浪の行方知らずも　人麿
瀧の上の三船の山に居る雲の常にあらむと吾が思《も》はなくに　弓削皇子
敷妙の袖易《か》へし君玉だれの小市野《をちぬ》に過ぎぬ又も逢はめやも　人麿
婇女《たわやめ》の袖吹きかへす明日香風京《みやこ》をとほみいたづらに吹く　志貴皇子
河の上《うへ》の湯津岩《ゆづいは》むらに草生《む》さず常にもがもな常少女《とこをとめ》にて　吹黄刀自

これらは作者経験心理の底が深く人間の無常観に通じてゐるものである。この相は、又前述の寂寥相幽遠相とも相通じる。

遠くありて雲居に見ゆる妹が家《いへ》に早く至らむ歩めわが駒　読人不知
大葉山霞《かすみ》棚曳き小夜ふけて吾が船泊《は》てむ港《とまり》知らずも　読人不知

家にして吾は恋ひなむ印南野《いなみぬ》の浅茅が上に照りし月夜を　読人不知

眉のごと雲居に見ゆる阿波の山懸けて榜《こ》ぐ舟泊《とまり》知らずも　船　王

ここにして家やもいづく白雲の棚引く山を越えて来にけり　石上卿

ひさかたの天の露霜おきにけり家なる人も待ち恋ひぬらむ　坂上郎女

隼人の薩摩の瀬戸を雲居なす遠くも吾れは今日見つるかも　長田王

これ亦一種の寂寥相幽遠相に通ずるものである。

葦べゆく鴨の羽交《はが》ひに霜ふりて寒き夕は大和し思ほゆ　志貴皇子

秋の田の穂のへに霧《き》らふ朝霞何方《いづべ》のかたにわが恋ひ止まむ　磐姫皇后

梓弓爪引《あづさゆみつまひ》く夜音《よと》の遠音《とほと》にも君が御言を聞かくし好《よ》しも　海上女王

吾が宿の夕影草《ゆふかげぐさ》の白露の消《け》ぬがにもとな思ほゆるかも　笠郎女

深く潜み入つた心が、おのづから事象の微細所に触れた歌である。斯様な相《すがた》も、万葉の特徴の一つである。

万葉には写生の歌がないと思うてゐる人がある。或は又自然物を詠んだ歌が少いと思うてゐる人がある。斯ういふ人々は、以上、小生の列挙した歌例を仔細に見ても、その妄が解るであらう。万葉人は実に純一な心で自然の事象に対きあつてゐるのであつて、その態度が作者を事象の微細所に澄み入らせてゐるのである。さういふ所まで解つてゐない人々が、大ざつぱな鑑賞眼で、単に土臭い芸術などと言つて片付けてしまふのである。

一体、万葉人の生活は、今代人よりも自然物に親しかつたのであつて、自然物との交渉が万葉人の生活の大きな部分になつてゐたことは、今代人の想像以上であると言うてもいい。さういふ生活から生れた歌が、自然物から離れてゐるといふことは想像の出来ないことである。況や、写生といふものの対象は自然物と人事とを分かたない。万葉に写生がないなどといふのは論ずるに足らぬ軽卒言である。（これは前田氏を指して言ふのではない）

百済野の萩の古枝《ふるえ》に春待つと来ゐし鶯鳴きにけむかも　赤人

石《いは》ばしる垂水《たるみ》のうへの早蕨の萌えいづる春になりにけるかも　志貴皇子

わが宿の萩のうれ長し秋風の吹きなむときに咲かむと思ひて　読人不知

高座《たかくら》の三笠の山になく鳥の止めばつがるる恋もするかも　赤人

さざれ波磯巨勢道《こせぢ》なる能登瀬《のとせ》川音の清《さや》けさたぎつ瀬ごとに　少足

静けくも岸には波は寄せけるかこの家通《とほ》し聞きつつ居れば　読人不知

留め得ぬいのちにしあれば敷妙の家ゆは出でて雲隠りにき　坂上郎女

かの子ろと寝ずやなりなむ旗すすき浦野の山に月かたよるも　読人不知

うゐ竹の本さへ響《とよ》みいでて往《い》なば何方《いづち》向きてか妹が嘆かむ　読人不知

面白き野をばな焼きそ古草に新草交じり生ひは生ふるがに　読人不知

之れらの歌に現れてゐる写生の微妙所をも併せて考ふべきである。歌例は到底ここに挙げ切れない。

夕されば小倉の山に鳴く鹿の今宵は鳴かず寝宿《いね》にけらしも　舒明天皇

百師木《ももしき》の大宮人《おほみやびと》のまかり出て遊ぶ今夜《こよひ》の月の清《さや》けさ　読人不知

御民われ生ける験《しるし》あり天地の栄ゆる時に遇へらく思へば　岡　麿

白ぬひ筑紫の綿は身につけて未だは著ねどあたたかく見ゆ　満　誓

青丹吉奈良の京《みやこ》は咲く花の匂ふがごとくいま盛りなり　小野老

天の原振りさけ見れば大君の御寿《みいのち》はながく天足らしたり　倭姫皇后

春過ぎて夏来るらし白妙の衣《ころも》乾したり天の香久山　持統天皇

渡津海《わたつみ》の豊旗雲に入日刺し今夜《こよひ》の月夜《つくよ》まさやけくこそ　中大兄皇子

是らを何と名づくべきかを知らない。或るものは人情の具足相であり、或るものは感情の円満相であり、暢達相である。而も夫れらは、曩《さ》きの寂寥相といひ幽遠相といふものと其由つて来るところを異にしない。至上所にある各相は其生命が根本に於て互に相通じてゐる。其点を把捉して万葉に向ふのでなければ、万葉の生命には触れ得ないのである。小生は万葉新古今対照の資料にするつもりで、覚え書き体に万葉の数相を説いた。遺却された他の諸相は他日の言及を期する。例歌は悉くを挙げ得ない。只その数片を示したに過ぎぬのである。(五月十六日柹蔭山房に於て)

○

小生、先年夏の盛りに、長崎に用事があつて、同地土橋氏の宅に七日ばかり厄介になつてゐた。その時、平戸の小国法師が訪ねて来て、二日ばかり寝食を共にした。此坊様が朝仏壇の前に坐つてお勤めの読経をしてゐると、うちの幼い二人の子どもが、異様の音声に驚いて勝手から走つて来て、坊様の後ろに立つた。坊さまのお勤めといふものを生れて初めて見たのであらう。一人の子どもは視線を丁度水平に置いて坊様の頭を見てゐる。一人の小さいのは視線を上に向けて同じものを見てゐる。二つの視線の出逢つた所に丸い頭があるのである。この頭は不可思議の頭である。第一に、誰もの頭が持つところの毛髪を持たない。従つて又誰もが多く見せない頭部の凸凹面を露出してゐる。子どもは今まで経験したことのない頭の形状と光沢とを観察するといふ目をして熱心に坊様の後ろに立つてゐる。そのうちに、視線を上に向けてゐたのが、手を伸ばして不思議な対象物に触つて見た。坊様は驚いて後ろを振り向いた。その時、小生「坊様が負けたな」と思つた。お勤めが終へて、朝の茶を飲む時、小生坊様に向つて「負けましたな」と言ふと、坊様も「負けました」と言うて笑ひながらその頭を撫でた。

無心な子どもの一挙手は、三十棒を何度も喰らつて修道した禅坊様の心を驚かすに足りた。斯様な無邪気な心は、又、往々或る心境に達し得てゐる大人の心と共通することがある。良寛禅師などの日常生活からは、幾つも恰例《かふれい》が見出されるやうである。正岡子規が病中八百善の料理を食べるために虚子氏から金五円を拝借して、その金を美しい財布に入れて、天井から釣り下げて、幾日も眺めて楽しんでゐたといふやうな心持も、矢張りこの童心に通じてゐる。小生等は左様な童心を現代の歌に求めて得ず。却つて子どもの一挙一動などによつて、有難い心持を誘ひ出されるのである。子どもを成るべく長く子どもであらしめよと冀《ねが》ふのも、この尊い心持を成るべく多く保持させて、一生の生活基調から、その心持を離させたくないと思ふからであつて、子どものうちから雑誌へ投書したり、美術会へ出品などさせるのは、早く童心から別れさせて世間気を発達させることになる場合が多いと思ふゆゑ、小生は左様な子どもの仕ぐさに、眉を顰めることが多いのである。

万葉集の歌には、流石にこの童心に通じた大人の歌が多い。

吾背子は仮廬《かりほ》作らす草《かや》なくば小松が下のかやを刈さね

小草《をぐさ》壮子《を》と小草《をぐさ》好色男《すけを》と潮舟の並べて見れば乎具佐《をぐさ》勝ちめり

児毛知山《こもちやま》若かへるでの紅葉《もみ》づまで寝《ね》もと吾《わ》は思《も》ふ汝《な》は何《あ》どか思《も》ふ

等の歌をよむと、殆ど子供の口つきを見る如き快感を覚える。

我はもよ安見児《やすみこ》得たり人皆の得がてにすといふ安見児得たり

これは中臣鎌足の歌である。鎌足も美人安見児を得ては、子ども心になつて喜んだのであらう。そこに一途にして強い心が現れてゐる。

万葉集には芸術の至上所と思はれるやうな境にまで入つた歌が多く、その或るものは人生の幽遠所寂寥所に澄み入つたと思はれるものがある。左様なものも根ざす所は純粋無雑不二一途の童心である。童心と至上芸術とは少くも小生には別々のものとして引き離して考へることは出来ない。丁度良寛の歌と良寛の童心と引き離して考へられないやうなものである。さういふ意味で万葉集の人麿赤人等の傑作と前掲四首の如き歌とを比較する時、別々の標準を置いて、之を鑑賞する心持はしないのである。幽遠所寂寥所に入つたものが、その物として尊い如く、童心そのままの現れは、そのままの現れとして尊いのであつて、その間に多く差別を立てたくないのである。

今人の至り難いは、先以て童心である。偶ま詩歌人が、過つて童心を気取つて、奇々妙々な行動を為し、中にはそれを詳しく記述して天下耳目の前に突きつけるといふやうな種類がある。気取りの童心は、童心ならざるものよりも、臭いだけ悪い。

都会の子どもは、人間及び人工物との接触が多いために、早くから大人の挨拶礼儀作法その他の挙動に習熟して幼い大人になり済ますといふ傾きがある。その勢を助長するために所謂「子どもの読みもの」がある。強烈な色彩の表紙画、口画、それ丈けでも子どもの弱点を挑発するに余りがある。強烈な刺戟に慣れる子どもは、強烈な刺戟を人に示さうとする子どもになる。早くから人前を考へたり、試験の成績の比較を気にしたりする子どもは、斯ういふ所から余計に生れて来る。さうして中学一年位の子どもが、平気でカフエーの椅子に腰かけて、女給仕に冗談口を利くといふやうな現象を呈するのである。

子どもから早く童心を取り去つて、その代りに小さい世間気を植ゑこむといふやうなことは、詩歌の上の問題でなくて、人類としての大きな問題である。斯ういふ勢で人類が進んで行けば、万葉集や良寛の出現は愚か、世の中は物質万能、零砕砂《れいさい》を噛むの域に入ることであらう。小生は田舎の子どもが自然物の中で生育して、鰌《どぢやう》を掬うたり栗を落したりする子どもらしい原始的な生活を尊重する。さうして少くも、左様な子どもたちに、現今流行の「子どもの読みもの」を見せたくないと思ふのである。

（六月十七日）

○

万葉集には又

法師らが鬚の剃杭《そりくひ》に馬つなぎ痛くな引きそ法師無からかむ
石麿《いはまろ》に吾れ物申す夏痩に良しといふものぞ鰻《むなぎ》取り食《め》せ
痩す痩すも生けらばあらむを将《はた》や将鰻を漁《と》ると河に流るな

仏作る真朱《まそほ》足らずば水たまる池田の朝臣《あそ》が鼻のへを掘れ
勝間田《かつまだ》の池は吾れ知る蓮《はちす》なし然《し》か言ふ君の鬚無きが如《ごと》

蓮葉は斯くこそあるもの意吉麿《おきまろ》が家なるものは芋《うも》の葉にあらし

といふやうな滑稽歌がある。斯様な歌は、万葉の歌がらを毫末も濁らせるものでないのみならず、却つて万葉全体の心を考へる上に、或る大きさと豊かさを与へるものである。元来純粋な滑稽や戯れは浄化した心の一面として現れるものである。得道者の心が子どもの心に類してゐることも、夫れと消息を通じてゐる。落語家の上乗に入つてゐるものの居常が、割合に虔ましく真面目であるといふことを聞いてゐる。それも同じ消息の中において考へることが出来る。

孔子が陳蔡《ちんさい》の野で囲まれて「絶糧、従者病、莫能与」といふ大事に遭つた時に、孔子が大分悲観して「吾道非耶。吾何為至於此」と言うた時に、顔回がこれを慰めて、「不容何病、不容然後見君子」と言うた。孔子が之れを聴いて初めてにこりと笑つた。さうして「有是哉、顔子之子、使爾多財、吾為爾宰」と言うた。お前が金持ならば、おれがお前の番頭にならうと戯れたのであつて、この時孔子余程うれしかつたものと見える。お前の番頭にならうといふやうな戯れは、却つて、せつぱ詰まつた心の中から生れるものであつて、戯れの心が浄化されてゐると共に、さやうな戯れの心によつて孔子の人物が余計に大きく寛く懐しく思はれるのである。孔子はよく子路にからかつてゐる。子路を愛したのであらう。「道行はれずんば、桴《いかだ》に乗つて海に浮ばん。我に従ふもの夫れ由《ゆう》か」と言うたのも、子路に向つて、からかつたのであらうし、「吾豈に匏瓜《はうくわ》ならんや。焉《いづく》んぞ能く繋いで食はざらんや」と言うたのも、子路に向つて戯れられたのである。斯様なことが、孔子の人がらを大きくこそすれ、決して性情の上に累をするものでないのである。万葉集に諧謔の一相を具へてゐるといふことは、啻《ただ》に万葉の有する他の諸相と相背馳せざるのみならず、却つて、夫れによつて他の諸相の確実性までも附与するものである。これを更に縮めて言へば、人麿の具へた幽遠相は「妹が門見む、靡けこの山」といふ如き、子どもの地駄太を踏みつつ発する駄々言に類した歌心によつて傷けられないのみならず、却つて、それの幽遠相をも確実にするの観あると同じ関係にあるのである。只滑稽といひ、戯れといひ、その背後には、それを生み来る心がある。その心は小生の前に説いた諸相を生み来る心と異るものではないのである。その心を思はずして、形のみを模して滑稽をなすのは滑稽に甘えるものであり、滑稽に甘えるの不可なるは、幽遠に甘え、厳粛に甘え、素樸に甘え、無邪気に甘えるの不可なると異る所がない。夫れについて思ふのは、子規の歌の具ふる種々相である。更に左千夫の具ふる種々相である。（左千夫のそれについては一昨年のアララギに説いた）それらの諸相を生み来る心をも同じ意味に於て我々は考へて見ていいのである。猶、それについて序でを以て考へ出すことは、茂吉の

あかねさす昼は昼とて眼の見えぬ黒き蟋蟀《いとど》を追ひつめにけり

といふ歌である。これは必しも滑稽の歌ではない。只蟋蟀を追ひつめてゐるといふのであつて、現れる所は子供のいたづらに類する。形は子どものいたづらであつて、心はせつぱ詰まつた寂しさに居り、自分が人に追ひつめられる虫の如き心になつてゐるのである。形の下に籠つてゐる心があはれである。それを或る意味に拡げて言ふと、滑稽歌の背後にある心を思ふことが出来、その心が他の種々相の背後にある心と異るものでないことが思はれるであろう。茂吉の歌は今思ひついたものを挙げた。他に恰例があるかも知れぬ。

現歌壇と万葉集

正岡子規の唱へた万葉集復活の声は、子規時代に反響がなく、左千夫時代に反響がなく、最近十年漸く一般歌壇に受け入れられた観があるが、本当には徹してをらぬといふ感が多い。

明治維新以来、日本人の生活精神が物質的に開放せられたため、外面的な物のひろがりを求め、官能的な末梢神経の満足を求めることにその足並をそろへて来たことは、一方世界人類の生活精神と足並をそろへて来たのであつて、自然の勢ひといふことが出来る。現今人類の生活が物質的に伸びれば伸びるほど悲惨になり、一方には資本主義の破綻を見ようとし、一方には物質万能の平等観が瀰漫しようとしてゐる時、この傾向が、どん底まで押しつまつて、救はれなくなる頃に、漸く顧みられるのが東洋伝統の文明であらう。さういふ省慮が日本人の生活に現れる時、万葉集が日本人の心に本当に復活してくるのが大体の順序であらう。（東洋人の生活精神の伝統は予のたび〳〵いひ及んだ所で、今絮説《じよせつ》しない。万葉集がその伝統の一の現れであること勿論である。）この順序から見れば、万葉復活の声は日本歌壇には寧ろ早過ぎたのであつて、今までの万葉復活の声は、来るべき復活に対してその準備位に見ていいのである。或る哲学者は、昨年ドイツより書をよせて

自我肯定の西洋文明は、今日の如く物質的生活の困窮に陥りても猶反省する所以を知らず、如何に無理をしても自我の慾望を満足せしむべき手段を争ひ求めんとして、真の救済は却つて自我の否定にあり、精神を以て物質に打克つに存することを覚らざること寧ろ痛ましく感ぜられ候。之に対する東洋或は日本の文化乃至生活基調が自己否定、自己犠牲、諦め、運命に黙従して却て之に打克つ自由の境地を発見せんとすることは、実に正反対の対照に有之、到底西人の理解する能はざる境地と存じ候。云々（アララギ第十六巻一月号）

というてゐる。最近他の或る思想家はフロレンス途上より書を寄せて

こちらに来て益々真剣に日本を研究する人が、もつと出て来なければならぬことを感じます（中略）僕等には世界中日本ほどいい所がありません。

といふてゐる。予の歌の友だちが、最近ドイツより濠洲より寄せた手紙、又皆この類である。斯様な声を単に或る一部の声であるとするは、現代にある物質眩惑者の類であらう。

歌壇の或るものは、現歌壇を万葉に復へせとは、現代人を古代人にせよといふことであつて、文明の逆転であるといふ。さういふ人に、仏徒が二千五百年前の釈迦に礼拝し、耶蘇教徒が二千年前のキリストの前に拝跪するのは何の為めかと問うたら何と答へるつもりか。明治の王政復古は、復古であつて維新である。子規の万葉復活は、復活が直に個性の透徹である。これは子規の歌を見ると明白に分かる。

近頃、前田夕暮氏は、万葉集を土のにほひであるといひ、原始的で素樸端的な芸術であるといひ、鉱石であり、璞であるから手ざはりの粗らい芸術であるといふ風に説明した。大体はそれでいい。ただ万葉の精髄に徹して居らぬのを惜しむ。万葉の歌の至上所に入つたものは、左様な要素をそなへながら、深く人生の寂寥所に入り、幽遠所微細所に澄み入つてゐる。形は三十一字にして内に深くこもるものがある。これが東洋芸術の特徴であつて、同時に生活形式を中枢的要求によつて簡素にする東洋的精神の現れである。前田氏は十数年来歌壇の空気に入つてゐて、万葉の如何なるものであるかを知つてゐる筈の人である。その人にして猶解し方がこの通り一般的である。現今歌壇に取り入れられた万葉風といふものが如何なるものであるか。その一端を窺ふべきである。更に或るものは一種の気まぐれであり、流行の追随者であらう。万葉の復活はまだ〳〵熟しないのである。予は、今後万葉の研究が第二次的の深さに入る時、その中に、現今歌人の幾何《どれほど》が加つてゐるであらうかと想像してゐるのである。

斎藤茂吉

初版 赤 光

大正二年（七月迄）

1 悲報来

ひた走るわが道暗ししんしんと堪《こら》へかねたるわが道くらし
ほのぼのとおのれ光りてながれたる螢を殺すわが道くらし
すべなきか螢をころす手のひらに光つぶれてせんすべはなし
氷室《ひむろ》より氷をいだす幾人はわが走る時ものを云はざりしかも
氷きるをとこの口のたばこの火赤かりければ見て走りたり

死にせれば人は居ぬかなと歎かひて眠り薬をのみて寝んとす

赤彦と赤彦が妻吾《あ》に寝よと蚤とり粉《こな》を呉れにけらずや

罌粟《けし》はたの向うに湖《うみ》の光りたる信濃のくにに目ざめけるかも

諏訪のうみに遠白《とほじろ》く立つ流波《ながれなみ》つばらつばらに見んと思へや

あかあかと朝焼けにけりひんがしの山並の天《あめ》朝焼けにけり

七月三十日信濃上諏訪に滞在し、一湯浴びて寝ようと湯壺に浸つてゐた時、左千夫先生死んだといふ電報を受取つた。予は直ちに高木なる島木赤彦宅へ走る。夜は十二時を過ぎてゐた。

2 屋上の石

あしびきの山の峡《はざま》をゆくみづのをりをり白くたぎちけるかも

しら玉の憂《うれひ》のをんな恋ひたづね幾やま越えて来《きた》りけらしも

鳳仙花城あとに散り散りたまる夕《ゆふ》かたまけて忍び逢ひたれ

天そそる山のまほらに夕《ゆふ》よどむ光りのなかに抱《いだ》きけるかも

屋上の石は冷めたしみすずかる信濃のくにに我は来にけり

屋根の上に尻尾動かす鳥来りしばらく居つつ去りにけるかも

屋根踏みて居ればかなしもすぐ下の店に卵を数へゐる見ゆ
屋根にゐて微《かそ》けき憂《うれひ》湧きにけり目《ま》したの街のなりはひの見ゆ
（七月作）

3　七月二十三日

めん雞《どり》ら砂あび居たれひつそりと剃刀研人《かみそりとぎ》は過ぎ行きにけり
夏休日《なつやすみ》われもいもらひて十日まり汗をながしてなまけてゐたり
たたかひは上海に起り居たりけり鳳仙花紅く散りゐたりけり
十日なまけけふ来て見れば受持の狂人ひとり死に行きて居し
鳳仙花かたまりて散るひるさがりつくづくとわれ帰りけるかも
（七月作）

4　麦《むぎの》　奴《くろみ》

しみじみと汗ふきにけり監獄のあかき煉瓦にさみだれは降り
雨空に煙上《のぼ》りて久しかりこれやこの日の午時ちかみかも
飯《いひ》かしぐ煙ならむと鉛筆の秀《ほ》を研ぎて居て煙を見るも
病監の窓の下びに紫陽花が咲き、折をり風は吹き行きにけり
ひた赤し煉瓦の塀はひた赤し女刺しし男に物いひ居れば

監房より今しがた来《こ》し囚人はわがまへにゐてやや笑めるかも

巻尺を囚人のあたまに当て居りて風吹き来しに外面《そとも》を見たり

ほほけたる囚人の眼のやや光り女を云ふかも刺しし女を

相群れてべにがら色の囚人は往きにけるかも入り日赤《あか》けば

まはりみち畑にのぼればくろぐろと麦奴《むぎのくろみ》は棄てられにけり

光もて囚人の瞳てらしたりこの囚人を観ざるべからず

けふの日は何も答《いら》へず板の上に瞳を落すこの男はや

紺いろの囚人の群笠かむり草苅るゆゑに光るその鎌

監獄に通ひ来しより幾日《いくひ》経し蜩《かなかな》啼きたり二つ啼きたり

よごれたる門札おきて急ぎたれ八尺《やさか》入りつ日ゆららに紅し

黴毒のひそみ流るる血液を彼の男より採りて持ちたり　（七月作）

殺人未遂被告某の精神状態鑑定を命ぜられて某監獄に通ひ居たる時、折にふれて詠みすてたるものなり。

5　みなづき嵐

どんよりと空は曇りて居りたれば二たび空を見ざりけるかも
わが体《たい》にうつうつと汗にじみゐて今みな月の嵐ふきたれ
わがいのち芝居に似ると云はれたり云ひたるをとこ肥りゐるかも
みなづきの嵐のなかに顫《ふる》ひつつ散るぬばたまの黒き花みゆ
狂院の煉瓦の角《かど》を見ゐしかばみなづきの嵐ふきゆきにけり
狂じや一人《ひとり》蚊帳よりいでてまぼしげに覆盆子《いちご》食べたしといひにけらずや
ながながと廊下を来つついそがしき心湧きたりわれの心に
蚊帳のなかに蚊が二三疋《にさんびき》ゐらるるしき此寂しさを告げやらましを
ひもじさに百日《ももか》を経たりこの心よるの女人を見るよりも悲し
日を吸ひてくろぐろと咲くダアリヤはわが目のもとに散らざりしかも
かなしさは日光のもとダアリヤの紅色《くれなゐ》ふかくくろぐろと咲く
うつうつと湿り重たくひさかたの天《あめ》低くして動かざるかも
たたなはる曇りの下を狂人はわらひて行けり吾を離れて
ダアリヤは黒し笑ひて去りゆける狂人は終《つひ》にかへり見ずけり
（六月作）

6　死にたまふ母

其の一

ひろき葉は樹にひるがへり光りつつかくろひにつつしづ心なけれ
白ふぢの垂花《たりはな》ちればしみじみと今はその実の見えそめしかも
みちのくの母のいのちを一目《ひとめ》みん一目みんとぞいそぐなりけれ
うち日さす都の夜に灯はともりあかかりければいそぐなりけり
ははが目を一目を見んと急ぎたるわが額《ぬか》のへに汗いでにけり
灯《ともし》あかき都をいでてゆく姿かりそめ旅とひと見るらんか
たまゆらに眠りしかなや走りたる汽車ぬちにして眠りしかなや
吾妻《あづま》やまに雪かがやけばみちのくの我が母の国に汽車入りにけり
朝さむみ桑の木の葉に霜ふれど母にちかづく汽車走るなり
沼の上にかぎろふ青き光よりわれの愁《うれへ》の来むと云ふかや
上《かみ》の山《やま》の停車場に下り若くしていまは鰥夫《やもを》のおとうと見たり

其の二

はるばると薬をもちて来《こ》しわれを目守《まも》りたまへりわれは子なれば
寄り添へる吾を目守りて言ひたまふ何かいひたまふわれは子なれば
長押《なげし》なる丹《に》ぬりの槍に塵は見ゆ母の辺《べ》の我が朝目《あさめ》には見ゆ
山いづる太陽光を拝みたりをだまきの花咲きつづきたり
死に近き母に添寝のしんしんと遠田《とほた》のかはづ天に聞ゆる
桑の香の青くただよふ朝明《あさあけ》に堪《た》へがたければ母呼びにけり
死に近き母が目に寄りをだまきの花咲きたりといひにけるかな
春なればひかり流れてうらがなし今は野《ぬ》のべに蟆子《ぶと》も生《あ》れしか
死に近き母が額《ひたひ》を撫《さす》りつつ涙ながれて居たりけるかな
母が目をしまし離《か》れ来て目守りたりあな悲しもよ蚕《かふこ》のねむり
我が母よ死にたまひゆく我が母よ我《わ》を生《う》まし乳足《ちた》らひし母よ
のど赤き玄鳥《つばくらめ》ふたつ屋梁《はり》にゐて足乳《たらち》ねの母は死にたまふなり
いのちある人あつまりて我が母のいのち死行《しゆ》くを見たり死ゆくを
ひとり来て蚕《かふこ》のへやに立ちたれば我が寂しさは極まりにけり

其の三

楢《なら》わか葉照りひるがへるうつつなに山蚕《やまこ》は青く生《あ》れぬ山蚕は

日のひかり斑《はだ》らに漏りてうら悲し山蚕は未《いま》だ小さかりけり

葬《はふ》り道すかんぼの華《はな》ほほけつつ葬り道べに散りにけらずや

おきな草口あかく咲く野の道に光ながれて我ら行きつも

わが母を焼かねばならぬ火を持てり天《あま》つ空には見るものもなし

星のゐる夜ぞらのもとに赤赤とははそはの母は燃えゆきにけり

さ夜ふかく母を葬りの火を見ればただ赤くもぞ燃えにけるかも

はふり火を守りこよひは更けにけり今夜《こよひ》の天《てん》のいつくしきかも

火を守《も》りてさ夜ふけぬれば弟は現身《うつしみ》のうた歌ふかなしく

ひた心目守らんものかほの赤くのぼるけむりのその煙はや

灰のなかに母をひろへり朝日子《あさひこ》ののぼるがなかに母をひろへり

蕗の葉に丁寧に集めし骨くづもみな骨瓶《こつがめ》に入れ仕舞ひけり

うらうらと天に雲雀は啼きのぼり雪斑《はだ》らなる山に雲ゐず

どくだみも薊《あざみ》の花も焼けゐたり人葬所《ひとはふりど》の天明《あめあ》けぬれば

其の四

かぎろひの春なりければ木の芽みな吹き出《いづ》る山べ行きゆくわれよ
ほのかにも通草《あけび》の花の散りぬれば山鳩のこゑ現《うつ》なるかな
山かげに雉子が啼きたり山かげの酸《す》つぱき湯こそかなしかりけれ
酸《さん》の湯に身はすつぽりと浸りゐて空にかがやく光を見たり
ふるさとのわぎへの里にかへり来て白ふぢの花ひでて食ひけり
山かげに消《け》のこる雪のかなしさに笹かき分けて急ぐなりけり
笹はらをただかき分けて行きゆけど母を尋ねんわれならなくに
火の山の麓にいづる酸の温泉《ゆ》に一夜《ひとよ》ひたりてかなしみにけり
ほのかなる花の散りにし山のべを霞ながれて行きにけるはも
はるけくも峡《はざま》のやまに燃ゆる火のくれなゐと我《あ》が母と悲しき
山腹《やまはら》に燃ゆる火なれば赤赤とけむりはうごくかなしかれども
たらの芽を摘みつつ行けり寂しさはわれよりほかのものとかはしる

寂しさに堪へて分け入る我が目には黒ぐろと通草の花ちりにけり
見はるかす山腹なだり咲きてゐる辛夷《こぶし》の花はほのかなるかも
蔵王山《ざわうさん》に斑《はだ》ら雪かもかがやくと夕さりくれば岨《そは》ゆきにけり
しみじみと雨降りゐたり山のべの土赤くしてあはれなるかも
遠天《をんてん》を流らふ雲にたまきはる命は無しと云へばかなしき
やま峡《かひ》に日はとつぷりと暮れたれば今は湯の香《か》の深かりしかも
湯どころに二夜《ふたよ》ねぶりて蓴菜《じゆんさい》を食へばさらさらに悲しみにけれ
山ゆゑに笹竹の子を食《く》ひにけりははそはの母よははそはの母よ

（五月作）

7　おひろ

其の一

なげかへばものみな暗しひんがしに出づる星さへ赤からなくに
とほくとほく行きたるならむ電燈を消せばぬばたまの夜もふけぬる
夜くればさ夜床《よどこ》に寝しかなしかる面《おも》わも今は無しも小床《をどこ》も
ふらふらとたどきも知らず浅草の丹《に》ぬりの堂にわれは来にけり

あな悲し観音堂に癩者《らいしゃ》ゐてただひたすらに銭欲《ぜにほ》りにけり

浅草に来てうで卵買ひにけりひたさびしくてわが帰るなる

はつはつに触れし子なればわが心今は斑《はだ》らに嘆きたるなれ

代々木野をひた走りたりさびしさに生きの命のこのさびしさに

さびしさびしいま西方《さいはう》にくるくるとあかく入る日もこよなく寂し

紙くづをさ庭に焚けばけむり立つ恋《こほ》しきひとははるかなるかも

ほろほろとのぼるけむりの天《てん》にのぼり消え果つるかに我も消ぬかに

ひさかたの悲天《ひてん》のもとに泣きながらひと恋ひにけりいのちも細く

放り投げし風呂敷包ひろひ持ち抱きてゐたりさびしくてならぬ

ひつたりと抱《だ》きて悲しもひとならぬ瘋癲学の書《ふみ》のかなしも

うづ高く積みし書物に塵たまり見の悲しもよたどき知らねば

つとめなればけふも電車に乗りにけり悲しきひとは遥かなるかも

この朝け山椒の香のかよひ来てなげくこころに染みとほるなれ

其の二

ほのぼのと目を細くして抱かれし子は去りしより幾夜か経たる
うれひつつ去《い》にし子ゆゑに藤のはな揺《ゆ》る光りさへ悲しきものを
しら玉の憂《うれひ》のをんな我《あ》に来《きた》り流るるがごと今は去りにし
かなしみの恋にひたりてゐたるとき白ふぢの花咲き垂りにけり
夕やみに風たちぬればほのぼのと躑躅《つつじ》の花はちりにけるかも
おもひ出は霜ふるたにに流れたるうす雲の如《ごと》かなしきかなや
あさぼらけひと目見しゆゑしばだたくくろきまつげをあはれみにけり
わが生《あ》れし星を慕ひしくちびるの紅きをんなをあはれみにけり
しんしんと雪ふりし夜にその指のあな冷たよと言ひて寄りしか
狂院の煉瓦のうへに朝日子《あさひこ》のあかきを見つつくち触りにけり
たまきはる命ひかりて触《ふ》りたれば否《いな》とは言ひて消《け》ぬがにも寄る
彼《か》のいのち死去《しい》ねと云はばなぐさまめ我の心は云ひがてぬかも
すり下す山葵《わさび》おろしゆ滲《し》みいでて垂る青みづのかなしかりけり

啼くこゑは悲しけれども夕鳥は木に眠るなりわれは寝なくに

其の三

愁《うれ》へつつ去《い》にし子のゆゑ遠山《とほやま》にもゆる火ほどの我《あ》がこころかな

あはれなる女《をみな》の瞼恋ひ撫でてその夜ほとほとわれは死にけり

このこころ葬《はふ》らんとして来りぬれ畑《はた》には麦は赤らみにけり

夏されば農園に来て心ぐし水すましをばつかまへにけり

麦の穂に光ながれてたゆたへば向うに山羊は啼きそめにけれ

藻のなかに潜むゐもりの赤き腹はつか見そめてうつつともなし

この心葬り果てんと秀《ほ》の光る錐《きり》を畳にさしにけるかも

わらぢ虫たたみの上に出で来《こ》しに烟草のけむりかけて我居り

念々にをんなを思ふわれなれど今夜《こよひ》もおそく朱の墨するも

この雨はさみだれならむ昨日よりわがさ庭べに降りてゐるかも

つつましく一人し居れば狂院のあかき煉瓦に雨のふる見ゆ

瑠璃いろにこもりて円き草の実はわが恋人のまなこなりけり

ひんがしに星いづる時汝《な》が見なばその眼ほのぼのとかなしくあれよ　（五月六月作）

8　きさらぎの日

きやう院を早くまかりてひさびさに街を歩めばひかり目に染む
平凡に涙をおとす耶蘇兵士《やそへいし》あかき下衣《ちよつき》を着たりけるかも
きさらぎの天《あめ》のひかりに飛行船ニコライでらの上を走れり
杵《きね》あまた並べばかなし一様《いちやう》につぼの白米《しろこめ》に落ち居たりけり
杵あまた馬のかうべの形せりつぼの白米に落ちにけるかも
もろともに天《てん》を見上げし耶蘇士官あかき下衣《ちよつき》を着たりけるかも
きさらぎの市路《いちぢ》を来つつほのぼのと紅き下衣の悲しかるかも
救世軍のをとこ兵士はくれなゐの下衣着たれば何とすべけむ
まぼしげに空に見入りし女あり黄色《わうしよく》のふね天馳《あまは》せゆけば
二月ぞら黄いろき船が飛びたればしみじみとをんなに口触《くちふ》るかなや
この身はも何か知らねどいとほしく夜おそくゐて爪きりにけり　（二月作）

9　口ぶえ

このやうに何に顴骨《ほほぼね》たかきかや触《さや》りて見ればをんななれども
この夜《よる》をわれと寝《ぬ》る子のいやしさのゆゑ知らねども何か悲しき
目をあけてしぬのめごろと思ほえばのびのびと足をのばすなりけり
ひんがしはあけぼのならむほそほそと口笛ふきて行く童子《どうじ》あり
あかねさす朝明けゆゑにひなげしを積みし車に会ひたるならむ　（五月作）

10　神田の火事

これやこの昨日《きぞ》の夜《よ》の火に赤かりし跡どころなれけむり立ち見ゆ
天明《あめあ》けし焼跡どころ焼えかへる火中《ほなか》に音の聞えけるかも
亡ぶるものは悲しけれども目の前にかかれとてしも赤き火にほろぶ
たちのぼる灰燼《くわいじん》のなかにくろ眼鏡白き眼鏡を売れりけるかも
和《のど》あゆみ眼鏡よろしと言《こと》あげてみづからの眼に眼鏡かけたり　（三月作）

11　女学院門前

売薬商人《くすりうり》しろき帽子をかかぶりて歌ひしかもよ薬のうたを
売薬商人くすりを売ると足並をそろへて歌をうたひけるかも

驢馬にのる少年の眼はかがやけり薬のうたは向うにきこゆ
芝生《しばふ》には小松きよらに生《お》ひたれば人間道《にんげんだう》の薬かなしも
あかねさす昼なりしかば少女《をとめ》らのふりはへ袖はながかりしかも

（三月作）

12　呉竹の根岸の里

にんげんの赤子《あかご》を負へる子守居りこの子守はも笑はざりけり
日あたれば根岸の里の川べりの青蕗のたう揺《ゆ》りたつらんか
くれたけの根岸里べの春浅み屋上の雪凝《こ》りてうごかず
天《あめ》のなか光りは出でて今はいま雪さんらんとかがやきにけり
角兵衛のをさな童《わらべ》のをさなさに涙ながれて我は見んとす
笛の音のとろりほろろと鳴りたれば紅色《こうしよく》の獅子あらはれにけり
いとけなき額《ひたひ》のうへにくれなゐの獅子の頭《あたま》を見そめしかもよ
春のかぜ吹きたるならむ目のもとの光のなかに塵うごく見ゆ
ながらふる日光のなか一いろに我のいのちのめぐるなりけり
あかあかと日輪天《てん》にまはりしが猫やなぎこそひかりそめぬれ

くれなゐの獅子のあたまは天《あめ》なるや廻転光《くわいてんくわう》にぬれゐたりけり　（一月作）

13　さんげの心

雪のなかに日の落つる見ゆほのぼのと懺悔《さんげ》の心かなしかれども

こよひはや学問したき心起りたりしかすがにわれは床にねむりぬ

風引きて寝てゐたりけり窓の戸に雪ふる聞《きこ》ゆさらさらといひて

あわ雪は消《け》なば消ぬがにふりたれば眼《まなこ》悲しく消《け》ぬらくを見む

腹ばひになりて朱の墨すりしころ七面鳥に泡雪はふりし

ひる日中《ひなか》床の中《なか》より目をひらき何か見つめんと思ほえにけり

雪のうへ照る日光のかなしみに我がつく息はながかりしかも

赤電車にまなこ閉づれば遠国《をんごく》へ流れて去《い》なむこころ湧きたり

家ゆりてとどろと雪はなだれたり今夜《こよひ》は最早幾時《もはやいくとき》ならむ

しんしんと雪ふる最上《もがみ》の上《かみ》の山《やま》弟は無常を感じたるなり

ひさかたのひかりに濡れて縦《よ》しゑやし弟は無常を感じたるなり

電燈の球にたまりしほこり見ゆすなはち雪はなだれ果てたり

天霧らし雪ふりてなんぢが妻は細りつつ息をつかんとすらし
あまつ日に屋上の雪かがやけりしづごころ無きいまのたまゆら
しろがねのかがよふ雪に見入りつつ何を求めむとする心ぞも
いまわれはひとり言いひたれどもあはれ哀れかかはりはなし
家にゐて心せはしく街ゆけば街には女おほくゆくなり（一月作）

14　墓　前

ひつそりと心なやみて水かける松葉ぼたんはきのふ植ゑにし
しらじらと水のなかよりふふみたる水ぐさの花小さかりけり（八月作）

明治四十五年
大正　元　年

1　雪ふる日

かりそめに病みつつ居ればうらがなし墓はらとほく雪つもる見ゆ
現身《うつしみ》のわが血脈《けちみやく》のやや細り墓地にしんしんと雪つもる見ゆ
あま霧《きら》し雪ふる見れば飯《いひ》をくふ囚人のこころわれに湧きたり
わが庭に鶩《あひる》ら啼きてゐたれども雪こそつもれ庭もほどろに
ひさかたの天の白雪ふりきたり幾とき経ねばつもりけるかも
枇杷の木の木ぬれに雪のふりつもる心愛憐《あはれ》みしまらくも見し
さにはべの百日紅のほそり木に雪のうれひのしらじらと降る
天つ雪はだらに降れどさにづらふ心にあらぬ心にはあらぬ
（十二月作）

2　宮益坂

荘厳《しやうごん》のをんな欲《ほつ》して走りたるわれのまなこに高山《たかやま》の見ゆ
風を引き鼻汁《はな》ながれたる一人男《ひとりを》は駈足をせず富士の山見けり
これやこの行くもかへるも面《おも》黄なる電車終点の朝ぼらけかも
狂者《きやうじや》もり眼鏡をかけて朝ぼらけ狂院へゆかず富士の山見居り

馬に乗りりくぐん将校きたるなり女難の相か然《しか》にあらずか
向ひには女は居たり青き甕もち童子《どうじ》になにかいひつけしかも
天竺のほとけの世より女人《をんな》居りこの朝ぼらけをんな行くなり
雪ひかる三国一の富士山《ふじさん》をくちびる紅き女も見たり　（十二月作）

3　折に触れて

くろぐろと円《つぶ》らに熟るる豆柹に小鳥はゆきぬつゆじもはふり
蔵王山に雪かもふるといひしときはや班《はだら》なりといらへけらずや
狂者らは Paederastie をなせりけり夜しんしんと更けがたきかも
ゴオガンの自画像みればみちのくに山蚕《やまこ》殺ししその日おもほゆ
をりをりは脳解剖書読むことありゆゑ知らに心つつましくなり
水のうへにしらじらと雪ふりきたり降りきたりつつ消えにけるかも
身ぬちに重大を感ぜざれども宿直《とのゐ》のよるにうなじ垂れゐし
この里に大山大将住むゆゑにわれの心の嬉しかりけり　（十二月作）

4　青山の鉄砲山

赤き旗けふはのぼらずどんたくの鉄砲山に小供らが見ゆ
日だまりの中《なか》に同様のうなゐらは皆走りつつ居たりけるかも
銃丸を土より掘りてよろこべるわらべの側《そば》を行き過《よ》ぎりけり
青竹を手に振りながら童子《どうじ》来て何か落ちゐぬ面《おも》もちをせり
ゆふ日とほく金《きん》にひかれば群童は眼《め》つむりて斜面をころがりにけり
群童が皆ころがれば丘のへの童女《どうぢよ》かなしく笑ひけるかも
いちにんの童子ころがり極まりて空見たるかな太陽が紅し
射的場に細みづ湧きて流れければ童《わらべ》ふたりが水のべに来し　（十月作）

5　ひとりの道

霜ふればほろほろと胡麻《ごま》の黒き実の地《つち》につくなし今わかれなむ
夕凝《ゆふこ》りし露霜ふみて火を恋ひむ一人《ひとり》のゆゑにこころ安けし
ながらふるさ霧のなかに秋花を我摘まんとす人に知らゆな
白雲は湧きたつらむか我ひとり行かむと思ふ山のはざまに
神無月空の果てよりきたるとき眼ひらく花はあはれなるかも

独りなれば心安けし谿ゆきてくちびる触れむ木の実ありけり
ひかりつつ天《あめ》を流るる星あれど悲しきかもよわれに向はず
行くかたのうら枯るる野に鳥落ちて啼かざりしかも入日《いりひ》赤きに
いのち死にてかくろひ果つるけだものを悲しみにつつ峡《かひ》に入りけり
みなし児に似たるこころは立ちのぼる白雲に入りて帰らんとせず
もみぢ斑に照りとほりたる日の光りはざまにわれを動かざらしむ
わが歩みここに極まれ雲くだるもみぢ斑のなかに水のみにけり
はるばるも山峡《やまかひ》に来て白樺に触《さや》りて居たり独りなりけれ
ひさかたの天のつゆじもしとしとと独り歩まむ道ほそりたり　（十一月作）

6　葬り火　黄涙余録の一

あらはなる棺《ひつぎ》はひとつかつがれて穏田ばしを今わたりたり
自殺せし狂者の棺のうしろより眩暈《めまひ》して行けり道に入日《いりひ》あかく
陸橋にさしかかるとき兵来れば棺《ひつぎ》はしまし地《つち》に置かれぬ
泣きながすわれの涙の黄なりとも人に知らゆな悲しきなれば

鴉らは我はねむりて居たるらむ狂人の自殺果てにけるはや
死なねばならぬ命まもりて看護婦はしろき火かかぐ狂院のよるに
自《みづか》らのいのち死なんと直《ひた》いそぐ狂人を守《も》りて火も恋ひねども
土のうへに赤棟蛇《やまかがし》遊ばずなりにけり入る日あかあかと草はらに見ゆ
歩兵隊代々木のはらに群れゐしが狂人のひつぎひとつ行くなり
赤光《しやくわう》のなかに浮びて棺ひとつ行き遥けかり野は涯ならん
わが足より汗いでてやや痛みあり靴にたまりし土ほこりかも
火葬場に細みづ白くにごり来も向うにひとが米を磨ぎたれば
死はも死はも悲しきものならざらむ目のもとに木の実落つたはやすきかも
両手をばズボンの隠しに入れ居たりおのが身を愛《は》しと思はねどさびし
葬《はふ》り火は赤々と立ち燃ゆらんか我がかたはらに男居りけり
うそ寒きゆふべなるかも葬り火を守るをとこが欠伸をしたり
骨瓶《こつがめ》のひとつを持ちて価《ね》を問へりわが口は乾くゆふさり来《きた》り
納骨の箱は杉の箱にして骨《こつ》がめは黒くならびたりけり

上野なる動物園にかささぎは肉食ひゐたりくれなゐの肉を

おのが身しいとほしきかなゆふぐれて眼鏡のほこり拭ふなりけり

7 冬来

黄涙余録の二

自殺せる狂者をあかき火に葬《はふ》りにんげんの世に戦《をのの》きにけり

けだものは食もの恋ひて啼き居たり何といふやさしさぞこれは

ペリカンの嘴《くちばし》うすら赤くしてねむりけりかたはらの水光《みづひかり》かも

ひたいそぎ動物園にわれは来たり人のいのちをおそれて来たり

わが目より涙ながれて居たりけり鶴のあたまは悲しきものを

けだもののにほひをかげば悲しくもいのちは明《あか》く息づきにけり

支那国《しなこく》のほそき少女《をとめ》の行きなづみ思ひそめにしわれならなくに

さけび啼くけだものの辺《べ》に潜《ひそ》みゐて赤き葬りの火こそ思へれ

鰐の子も居たりけりみづからの命死なんとせずこの鰐の子は

くれなゐの鶴のあたまを見るゆゑに狂人守《きやうじんもり》をかなしみにけり

はしきやし暁星学校の少年の頬は赤羅ひきて冬さりにけり

泥いろの山椒魚は生きんとし見つつしをればしづかなるかも
除隊兵写真をもちて電車に乗りひんがしの天《あめ》明けて寒しも
はるかなる南のみづに生れたる鳥ここにゐてなに欲《ほ》しみ啼く

8　柿乃村人へ　黄涙余録の三

この夜ごろ眠られなくに心すら細らんとして告げやらましを
たのまれし狂者はつひに自殺せりわれ現《うつつ》なく走りけるかも
友のかほ青ざめてわれにもの云はず今は如何なる世の相《すがた》かや
おのが身はいとほしければ赤棟蛇《やまかがし》も潜みたるなり土の中ふかく
世の色相《いろ》のかたはらにゐて狂者もり黄なる涙は湧きいでにけり
やはらかに弱きいのちもくろぐろと甲《よろ》はんとしてうつつともなし
寒ぞらに星ゐたりけりうらがなしわが狂院をここに立ち見つ
かの岡に瘋癲院のたちたるは邪宗来《じやしゆうらい》より悲しかるらむ
みやこにも冬さりにけり茜《あかね》さす日向《ひなた》のなかに髭剃りて居る
遠国《をんごく》へ行かば剃刀のひかりさへ馴れて親しといへば歎かゆ　（十一月作）

9　郊外の半日

今しがた赤くなりて女中を叱りしが郊外に来て寒《さむ》けをおぼゆ
郊外はちらりほらりと人行きてわが息づきは和《なご》むとすらん
郊外に未《いま》だ落ちゐぬこころもて蝗蚸《ばった》にぎれば冷たきものを
秋のかぜ吹きてゐたれば遠《をち》かたの薄《すすき》のなかに曼珠沙華赤し
ふた本の松立てりけり下かげに曼珠沙華赤し秋かぜが吹き
いちめんの唐辛子畑に秋のかぜ天《あめ》より吹きて鴉おりたつ
いちめんに唐辛子あかき畑みちに立てる童《わらべ》のまなこ小さし
曼珠沙華咲けるところゆ相むれて現身《うつしみ》に似ぬ囚人は出づ
草の実はこぼれんとして居たりけりわが足元の日の光かも
赭土《はに》はこぶ囚人の眼の光るころ茜さす日は傾きにけり
トロッコを押す一人《いちにん》の囚人はくちびる赤し我をば見たり
片方《かたはう》に松二もとは立てりしが囚はれ人は其処《そこ》を通りぬ
秋づきて小さく結《な》りし茄子の果を籠《こ》に盛る家の日向に蠅居り

女のわらは入日のなかに両手《もろて》もて籠《こ》に盛る茄子のか黒きひかり
天伝《あめつた》ふ日は傾きてかくろへば栗煮る家にわれいそぐなり
いとまなきわれ郊外にゆふぐれて栗飯食《を》せば悲しこよなし
コスモスの闇にゆらげばわが少女《をとめ》天の戸に残る光を見つつ　（十月作）

10　海辺にて

真夏の日てりかがよへり渚にはくれなゐの玉ぬれてゐるかな
海の香は山の彼方に生れたるわれのこころにこよなしかしも
七夜《ななよ》寝て珠ゐる海の香をかげば哀れなるかもこの香いとほし
白なみの寄するなぎさに林檎食《は》む異国をみなはやや老いにけり
あぶらなす真夏のうみに落つる日の八尺《やさか》の紅《あけ》のゆらゆらに見ゆ
きこゆるは悲しきさざれうち浸《ひた》す潮波《うしほなみ》とどろ湧きたるならむ
うしほ波鳴りこそきたれ海恋ひてここに寝《ぬ》る吾《われ》に鳴りてこそ来《く》れ
もも鳥はいまだは啼かね海《わた》のなか黒光りして明けくるらむか
岩かげに海ぐさふみて玉ひろふくれなゐの玉むらさき斑《ふ》のたま

海の香はこよなく悲し珠ひろふわれのこころに染《し》みてこそ寄れ
桜実《さくらご》の落ちてありやと見るまでに赤き珠住む岩かげを来し
ながれ寄る沖つ藻見ればみちのくの春野小草に似てを悲しも
荒磯《ありそ》べに歎くともなき蟹の子の常《とこ》くれなゐに見ゆらむあはれ
かすかなる命をもちて海つもの美しくゐる荒磯《ありそ》なるかな
いささかの潮のたまりに赤きもの生きて居たれば嬉しむかな
荒磯べに波見てをればわが血なし瞬《また》きの間《ひま》もかなしかりけり
海のべに紅毛《こうまう》の子の走りたるこのやさしさに我かへるなり
かぎろひの夕なぎ海に小舟入れ西方《さいはう》のひとはゆきにけるはも
くれなゐの三角の帆がゆふ海に遠ざかりゆくゆらぎ見えずも
月ほそく入りなんとする海の上ここよ遥けく舟なかりけり
ぬば玉のさ夜ふけにして波の穂の青く光れば恋しきものを
けふもまた岩かげに来つ靡き藻に虎斑《とらふ》魚の子かくろへる見ゆ
しほ鳴《なり》のゆくへ悲しと海のべに幾夜か寝つるこの海のべに

11　狂人守

うけもちの狂人も幾たりか死にゆきて折をりあはれを感ずるかな
かすかなるあはれなる相《すがた》ありこれの相に親しみにけり
くれなゐの百日紅は咲きぬれど此《この》きやうじんはもの云はずけり
としわかき狂人《きやうじん》守《も》りのかなしみは通草の花の散らふかなしみ
気のふれし支那のをみなに寄り添ひて花は紅しと云ひにけるかな
このゆふべ脳病院の二階より墓地《ぼち》見れば花も見えにけるかな
ゆふされば青くたまりし墓みづに食血餓鬼《じきけつがき》は鳴きかゐるらむ
あはれなる百日紅の下かげに人力車《じんりき》ひとつ見えにけるかな　（九月作）

12　土屋文明へ

おのが身をあはれとおもひ山みづに涙を落す人居たりけり
ものみなの饐《す》ゆるがごとき空恋ひて鳴かねばならぬ蟬のこゑ聞ゆ
もの書かむと考へゐたれ耳ちかく蜩《ひぐらし》なけばあはれにきこゆ
夕さればむらがりて来る油むし汗あえにつつ殺すなりけり

かかる時菴羅《あんら》の果をも恋ひたらば心落居むとおもふ悲しみ
むらさきの桔梗のつぼみ割りたれば蕋《しべ》あらはれてにくからなくに
秋ぐさの花さきにけり幾朝をみづ遣りしかとおもほゆるかも
ひむがしのみやこの市路ひとつのみ朝草ぐるま行けるさびしも　（七月作）

13　夏の夜空

墓原に来て夜空《よぞら》見つ目のきはみ澄み透りたるこの夜空かな
なやましき真夏なれども天《あめ》なれば夜空は悲しうつくしく見ゆ
きやう人《じん》を守《も》りつつ住めば星のゐる夜ぞらも久《ひさ》に見ずて経にけり
目をあげてきよき天《あま》の原《はら》見しかども遠《とほ》の珍《めづら》のここちこそすれ
ひさびさに夜空を見ればあはれなるかな星群れてかがやきにけり
空見ればあまた星居りしかれども弥々《いよいよ》とほくひかりつつ見ゆ
汗ながれてちまたの長路《ながぢ》ゆくゆゑにかうべ垂れつつ行けるなりけり
久ひさに星ぞらを見て居りしかばおのれ親しくなりてくるかも　（七月作）

14　折々の歌

とろとろとあかき落葉火もえしかば女《め》の男《を》の童《わらは》をどりけるかも

雨ひと夜さむき朝けを目の下《もと》の死なねばならぬ鳥見て立てり

をんな寝《ぬ》る街の悲しきひそみ土ここに白霜は消えそめにけり

猫の舌のうすらに紅き手の触《ふ》りのこの悲しさに目ざめけるかも

ほのかなる茗荷の花を見守《みも》る時わが思ふ子ははるかなるかも

をさな児の遊びにも似し我《あ》がけふも夕かたまけてひもじかりけり　（研究室二首）

屈《かが》まりて脳の切片《せつぺん》を染めながら通草《あけび》のはなをおもふなりけり

みちのくの我家《わぎへ》の里に黒き蚕《こ》が二たびねぶり目ざめけらしも　（故郷三首）

みちのくに病む母上にいささかの胡瓜《きうり》を送る障《さは》りあらすな

おきなぐさに唇ふれて帰りしがあはれあはれいま思ひ出でつも

曼珠沙華ここにも咲きてきぞの夜のひと夜の相《すがた》あらはれにけり

秋に入る練兵場のみづたまりに小蜻蛉《こあきつ》が卵を生みて居りけり

現身《うつしみ》のわれをめぐりてつるみたる赤き蜻蛉《とんぼ》が幾つも飛べり

酒の糟あぶりて室《むろ》に食《は》むこころ腎虚《じんきよ》のくすり尋ねゆくこころ

けふもまた向ひの岡に人あまた群れゐて人を葬《はふ》りたるかな
何ぞもとのぞき見しかば弟妹《いろと》らは亀に酒をば飲ませてゐたり
太陽はかくろひしより海のうへ天《あめ》の血垂《ちた》りのこころよろしき
狂院に寝てをれば夜は温《ぬ》るし我《あ》に触るるなし蟾蜍《ひき》は啼きたり
伽羅ぼくに伽羅の果こもりくろき猫ほそりてあゆむ夏のいぶきに
蛇の子はぬば玉いろに生《あ》れたれば石の間《ひま》にもかくろひぬらむ
ほそき雨墓原に降りぬれてゆく黒土に烟草の吸殻を投ぐ
墓はらを白足袋はきて行けるひと遠く小さく悲しかりけり
萱草《くわんざう》をかなしと見つる眼にいまは雨にぬれて行く兵隊が見ゆ
墓はらを歩み来にけり蛇の子を見むと来つれど春あさみかな
病院をいでて墓原かげの土踏めば何《なに》になごみ来しあが心ぞも
松風の吹き居《ゐ》るところくれなゐの提灯つけて分け入りにけり

15　さみだれ

さみだれは何《なに》に降りくる梅の実は熟《う》みて落つらむこのさみだれに

にはとりの卵の黄味の乱れゆくさみだれごろのあぢきなきかな
胡頽子《ぐみ》の果のあかき色ほに出づるゆゑ秀《ほ》に出づるゆゑに歎かひにけり　（おくにを憶ふ）
ぬば玉のさ夜の小床にねむりたるこの現身《うつしみ》はいとほしきかな
しづかなる女おもひてねむりたるこの現身はいとほしきかな
鳥の子の毈《すもり》に果てむこの心もののあはれと云はまくは憂し
あが友の古泉千樫は貧しけれさみだれの中をあゆみゐたりき
けふもまた雨かとひとりごちながら三州味噌をあぶりて食《は》むも　（六月作）

16　両　国

肉太《ししぶと》の相撲《すまう》とりこそかなしけれ赤き入り日に目《ま》かげをしたり
川向《かはむかう》の金の入日をいまさらに今さらさらに我も見入りつ
猿の肉ひさげる家に灯がつきてわが寂しさは極まりにけり
猿の面《おも》いと赤くして殺されにけり両国ばしを渡り来て見つ
きな臭き火縄おもほゆ薬種屋に亀の甲羅のぶらさがり見ゆ
笛鳴ればかかれとてしもぬば玉の夜《よ》の灯ともりて舟ゆきにけり

冬河の波にさやりてのぼる舟橋のべに来て帆を下ろしつつ
あかき面安らかに垂れ稚《をさ》な猿死にてし居れば灯《ひ》があたりたり　（一月作）

17 犬の長鳴

よる深くふと握飯《にぎりめし》食ひたくなり握めし食ひぬ寒がりにつつ
わが体《からだ》ねむらむとしてゐたるとき外はこがらしの行くおときこゆ
遠く遠く流るるならむ灯をゆりて冬の疾風《はやち》は行きにけるかも
長鳴くはかの犬族《けんぞく》のなが鳴くは遠街《をんがい》にして火は燃えにけり
さ夜ふけと夜の更けにける暗黒《あんこく》にびようびようと犬は鳴くにあらずや
たちのぼる炎《ほのほ》のにほひ一天《ひとあめ》を離《さか》りて犬は感じけるはや
夜《よ》の底をからくれなゐに燃ゆる火の天《あめ》に輝りたれ長鳴《ながなき》きこゆ
生けるものうつつに生ける獣はくれなゐの火に長鳴きにけり　（二月作）

18 木こり　羽前国高湯村

常赤《とこあか》く火をし焚《た》かんと現し身《うつみ》は木原《きはら》へのぼるこころのひかり
山腹《やまはら》の木はらのなかへ堅凝《かたこ》りのかがよふ雪を踏みのぼるなり

天《てん》のもと光にむかふ楢木《ならき》はら伐《こ》らんとぞする男とをんな

をとこ群《む》れをんなは群《む》れてひさかたの天《てん》の下びに木を伐《き》りにけり

さんらんと光のなかに木伐《きこ》りつつにんげんの歌うたひけるかも

ゆらゆらと空気を揺《ゆ》りて伐《き》られたりけり斧のひかれば大木《おほき》ひともと

山上《さんじやう》に雲こそ居たれ斧ふりてやまがつの目はかがやきにけり

うつそみの人のもろもろは生きんとし天然のなかに斧ふり行くも

斧ふりて木を伐《こ》るそばに小夜床《さよどこ》の陰《ほと》のかなしさ歌ひてゐたり

もろともに男の面《おも》の赤赤と小雀《こがら》もゐつつ山みづの鳴る

雪のうへ行けるをんなは堅飯《かたいひ》と赤子《あかご》を背負ひうたひて行けり

雪のべに火がとろとろと燃えぬれば赤子は乳をのみそめにけり

うち日さす都をいでてほそりたる我のこころを見んとおもへや

杉の樹の肌《はだへ》に寄ればあな悲し　くれなゐの油滲み出《いづ》るかなや

はるばるも来つれこころは杉の樹の紅《あけ》の油に寄りてなげかふ

遠天《をんてん》に雪かがやけば木原なる大鋸《おが》くづ越えて小便をせり

みちのくの蔵王《ざわう》の山のやま腹にけだものと人と生きにけるかも　（二月作）

19　木の実

しろがねの雪ふる山に人かよふ細ほそとして路見ゆるかな
赤茄子の腐れてゐたるところより幾程《いくほど》もなき歩みなりけり
満ち足らふ心にあらぬ谷つべに酢《す》をふける木の実を食《は》むこころかな
山とほく入りても見なむうら悲しうら悲しとぞ人いふらむか
紅蕈《べにたけ》の雨にぬれゆくあはれさを人に知らえず見つつ来にけり
山ふかく谿の石原《いしはら》しらじらと見え来《く》るほどのいとほしみかな
かうべ垂れ我《あ》がゆく道にぽたりぽたり橡《とち》の木の実は落ちにけらずや
ひとり居て朝の飯食《いひ》む我《あ》が命は短かからむと思《も》ひて飯はむ　（一月作）

20　睦岡山中

寒《さむ》ざむとゆふぐれて来る山のみち歩めば路は湿れてゐるかな
山ふかき落葉のなかに夕《ゆふ》のみづ天《てん》より降《ふ》りてひかり居りけり
何ものの眼《まなこ》のごときひかりみづ山の木はらに動かざるかも

現し身の瞳かなしく見入りぬる水はするどく寒くひかれり

都会のどよみをとほくこの水に口触れまくは悲しかるらむ

天さかる鄙《ひな》の山路にけだものの足《あ》跡《あと》を見ればこころよろしき

なげきより覚《さ》めて歩める山峡《やまかひ》に黒き木の実はこぼれ腐りぬ

寂しさに堪へて空しき我《あ》が肌に何か触れて来《こ》悲しかるもの

ふゆ山にひそみて玉のあかき実を啄《ついば》みてゐる鳥見つ今は

風おこる木原《きはら》をとほく入りつ日の赤き光りはふるひ流るも

赤光《しやくくわう》のなかの歩みはひそか夜の細きかほそきゆめごころかな

（一月作）

21　或　る　夜

くれなゐの鉛筆きりてたまゆらは慎《つつま》しきかなわれのこころの

をさな妻をとめとなりて幾百日《いくももか》こよひも最早《もはや》眠りゐるらむ

寝《い》ねがてにわれ烟草すふ烟草すふ少女《をとめ》は最早眠りゐるらむ

いま吾は鉛筆をきるその少女安心《あんしん》をして眠りゐるらむ

わが友は蜜柑むきつつ染《しみ》じみとはや抱《いだ》きねといひにけらずや

けだものの暖かさうな寝《いね》すがた思ひうかべて独りねにけり
寒床《さむとこ》にまろく縮まりうつらうつら何時のまにかも眠りゐるかな
水のべの花の小花の散りどころ盲目《めしひ》になりて抱《いだ》かれて呉れよ
（一月作）

明治四十四年

1　此の日頃

よるさむく火を警《いまし》むるひようしぎの聞え来る頃はひもじかりけり
この宵はいまだ浅けれ床ぬちにのびつつ何か考へむとおもふ
尺八のほろほろと行く悲し音《ね》はこの世の涯《はて》に遠ざかりなむ
入りつ日の赤き光のみなぎらふ花野はとほく恍《ほ》け溶《と》くるなり
さだめなきものの魘《おそひ》の来る如く胸《むな》ゆらぎして街をいそげり

うらがなしいかなる色の光はや我のゆくへにかがよふらむか

生くるもの我のみならず現《うつ》し身の死にゆくを聞きつつ飯食《いひを》しにけり

をさな児のひとり遊ぶを見守《みも》りつつ心よろしくなりてくるかも　（一月作）

2　おくに

なにか言ひたかりつらむその言《こと》も言へなくなりて汝《なれ》は死にしか

はや死にてゆきしか汝《いまし》いとほしと命のうちに吾《あ》はいひしかな

とほ世べに往《い》なむ今際《いまは》の目にあはず涙ながらに嬉しむものを

なにゆゑに泣くと額《ぬか》なで虚言《いつはり》も死に近き子に吾は言へりしか

これの世に好《す》きななんぢに死にゆかれ生きの命の力なし我《あれ》は

あのやうにかい細りつつ死にし汝《な》があはれになりて居《を》りがてぬかも

ひとたびは癒《なほ》りて呉れよとうら泣きて千重にいひたる空しかるかな

この世にも生きたかりしか一念《いちねん》も申さず逝きしよあはれなるかも

何も彼もあはれになりて思ひづるお国のひと世はみじかかりしか

にんげんの現実《うつつ》は悲ししまらくも漂ふごときねむりにゆかむ

やすらかな眠もがもと此の日ごろ眠ぐすりに親しみにけり

なげかひも人に知らえず極まれば何に縋りて吾は行きなむか

しみ到《いた》るゆふべのいろに赤くゐる火鉢のおきのなつかしきかも

現身《うつしみ》のわれなるかなと歎かひて火鉢をちかく身に寄せにけり

ちから無く鉛筆きればほろほろと紅《くれなゐ》の粉が落ちてたまるも

灰のへにくれなゐの粉の落ちゆくを涙ながしていとほしむかも

生きてゐる汝《なれ》がすがたのありありと何に今頃見えきたるかや

（一月作）

3　うつし身

雨にぬるる広葉細葉のわか葉森あが言ふ声のやさしくきこゆ

いとまなき吾なればいま時の間の青葉の揺《ゆれ》も見むとしおもふ

しみじみとおのに親しきわがあゆみ墓はらの蔭に道ほそるかな

やはらかに濡れゆく森のゆきずりに生《いき》の疲《つかれ》の吾をこそ思へ

よにも弱き吾なれば忍ばざるべからず雨ふるよ若葉かへるで

にんげんは死にぬ此《かく》のごと吾《あ》は生きて夕《ゆふ》いひ食《を》しに帰へらなむいま

黒土に足駄の跡の弱ければおのが力とかへり見にけり

うちどよむ衢《ちまた》のあひの森かげに残るみづ田をいとしくおもふ

青山の町蔭の田の水《み》さび田にしみじみとして雨ふりにけり

森かげの夕ぐるる田に白きとり海とりに似しひるがへり飛ぶ

寂し田に遠来《とほこ》し白鳥《しらとり》見しゆゑに弱ければ吾《あ》はうれしくて泣かゆ

くわん草は丈《たけ》ややのびて湿りある土に戦《そよ》げりこのいのちはや

はるの日のながらふ光に青き色ふるへる麦の嫉《ねた》くてならぬ

春浅き麦のはたけにうごく虫手《た》ぐさにはすれ悲しみわくも

うごき行く虫を殺してうそ寒く麦のはたけを横ぎりにけり

いとけなき心葬《はふ》りのかなしさに蒲公英《たんぽぽ》を掘るせとの岡べに

仄かにも吾に親しき予言《かねごと》をいはまくすらしき黄いろ玉はな

（四月五月作）

4 うめの雨

おのが身をいとほしみつつ帰り来る夕細道《ゆふほそみち》に柿の花落つも

はかなき身も死にがてぬこの心君し知れらば共に行きなむ

さみだれのけならべ降れば梅の実の円《つぶら》大きくここよりも見ゆ
天《あめ》に戦《そよ》ぐほそ葉わか葉に群ぎもの心寄りつつなげかひにけり
かぎろひのゆふさりくれど草のみづかくれ水なれば夕光《ゆふひかり》なしや
ゆふ原の草かげ水にいのちいくる蛙《かへる》はあはれ啼きたるかなや
うつそみの命は愛《を》しとなげき立つ雨の夕原《ゆふはら》に音《ね》するものあり
くろく散る通草《あけび》の花のかなしさを稚《をさな》くてこそおもひそめしか
おもひ出も遠き通草の悲し花きみに知らえず散りか過ぎなむ
道のべの細川もいま濁りみづいきほひながる夜の雨ふり
汝兄《なえ》よ汝兄たまごが鳴くといふゆゑに見に行きければ卵が鳴くも
あぶなくも覚束《おぼつか》なけれ黄いろなる円きうぶ毛が歩みてゐたり
見てを居り心よろしも鶏の子はついばみ乍《なが》らゐねむりにけり
庭つとり鶏《かけ》のひよこも心《うら》がなし生れて鳴けば母にし似るも
乳のまぬ庭とりの子は自《おの》づから哀れなるかもよもの食《は》みにけり
常のごと心足らはぬ吾にあれひもじくなりて今かへるなり

たまたまに手など触れつつ添ひ歩む枳殻《からたち》垣にほこりたまれり
ものがくれひそかに煙草すふ時の心よろしさのうらがなしかり
青葉空雨になりたれ吾はいまこころ細ほそと別れゆくかも
天さかり行くらむ友に口寄せてひそかに何かいひたきものを
（五月六月作）

5　蔵王山

蔵王をのぼりてゆけばみんなみの吾妻《あづま》の山に雲のゐる見ゆ
たち上《のぼ》る白雲のなかにあはれなる山鳩啼けり白くものなかに
ま夏日の日のかがやきに桜の実熟《う》みて黒しもわれは食《は》みたり
あまつ日に目蔭《まかげ》をすれば乳いろの湛《たたへ》かなしきみづうみの見ゆ
死にしづむ火山のうへにわが母の乳汁《ちしる》の色のみづ見ゆるかな
秋づけばはらみてあゆむけだものも酸《さん》のみづなれば舌触りかねつ
赤蜻蛉《あきつ》むらがり飛べどこのみづに卵うまねばかなしかりけり
ひんがしの遠空《とほぞら》にして絹いとのひかりは悲し海つ波なれば
（八月作）

6　秋の夜ごろ

玉きはる命《いのち》をさなく女童《めわらは》をいだき遊びき夜半《よは》のこほろぎ
こよひも生きてねむるとうつらうつら悲しき虫を聞きほくるなり
ことわりもなき物怨《ものうら》み我身にもあるが愛《いと》しく虫ききにけり
少年の流されびとのいとほしと思ひにければこほろぎが鳴く
秋なればこほろぎの子の生れ鳴く冷たき土をかなしみにけり
少年の流され人はさ夜の小床に虫なくよ何の虫よといひけむ
かすかなるうれひにゆるるわが心蟋蟀聞くに堪へにけるかな
蟋蟀の音にいづる夜の静けさにしろがねの銭かぞへてゐたり
紅き日の落つる野末の石の間のかそけき虫にあひにけるかも
足もとの石のひまより静けさに顫ひて出づる音に頼《よ》りにけり
入りつ日の入りかくろへば露満つる秋野の末にこほろぎ鳴くも
うちどよむちまたを過ぎてしら露のゆふ凝る原にわれは来にけり
星おほき花原くれば露は凝りみぎりひだりにこほろぎ鳴くも

こほろぎのかそけき原も家ちかみ今ほほ笑ふ女《め》の童《わらは》きこゆ

はるばると星落つる夜の恋がたり悲しみの世にわれ入りにけり

濠のみづ干《ひ》ゆけばここに細き水流れ会ふかな夕ひかりつつ

女《め》の童《わらは》をとめとなりて泣きし時かなしく吾はおもひたりしか

さにづらふ少女ごころに酸漿《ほほづき》の籠《こも》らふほどの悲しみを見し

ひとり歩む玉ひや冷とうら悲し月より降りし草の上の露

こほろぎはこほろぎゆゑに露原に音をのみぞ鳴く音をのみぞ鳴く　（九月作）

7　折に触れて

なみだ落ちて懐《なつか》しむかもこの室《へや》にいにしへ人は死に給ひにし　（子規十周忌三首）

自《みづ》からをさげすみ果てし心すら此夜はあはれ和《なご》みてを居ぬ

しづかに眼《め》をつむり給ひけむ自《おの》づからすべては冷《つめ》たくなり給ひけむ

涙ながししひそか事も、消ゆるかや、吾《あ》より　秋なれば桔梗《きちかう》は咲きぬ　（録三首）

きちかうのむらさきの花萎む時わが身は愛《は》しとおもふかなしみ

さげすみ果てしこの身も堪へ難くなつかしきことありあはれあはれわが少女《をとめ》

栗の実の笑《ゑ》みそむるころ谿越えてかすかなる灯に向ふひとあり　（録三首）

かどはかしに逢へるをとめのうつくしと思ひ通ひて谿越えにけり

うつくしき時代《ときよ》なるかな山賊はもみづる谿にいのち落せし

おのづからうら枯るるらむ秋ぐさに悲しかるかも実籠《みこも》りにけり

ひさかたの霜ふる国に馬《うま》群れてながながし路くだるさみしみ

死に近き狂人を守《も》るはかなさに己《おの》が身すらを愛《は》しとなげけり

照り透るひかりの中に消ぬべくも蟋蟀と吾《あ》となげかひにけり

つかれつつ目ざめがちなるこの夜ごろ寐《い》よりさめ聞くながれ水かな

朝さざれ踏みの冷めたくあなあはれ人の思《おもひ》の湧ききたるかも

秋川のさざれ踏み往き踏み来とも落ちゐぬ心君知るらむか

土のうへの生けるものらの潜《ひそ》むべくあな慌し秋の夜の雨

秋のあめ煙りて降ればさ庭べに七面鳥は羽もひろげず

寒ざむとひと夜の雨のふりしかば病める庭鳥をいたはり兼ねつ

ほそほそとこほろぎの音はみちのくの霜ふる国へとほ去りぬらむ

8

遠き世のガレーヌスは春のあけぼの Ornamentum loci を
かなしみぬ。われは東海の国の伽羅の木かげ Pluma loci
といひてなげかふ。

伽羅ぼくのこのみのごとく仄かなるはかなきものか pluma loci よ
ほのかなるものなりければをとめごはほほと笑ひてねむりたるらむ

明治四十三年

1　田螺《たにし》と彗星

とほき世のかりようびんがのわたくし児田螺はぬるきみづ恋ひにけり
田螺はも背戸の円田《まろた》にゐると鳴かねどころりころりと幾つもゐるも
わらくづのよごれて散れる水無田《みなしだ》に田螺の殻は白くなりけり
気ちがひの面《おもて》まもりてたまさかは田螺も食《た》べてよるいねにけり

赤いろの蓮《はちず》まろ葉の浮けるとき田螺はのどにみごもりぬらし
味噌うづの田螺たうべて酒のめば我が咽喉仏《のどぼとけ》うれしがり鳴る
南蛮の男かなしと恋ひ生みし田螺にほとけの性ともしかり
ためらはず遠天に入れと彗星の白きひかりに酒たてまつる
うつくしく瞬きてゐる星ぞらに三尺《みさか》ほどなるははき星をり
きさらぎの天《あめ》たかくして彗星《はうきぼし》ありまなこ光りてもろもろは見る
入り日ぞら暮れゆきたれば尾を引ける星にむかひて子等走りたり

2　南　蛮　男

くれなゐの千しほのころも肌につけゆららゆららに寄りもこそ寄れ
南蛮《なんばん》のをとこかなしと抱《いだ》かれしをだまきの花むらさきのよる
なんばんの男いだけば血のこゑすその時のまの血のこゑかなし
南より笛吹きて来る黒ふねはつばくらめよりかなしかりけり
夕がらす空《そら》に啼ければにつぽんの女《をんな》のくちもあかく触りぬれ
入り日空《ぞら》見たる女はうらぐはし乳房《ちぶさ》おさへて居たりけるかな

（録八首）

瞳《ひとみ》青きをとこ悲しと島をとめほのぼのとしてみごもりにけり
なんばんの黒ふねゆれてはてし頃みごもりし人いまは死にせり
にほひたる畳のうへに白たまの静まりたるを見すぐしがてぬ（録三首）
しらたまの色のにほひを哀《あはれ》とぞ見し玉ゆらのわれやつみびと
罪ひとの触れんとおもふしら玉の戦《をのの》きたらばすべなからまし

3　をさな妻

墓はらのとほき森よりほろほろと上《のぼ》るけむりに行かむとおもふ
木のもとに梅はめば酸しをさな妻ひとにさにづらふ時たちにけり
をさな妻こころに持ちてあり経《ふ》れば赤き蜻蛉《とんぼ》の飛ぶもかなしも
目を閉づれすなはち見ゆる淡々し光に恋ふるもさみしかるかな
ほこり風立ちてしづまるさみしみを市路ゆきつつかへりみるかも
このゆふべ塀にかわけるさび紅《あけ》のべにがらの垂りをうれしみにけり
公園に支那のをとめを見るゆゑに幼な妻もつこの身愛《は》しけれ
嘴《はし》あかき小鳥さへこそ飛ぶならめはるばる飛ばば悲しきろかも

細みづにながるる砂の片寄りに静まるほどのうれひなりけり
水さびゐる細江の面に浮きふふむこの水草はうごかざるかな
汗ばみしかうべを垂れて抜け過ぐる公園に今しづけさに会ひぬ
をさな妻をさなきままにその目より涙ながれて行きにけるかも
をだまきの咲きし頃よりくれなゐにゆらに落つる太陽《ひ》こそ見にけれ
をさな妻ほのかに守《まも》る心さへ熱病みしより細りたるなれ　（折々の作）

4　悼堀内卓

堀内はまこと死にたるかありの世かいめ世かくやしいたましきかも
信濃路のゆく秋の夜のふかき夜をなにを思《も》ひつつ死にてゆきしか
うつそみの人の国をば君去りて何辺《いづべ》にゆかむちちははをおきて
早《はや》はやも癒《なほ》りて来よと祈《の》むわれになにゆゑに逝きし一言《ひとこと》もなく
いまよりはまことこの世に君なきかありと思へどうつつにはなきか
深き夜のとづるまなこにおもかげに見えくる友をなげきわたるも
霜ちかき虫のあはれを君と居て泣きつつ聞かむと思《おも》ひたりしか　（十月作）

自明治三十八年
至明治四十二年

1　折に触れ　明治三十八年作

黒き実の円《つぶ》らつぶらとひかる実の柿は一本《いつぽん》たちにけるかも
浅草の仏つくりの前来れば少女《をとめ》まぼしく落日《いりひ》を見るも
本《ほん》よみて賢くなれと戦場のわが兄《え》は銭を呉れたまひたり
戦場のわが兄《え》より来し銭もちて泣きゐたりけり涙が落ちて
桑畑の畑のめぐりに紫蘇生《お》ひてちぎりて居ればにほひするかも
はるばると母は戦《いくさ》を思《も》ひたまふ桑の木の実は熟みゐたりけり
けふの日は母の辺にゐてくろぐろと熟《う》める桑の実食《は》みにけるかも
かがやける真夏日のもとたらちねは戦《いくさ》を思ふ桑の実くろし
馬屋《まや》のべにをだまきの花乏《とぼ》しらにをりをり馬が尾を振りにけり

数学のつもりになりて考へしに五目並べに勝ちにけるかも
熱いでて一夜《ひとよ》寝しかばこの朝け梅のつぼみをつばらかに見つ
春かぜの吹くことはげし朝ぼらけ梅のつぼみは大きかりけり
入りかかる日の赤きころニコライの側《そば》の坂をば下《お》りて来にけり
寝て思へば夢《いめ》の如《ごと》かり山焼けて南の空はほの赤かりし
さ庭べの八重山吹の一枝ちりしばらく見ねばみな散りにけり
日輪がすでに真赤になりたれば物干《ものほし》にいでて欠伸せりけり
ゆふさりてランプともせばひと時は心静まりて何もせず居り

2　地獄極楽図　明治三十九年

浄玻璃《じやうはり》にあらはれにけり脇差《わきざし》を差して女《をんな》をいぢめるところ
飯《いひ》の中《なか》ゆとろとろと上《のぼ》る炎《ほのほ》見てほそき炎口《えんく》のおどろくところ
赤き池にひとりぽつちの真裸《まはだか》のをんな亡者《まうじや》の泣きゐるところ
いろいろの色の鬼ども集りて蓮《はちす》の華にゆびさすところ
人の世に嘘をつきけるもろもろの亡者の舌を抜き居るところ

罪計《つみはかり》に涙ながしてゐる亡者つみを計れば巌《いはほ》より重き
にんげんは馬牛《うまうし》となり岩負ひて牛頭馬頭《ごづめづ》どもの追ひ行くところ
をさな児の積みし小石を打くづし紺いろの鬼見てゐるところ
もろもろは裸になれと衣《ころも》剝ぐひとりの婆の口赤きところ
白き華しろくかがやき赤き華赤き光りを放ちゐるところ
ゐるものは皆ありがたき顔をして雲ゆらゆらと下《お》り来るところ

3　蛍　　昼見れば首筋
　　　　あかき蛍かな　　芭蕉

蚕《こ》の室《へや》に放ちしほたるあかねさす昼なりければ首は赤しも
蚊帳のなかに放ちし蛍夕さればおのれ光りて飛びて居りけり
あかときの草の露たま七いろにかがやきわたり蜻蛉《とんぼ》生《あ》れけり
あかときの草に生れて蜻蛉《あきつ》はも未だ軟《やは》らかみ飛びがてぬかも
小田のみち赤羅ひく日はのぼりつつ生《あ》れし蜻蛉《とんぼ》もかがやきにけり

（明治三十九年作）

4　折に触れて　明治三十九年

来て見れば雪げの川べ白がねの柳ふふめり蕗の薹《たう》も咲けり　（二首）

あづさ弓春は寒けど日あたりのよろしき処つくづくし萌ゆ

生きて来《こ》し丈夫《ますらを》がおも赤くなりをどるを見れば嬉しくて泣かゆ　（二首）

凱旋《かへ》り来て今日のうたげに酒をのむ海のますらをに髯あらずけり

み仏の生《あ》れましの日と玉蓮《たまはちす》をさな朱《あけ》の葉池に浮くらし　（二首）

み仏のみ堂に垂るる藤なみの花の紫いまだともしも

青玉のから松の芽はひさかたの天《あめ》にむかひて並びてを萌ゆ　（二首）

春さめは天の乳かも落葉松の玉芽あまねくふくらみにけり

みちのくの仏《ほとけ》の山のこごしこごし岩秀《いはほ》に立ちて汗ふきにけり　（立石寺）

天の露落ちくるなべに現し世の野べに山べに秋花咲けり

涅槃会をまかりて来れば雪つめる山の彼方は夕焼のすも

小瀧まで行かむは未だくたびれの息つく坂よ山鳩のこゑ

夕ひかる里つ川水夏くさにかくるる処まろき山見ゆ

淡青《たんじやう》の遠《とほ》のむら山たびごろもわが目によしと寝てを見にけり

火の山を回《めぐ》る秋雲の八百雲をゆらに吹きまく天つ風かも　（蔵王山五首）

岩の秀に立てばひさかたの天の川南に垂れてかがやきにけり
天なるや群がりめぐる高ぼしのいよいよ清く山高みかも
雲の中の蔵王《ざわう》の山は今もかもけだもの住まず石あかき山
あめなるや月読の山はだら牛うち臥すなして目に入りにけり
病癒えし君がにぎ面《おも》の髯あたり目にし浮びてうれしくてならず　（蕨真氏病癒ゆ）

5　虫　明治四十年作

花につく朱の小蜻蛉《あきつ》ゆふされば眠《ねむ》りけらしもこほろぎが鳴く
とほ世べの恋のあはれをこほろぎの語り部が夜々つぎかたりけり
月落ちてさ夜ほの暗く未だかも弥勒《みろく》は出でず虫鳴けるかも
ヨルダンの河のほとりに虫なくと書《ふみ》に残りて年ふりにけり
なが月の清きよひよひ蟋蟀やねもころころに率寝《ゐね》て鳴くらむ
きのふ見し千草もあらず虫の音も空に消入りうらさびにけり
あきの夜のさ庭に立てばつちの虫音は細細と悲しらに鳴く
なが月の秋ゐらぎ鳴くこほろぎに螻蛄《けら》も交りてよき月夜かも

6　雲　明治四十年作

かぎろひの夕べの空に八重なびく朱の雲旗遠《とほ》にいざよふ
岩根ふみ天路をのぼる脚底ゆいかづちぐもの湧き巻きのぼる
蔵王の山はらにして目を放つ磐城の諸嶺《もろね》くも湧ける見ゆ
底知らに瑠璃のただよふ天《あめ》の門《と》に凝れる白雲誰まつ白雲
岩ふみて吾立つやまの火の山に雲せまりくる五百つ白雲
遠ひとに吾恋ひ居れば久かたの天のたな雲に鶴飛びにけり
あめつちの寄り合ふきはみ晴れとほる高山の背に雲ひそむ見ゆ
八重山の八谷かぜ起りひさかたの天に白雲のゆらゆらと立つ
たくひれのかけのよろしき妹が名の豊旗雲と誰がいひそめし
小旗ぐも大旗雲のなびかひに今し八尺《やさか》の日は入らむとす
いなびかりふくめる雲のたたずまひ物ほしにのりてつくづくと見つ
ひと国をはるかに遠き天ぐもの氷雲《ひぐも》のほとり行くは何ぞも
雲に入る薬もがもと雲恋ひしもろこしの君は昔死にけり

ひむがしの天の八重垣しろがねと笹べり赫く渡津見の雲

7　苅しほ　明治四十年作

秋のひかり土にしみ照り苅しほに黄ばめる小田を馬が来る見ゆ
竹おほき山べの村の冬しづみ雪降らなくに寒《かん》に入りけり
ふゆの日のうすらに照れば並み竹は寒ざむとして霜しづくすも
窓の外《と》に月照りしかば竹の葉のさやのふる舞《まひ》あらはれにけり
しもの夜のさ夜のくだちに戸を押すや竹群が奥に朱《あけ》の月みゆ
竹むらの影にむかひて琴ひかば清掻《すがかき》にしも引くべかりけり
月あかきもみづる山に小猿ども天つ領巾《ひれ》など欲《ほ》りしてをらむ
猿の子の目のくりくりを面白み日の入りがたをわがかへるなり

8　留守居　明治四十年作

まもりゐの縁の入り日に飛びきたり蠅が手をもむに笑ひけるかも
一人して留守居さみしら青光る蠅のあゆみをおもひ無《な》に見し
留守をもるわれの机にえ少女《をとめ》のえ少男《をとこ》の蠅がゐらぎ舞ふかも

秋の日の畳の上に飛びあよむ蠅の行ひ見つつ留守すも
入り日さすあかり障子はばら色にうすら匂ひて蠅一つとぶ
事なくて見ゐる障子に赤とんぼかうべ動かす羽さへふるひ
まもりゐのあかり障子にうつりたる蜻蛉は行きて何も来ぬかも
留守もりて入り日紅けれ紙ふくろ猫に冠せんとおもほえなくに

9　新年の歌　明治四十一年作

今しいま年の来《きた》るとひむがしの八百《やほ》うづ潮に茜かがよふ
高ひかる日の母を恋ひ地《ち》の廻《めぐ》り廻り極まりて天《あめ》新たなり
東海に磤馭盧《おのころ》生《あ》れていく継ぎの真日美《うる》はしく天明《あめあ》けにけり
ひむがしの朱《あけ》の八重ぐもゆ斑駒《ふちごま》に乗りて来《く》らしも年の若子《わくご》は
年のはの真日のうるはしくれなゐを高きに上り目蔭《まかげ》して見つ
新装《にひよそ》ふ日の大神の清明《あかしめ》目を見まくと集ふ現《うつ》しもろもろ
天明《あめあか》り年のきたるとくだかけの長鳴鳥《ながなきどり》がみな鳴けるかも
しだり尾のかけの雄鳥が鳴く声の野に遠音《とほね》して年明けにけり

ひむがしの空押し晴るし守《まも》らへる大和島根に春立てるかも
うるはしと思ふ子ゆゑに命欲り夢のうつらと年明けにけり
沖つとりかもかもせむと初春にこころ問して見まくたぬしも
打日さす大城の森のこ緑のいや時じくに年ほぐらしも
豊酒の屠蘇に吾ゑへば鬼子ども皆死ににけり赤き青きも
くれなゐの梅はよろしも新《あら》たまの年の端に見れば特によろしも

10　雑　歌　明治四十一年作

あかときの畑の土のうるほひに散れる桐の花ふみて来にけり
青桐のしみの広葉の葉かげよりゆふべの色はひろごりにけり
ひむがしのともしび二つこの宵も相寄らなくてふけわたるかな
うつそみのこの世のくにに春はさり山焼くるかも天の足り夜を
ひさ方の天の赤瓊《あかぬ》のにほひなし遥けきかもよ山焼くる火は
うつし世は一夏《いちげ》に入りて吾がこもる室の畳に蟻を見しかな
真夏日の雲の峯天《あめ》のひと方に夕退《ゆふそ》きにつつかがやきにけり

荒磯《ありそ》ねに八重《やへ》寄る波のみだれたちいたぶる中の寂しさ思ふ
秋の夜を灯《とも》しづかに揺るる時しみじみわれは耳かきにけり
ほそほそと虫啼きたれば壁にもたれ膝に手を組む秋のよるかも
旅ゆくと井《ゐ》に下り立ちて冷々《ひやひや》に口そそぐべの月見ぐさのはな

11　塩原行　明治四十一年作

晴れ透《とほ》るあめ路《ぢ》の果てに赤城根《あかぎね》の秋の色はも更け渡りけり
小筑波《をつくば》を朝を見しかば白雲の凝れるかかむり動くともせず
関屋《せきや》いでて坂路《さかぢ》になればちらりほらり染めたる木々が見えきたるかも
おり上り通り過がひしうま二つ遥かになりて尾を振るが見ゆ
山角《やまかど》にかへり見すれば歩み来し街道筋は細りてはるけし
馬車とどろ角を吹き吹き塩はらのもみづる山に分け入りにけり
山路わだ紅葉はふかく山たかくいよよ逼《せま》り来《く》わがまなかひに
とうとうと喇叭を吹けば塩はらの深染《こぞめ》の山に馬車入りにけり
つぬさはふ岩間を垂るるいは水のさむざむとして土わけ行くも

湯のやどのよるのねむりはもみぢ葉の夢など見つつねむりけるかも
夕ぐれの川べに立ちて落ちたぎつ流るる水におもひ入りたり
あかときを目ざめて居ればくだの音の近くに止みぬ馬車着けるらし
床ぬちにぬくまり居れば宿の女《め》が起きねといへど起きがてぬかも
世のしほと言のたふとき名に負へる塩はらの山色づきにけり
谷川の音をききつつ分け入れば一あしごとに山あざやけし
山深くひた入り見むと露じもに染みし紅葉を踏みつつぞ行く
三千尺《みちさか》の目下《ました》の極みかがよへる紅葉のそこに水たぎち見ゆ
かへりみる谷の紅葉の明らけく天に響かふ山がはの鳴り
現し我が恋心なす水の鳴りもみぢの中に籠りて鳴るも
山川のたぎちのどよみ耳底にかそけくなりて峯を越えつも
ふみて入るもみぢが奥は横はる朽ち木の下を水ゆく音す
山がはの水のいきほひ大岩にせまりきはまり音とどろくも
うつそみは常なけれども山川に映ゆる紅葉をうれしみにけり

うつし身の稀らにかよふ秋やまに親しみて鳴く蟋蟀のこゑ
打ちわたす山の雑木の黄にもみぢ明るき峡に道入りにけり
もみぢ原ゆふぐれしづむ蟋蟀はこのさみしみに堪へて鳴くなり
つかれより美くしいめに入る如き思ひぞ吾がする蟋蟀のこゑ
もみぢ照りあかるき中に我が心空しくなりてしまし居りけり
しほ原の湯の出でどころとめ来ればもみぢの赤き処なりけり
山の湯のみなもとどころ鉄色《かねいろ》にさびさびにけり草もおひなく
鉄《かね》さびし湯の源のさ流れに蟹が幾つも死にてゐたりも
親馬にあまえつつ来る子馬にし心動きて過ぎがてにせり
あしびきの山のはざまの西開き遠くれなゐに夕焼くる見ゆ
橋のべのちひさ楓《かへるで》かへり路になかくれなゐと染めて居りけり
天地のなしのまにまに寄り合へる貝の石あはれとことはにして
ほり出すいはほのひまの貝の石ただ珍らしみありがてぬかも
玉ゆらのうれしごころもとはの世へ消えなく行かむはかなむ勿れ

おくやまの深き岩間ゆ海つもの石と成り出づ君に恋ふるとき
もみぢ葉の過ぎしを思ひ繁き世に触りつるなべに悲しみにけり
山峡のもみぢに深く相こもりほれ果てなむか峡のもみぢに
もみぢ斑の山の真洞に雲おり来雲はをとめの領巾《ひれ》漏らし来も
火に見ゆる玉手の動き少女らは何《なに》に天降《あも》りてもみぢをか焚く
天そそる白くもが上のいかし山夜見《よみ》の国さび月かたむきぬ
まぼろしにもの恋ひ来れば山川の鳴る谷際《たにあひ》に月満てりけり

12　折に触れて　明治四十二年作

潮沫《しほなわ》のはかなくあらばもろ共にいづべの方にほろびてゆかむ
やうらくの珠はかなしと歎かひし女《をみな》のこころうつらさびしも
宵《よひ》あさくひとり居りけりみづひかり蛙《かはづ》ひとつかいかいと鳴くも
をさな妻こころに守《まも》り更けしづむ灯火《ともしび》の虫を殺してゐたり
かがまりて見つつかなしもしみじみと水湧き居れば砂うごくかな
夏晴れのさ庭の木かげ梅の実のつぶらの影もさゆらぎて居り

春闌《た》けし山峡の湯にしづ籠り楤《たら》の芽食《を》しつつひとを思はず

馬に乗り湯どころ来つつ白梅のととのふ春にあひにけるかも

ひとり居て卵うでつつたぎる湯にうごく卵を見つつうれしも

干柿を弟の子に呉れ居れば淡々と思ひいづることあり

ゆふぐれのほどろ雪路をかうべ垂れ湿れたる靴をはきて行くかも

世のなかの憂苦《うけく》も知らぬ女《め》わらはの泣くことはあり涙ながして

春の風ほがらに吹けばひさかたの天《あめ》の高低《たかひく》に凧が浮べり

萱《くわん》ざうの小さき萌《もえ》を見てをれば胸のあたりがうれしくなりぬ

青山の町かげの田の畔みちをそぞろに来つれ春あさみかも

春あさき小田の朝道あかあかと金気《かなけ》浮く水にかぎろひのたつ

明けがたに近き夜さまのおのづから我心にし触るらく思ほゆ

天竺のほとけの世より子らが笑《ゑみ》にくからなくて君も笑むかな

さみだれはきのふより降り行々子《よしきり》をほのぼのやさしく聞く今宵かも

八《や》百《ほ》会《あひ》のうしほ遠鳴るひむがしのわたつ天明《あまあけ》雲くだるなり

13　細り身　明治四十二年作

重かりし熱の病のかくのごと癒えにけるかとかひな撫《さす》るも

蜩《ひぐらし》のかなかなかなと鳴きゆけば吾《われ》のこころのほそりたりけれ

あな甘《うま》、粥強飯《かゆかたいひ》を食《を》すなべに細りし息の太りゆくかも

まことわれ癒えぬともへば群ぎものこころの奥がに悲しみ湧くも

やまひ去り嬉しみ居ればほのぼのに心ぐけくもなりて来るかも

たまたまの現《うつ》しき時はわが命《いのち》生きたかりしかこのうつし世に

病みぬればほのぼのとしてあり経《へ》たる和世《にごよ》のすがた悲しみにけり

いはれ無《な》に涙がちなるこのごろを事更《ことさら》ぶともひと云ふらむか

しまし間も今の悶えの酒狂《さかがり》になるを得ばかも嬉しかるべし

閉づる目ゆ熱き涙のはふり落ちはふり落ちつつあきらめ兼ねつ

やみ恍《ほほ》けおとろへにたれさ庭べに夕雨ふれば嬉しきこゆ

みちのくに我稚くて熱を病みしその日仄かにあらはれにけり

おとろへし胸に真手《まで》おく若き子にあはれなるかも蜩きこゆ

熱落ちておとろへ出で来もこのごろの日八日夜八夜《ひやかよやよ》は現しからなく

恣にやせ頬にのびし硬《こは》ひげを手ぐさにしつつさ夜ふけにけり

うそ寒くおぼえ目ざめし室《へや》の外《と》は月清く照り鶏《かけ》なくきこゆ

ぬば玉のふくる夜床に目ざむればをなご狂《きちがひ》の歌ふがきこゆ

かうべ上げ見ればさ庭の椎の木の間おほき月入るよるは静かに

日を継ぎて現身さぶれ蟬の声も清《すが》しくなりて人うつくしも

現身ははかなけれども現し身になるが嬉しく嬉しかりけり

おのが身し愛《いとほ》しければかほそ身をあはれがりつつ飯《いひ》食《を》しにけり

火鉢べにほほ笑《わら》ひつつ花火する子供と居ればわれもうれしも

病みて臥すわが枕べに弟妹《いろと》らがこより花火をして呉れにけり

わらは等は汝兄《なえ》の面《おもて》のひげ振りのをかしなどいひ花火して居り

平凡に堪へがたき性《さが》の童幼《わらは》ども花火に飽きてみな去りにけり

なに故に花は散りぬる理法《ことわり》と人はいふとも悲しくおもほゆ

とめどなく物思ひ居ればさ庭べに未だいはけなく蟋蟀鳴くも

宵浅き庭を歩めばあゆみ路のみぎりひだりに蟋蟀なくも
宵毎に土にうまれし蟋蟀のまだいとけなく啼きて悲しも
さ庭べに何の虫ぞも鉦うちて乞ひのむがごとほそほそと鳴くも
玉ゆらにほの触れにけれ延《は》ふ蔦の別れて遠しかなし子等はも
いつくしく瞬きひかる七星《ななほし》の高天《たかあめ》の戸にちかづきにけり
神無月《かみなづき》の土の小床《をどこ》にほそほそと亡びのうたを虫鳴きにけり
うらがれにしづむ花野の際涯《はたて》よりとほくゆくらむ霜夜こほろぎ
よひよひの露冷えまさる遠空をこほろぎの子らは死にて行くらむ

14　分　病　室　明治四十二年作

この度《たび》は死ぬかも知れずと思《も》ひし玉ゆら氷枕《ひようちん》の氷《ひ》は解け居たりけり
隣室《りんしつ》に人は死ねどもひたぶるに帚《はき》ぐさの実食《み》ひたかりけり
熱落ちてわれは日ねもす夜もすがら稚な児のごと物を思へり
のび上り見れば霜月《しもつき》の月照りて一本松《いつぽんまつ》のあたまのみ見ゆ

「赤光」初版跋

○明治三十八年より大正二年に至る足かけ九年間の作八百三十三首を以て此一巻を編んだ。たまたま伊藤左千夫先生から初めて教をうけた頃より先生に死なれた時までの作になつてゐる。アララギ叢書第二編が予の歌集の割番に当つた時、予は先づ此一巻を左千夫先生の前に捧呈しようと思つた。而して、今から見ると全然棄てなければならぬ様なひどい作迄も輯録して往年の記念にしようとした。特に近ごろの予の作が先生から褒められるやうな事は殆ど無かつたゆゑに、大正二年二月以降の作は雑誌に発表せずに此歌集に収めてから是非先生の批評をあふがうと思つて居た。ところが七月卅日の、この歌集編輯がやうやく大正二年度が終つたばかりの時に、突如として先生に死なれて仕舞つた。それ以来気が落つかず、清書するさへものうくなつて、後半の順序の統一しないのもその儘におくやうになつたのは其為めである。はじめの心と今の心と何といふ相違であらう。それでもどうにか歌集は出来上がつた。悲しく予は此一巻を先生の霊前にささげねばならぬ。

○平福百穂、木下杢太郎の二氏が特に本書のために絵を賜はつた事を予は光栄に思つてゐる。そのうち木下杢太郎氏の仏頭図は明治四十三年十月三田文学に出た時分から密かに思つて居たものである。このたび予の心願かなつて到頭予のものになつたのである。また、本書発行に就いて予を励まし便利を与へられた長塚節、島木赤彦、中村憲吉、蕨桐軒、古泉千樫の諸氏並びに信濃諸同人に対し、又「とうとうと喇叭を吹けば」の句を呉れた清水謙一郎氏に対し感謝の念をささげねばならぬ。
○文法の誤の数ケ所あること、送仮名法の一定せざること、漢字使用法の曖昧なること等は、億劫な為めにその儘にして置いた。本書の作物は今ごろ発行して読んでもらふのには、工合の悪いのが多い。併し同じく読んでもらふうへは自分に比較的親しいのを読んでもらはうと思つて、新しい方を先にした。はじめの方を一寸読んで頂くといふ心持である。本書は予のはじめての歌集である。世の先輩諸氏からいろいろ教へて頂いてもつと勉強したい。
○本書の「赤光」といふ名は仏説阿弥陀経から採つたのである。彼の経典には「池中蓮華大如車輪青色青光黄色黄光赤色赤光白色白光微妙香潔」といふところがある。予が未だ童子の時分に遊び仲間に雛法師が居て切りに御経を諳誦して居た。梅の実をひろふにも水を浴びるにも「しやくしき、しやくくわう、びやくしき、びやくくわう」と誦して居た。「しやくくわう」とは「赤い光」の事であると知つたのは東京に来て、新刻訓点浄土三部妙典といふ赤い表紙の本を買つた時分であつて、あたかも露伴のと明治三十八年は予の廿四歳のときである。大正二年九月二十四日よるしるす。

「日輪すでに赤し」の句を発見して嬉しく思つたころであつた。それから繰つて見る

白き山

昭和二十一年

大石田移居

蔵王より離《さか》りてくれば平らけき国の真中《もなか》に雪の降る見ゆ
朝な夕なこの山見しがあまのはら蔵王の見えぬ処にぞ来《こ》し
かりそめの事と思ふなふかぶかと雪ながらふる小国《をぐに》に著けば
最上川の支流の音はひびきつつ心は寒し冬のゆふぐれ
さすたけの君がなさけにあはれあはれ腹みちにけり吾は現身《うつせみ》

紅色の靄

昭和二十一年二月十四日
（陰暦一月十三日）大石田

雪ふりて白き山よりいづる日の光に今朝は照らされてゐぬ

きさらぎの日いづるときに紅色《こうしよく》の靄《もや》こそうごけ最上川より

川もやは黄にかがやきぬ朝日子ののぼるがまにまわが立ち見れば

最上川の川上《かはかみ》の方《かた》にたちわたる狭霧《さぎり》のうづも常《つね》ならなくに

最上川の川の面《おも》よりたちのぼるうすくれなゐのさ霧のうづは

春たつとおもほゆるかも西日さす最上川の水か青になりて

今しがた空をかぎれる甑嶽《こしきだけ》の山のつづきは光をうけぬ

ひたぶるに雪かも解くる真向ひの山のいただきけむりをあげて

しづかなる空にもあるか春雲のたなびく極み鳥海《てうかい》が見ゆ

一つらの山並白くおごそかにひだを保ちて今ぞかがやく

最上川の岸の朝雪わが踏めばひくきあまつ日かうべを照らす

たとふれば一瞬《ひとまたき》の朝日子はうすくれなゐに雪を染めたる

ふかぶかと降りつもりたる雪原に杉木立《すぎこだち》あるは寂しきものぞ
あまのはら晴れとほりたる一日《ひとひ》こそ山脈《やまなみ》の雪見るべかりけれ
ひむがしに雪のおもひきり降れる山ひだふかぶかと天《あま》そそる山
きさらぎのひるの光に照らされて雪の消えをる川原を歩む
ひむがしの空をかぎりて雪てれる峯の七《なな》つをかぞへつつ居り
遠山は見えず近山《ちかやま》もおぼろにて雪に照りとほるきさらぎの月
おしなべて雪を照らせる月かげはこの老いし身にもくまなかりけり
われひとり歩きてくれば雪しろきデルタのうへに月照りにけり
山峡《やまかひ》を好《この》みてわれはのぼり来ぬ雪の氷柱《つらら》のうつくしくして　二月廿八日
大石田《おほいしだ》に移りきたればよわよわと峡《かひ》の入日《いりひ》は雪を照らせり
夜半にして涙ながるることあれど受難の涙といふにはあらず

みそさざい

しづけさは斯くのごときか冬の夜のわれをめぐれる空気の音す
あまづたふ日の照りかへす雪のべはみそさざい啼くあひ呼ぶらしも

雪の中に立つ朝市は貧《まづ》しけど戦《たたかひ》過ぎし今日に逢へりける
あかあかとおこれる炭を見る時ぞはやも安らぐきのふも今日も
おしなべて境も見えず雪つもる墓地の一隅をわが通り居り

ふくろふ

わが眠る家の近くの杉森にふくろふ啼けり春たつらむか
純白《ましろ》なる蔵王の山をおもひいで蔵王の見えぬここに起臥《おきふ》す
最上川みづ寒けれや岸べなる浅淀にして鮠《はや》の子も見ず
朝な朝な惰性的に見る新聞の記事にをののく日に一たびは
ここにして蔵王の山は見えねども鳥海の山真白くもあるか

大石田漫吟

最上川ひろしとおもふ淀の上に鴨ぞうかべるあひつらなめて　三月一日今宿
ここにして天《あめ》の遠《とほ》くにふりさくる鳥海山は氷糖《ひようたう》のごとし　三月二日炭坑道
雪ふれる鳥海山はけふ一日《ひとひ》しづかなる空を背景とせる
わたくしの排悶《はいもん》として炭坑に行かむはざまに小便したり

うつり来て家をいづればこころよく鳥海山高し地平《ちへい》の上に

山中の雪より垂るる氷柱《つらら》こそ世の常人《つねびと》の見ざるものなれ

三月《さんぐわつ》になりぬといへるゆふまぐれ白き峡《かひ》より人いでて来《こ》し

寝ぐるしき一夜《ひとよ》なりしが今朝《けさ》の朝け泡雪《あわゆき》ぞ降る高山こめて

三月三日

四方《しはう》の山皚々《がいがい》として居りながら最上川に降る三月のあめ

真白なる鳥海山を見る時に蔵王の山をわれはおもへり

わが庭の杉の木立に来ゐる鳥何かついばむただひとつにて

かがなべてひたぶる雪のつもりたるデルタとわれと相むかひけり

三月四日

横山村を過ぎたる路傍には太々《ふとぶと》と豆柿の樹は秀でてゐたり

三月の光となりて藁靴とゴム靴と南日向《みなみひなた》に吾はならべぬ

歯科医より帰りし吾はゆふまぐれ鬱々として雪の道ありく

三月六日

洞窟となりて雪なきところありそこよりいづる水をよろこぶ

厚《あつ》らなる曇りとなりてけふ一日《ひとひ》雪ふれる上の空はうるほふ

病床にて

杉の木に杉風《すぎかぜ》おこり松の木に松風《まつかぜ》が吹くこの庭あはれ
日をつぎて吹雪《ふぶき》つのれば我が骨にわれの病《やまひ》はとほりてゆかむ
よもすがらあやしき夢を見とほしてわれの病はつのらむとする
ふかぶかと積りし雪に朝がたの地震などゆり三月《さんぐわつ》ゆかむとす
最上川みかさ増《まさ》りていきほふを一目《ひとめ》を見むとおもひて臥《ふ》しゐる
飛行機の音のきこえし今日の午後われは平凡なる妄想《まうざう》したり
さ夜中と夜は更けたらし目をあけば闇にむかひてまたたけるのみ
生きのこらむとこひねがふ心にて歌一つ作る鴉の歌を
あたたかき粥と菠薐草《はうれんさう》とくひし歌一つ作らむと時をつひやす
看護婦と我とのみゐる今日の午後こころ安けさ人な来《きた》りそ
かすかなる出で入る息をたのしみて臥処《ふしど》にけふも暮れむとぞする

鴨

つらなめて鴨のうかべる最上川部落やうやく遠きにやあらむ

あまつ日の光てりかへす雪の上あなうつくしといはざらめやも

ここに来て篤《あつ》きなさけをかうむりぬすこやけき日にも病みをる日にも

庭杉に音してゐるは鳥海をおろして来る風にかあるらし

熱いでてこやれる夜の明けがたみ焼けぬ東京の夢さへぞ見し

春 深 し

雪ふぶく頃より臥してゐたりけり気にかかる事も皆あきらめて

うぐひすはかなしき鳥か梅の樹に来啼ける声を聞けど飽かなく

幻《まぼろし》のごとくに病みてありふればここの夜空を雁《かり》がかへりゆく

たたかひにやぶれしのちにながらへてこの係恋《けいれん》は何に本づく　偶成

鳥海を前景にして夕映ゆとそのくれなゐを語りてゐたり　板垣家子夫枕頭に来りて春すでにふかきを告ぐ

吉井勇に酬ゆ

なほ臥《こや》るわが枕べに聞こえ来《こ》よ君住む京の山ほととぎす

観潮楼に君と相見し時ふりてほそき縁《えにし》の断えざるものを

おもかげに立つや長崎支那街の混血をとめ世にありやなし

ひそかにも告げこそやらめみちのくに病みさらぼひて涙ながると
老びととなりてゆたけき君ゆゑにわれは恋しよはるかなりとも

岡麓翁古稀賀

十年まへ君をことほぎ十年経てけふますますに君をおもはな
新しき苦しき時代《ときよ》に尊かるみいのちとぞおもふまさきくいませ
み齢《よはひ》の長きはよしと雪つもるはげしき山も君をむかふる
内鎌《ないがま》にも春の光のみなぎらふ頃となりけらし月も照りこそ
わが体よわりたれども七十《ななそぢ》の君をおもひていきほひづかな

陸奥

東京をのがれ来りて陸奥《みちのく》の友をおもへばあはれなつかし
うつり来てわれの生《いのち》を抒《の》べむとす鳥海山の見ゆるところに
少しづつ畳のうへを歩むことわれは楽しむ病癒ゆがに
もろごゑに鳴ける蛙を夜もすがら聞きつつ病《やまひ》の癒えむ日近し
みちのくに生《うま》れしわれは親しみぬ蔵王のやま鳥海のやま

罌粟の花

臥処《ふしど》よりおきいでくればくれなゐの罌粟《けし》の花ちる庭の隈《くま》みに
やうやくに夏ふかむころもろびとの厚きなさけに病癒えむとす
病癒えばかもかもせむとおもひたる逝春《ゆくはる》の日も過ぎてはるけし
朝な夕な鳴くひぐらしを恋しみていでて来しかど遠く歩まず
われひとりおし戴きて最上川の鮎をこそ食はめ病癒ゆがに

聴禽書屋

照りさかる夏の一日をほがらほがら鶯来鳴き楽しくもあるか
この庭にそびえてたてる太き樹の桂《かつら》さわだち雷《らい》鳴りはじむ
たたかひの歌をつくりて疲労せしこともありしがわれ何せむに
梅の実の色づきて落つるきのふけふ山ほととぎす声もせなくに
梟のこゑを夜ごとに聞きながら「聴禽書屋」にしばしば目ざむ

夕浪の音

わが病やうやく癒えて歩みこし最上の川の夕浪のおと

鉛《なまり》いろになりしゆふべの最上川こころ静かに見ゆるものかも
夕映《ゆふばえ》のくれなゐの雲とほ長く鳥海山の奥にきはまれり
彼岸《かのきし》に何をもとむるよひ闇の最上川のうへのひとつ蛍は
かの空にたたまれる夜《よる》の雲ありて遠いなづまに紅《あか》くかがやく

蛍火

わが生《いのち》おぼろおぼろと一とせの半《なかば》を過ぎてうら悲しかり
昼蚊帳のなかにこもりて東京の鰻のあたひを暫しおもひき
罌粟《けし》の花ちりがたになるころほひに庭をぞ歩む時々疲れて
哀草果わが傍《そば》にゐて恋愛の話をしたり楽天的にして
蛍火《ほたるび》をひとつ見いでて目守《まも》りしがいざ帰りなむ老の臥処《ふしど》に

弔岩波茂雄君

この世より君みまかりて痛々しきわれの心を何に遣《や》らはむ
世こぞりて嘆ける時にここにひとり病の床に音《ね》のみし泣かゆ
うつせみは常なきものと知りしかど君みまかりてかかる悲しさ

たえまなき三十年のいさをしを常にひそめてありし君はや
のみならず馬を愛せし逸話さへ君をしのばむよすがとなりつ
まことなる時代《ときよ》に生きむ楽しさを聖《ひじり》のごとく君は欲りせり
かうむりし恩をおもへばけふの日にアララギこぞり君を弔ふ
まなかひに君おもかげに立つ時しその潔《さや》けさに黙《もだ》居るべしや

蕗の薹《たう》

しづかなる曇りのおくに雪のこる鳥海山の全《また》けきが見ゆ
五月《ごぐわつ》はじめの夜《よる》はみじかく夢二つばかり見てしまへばはやもあかとき
黒鶫《くろつぐみ》来鳴く春べとなりにけり楽しきかなやこの老い人も
大きなるものの運《めぐ》りにすがるごとわれも大石田の冬を越えたり
みづからがもて来《きた》りたる蕗の薹あまつ光にむかひて震《ふる》ふ

春より夏

ひとときに春のかがやくみちのくの葉広柏《はびろがしは》は見とも飽かめや
水の上にほしいままなる甲虫《かふちゆう》のやすらふさまも心ひきたり

近よりてわれは目守《まも》らむ白玉の牡丹の花のその自在心《じざいしん》
ながらへてあれば涙のいづるまで最上《もがみ》の川の春ををしまむ
逝く春の朝靄こむる最上川岸べの道を少し歩めり
戒律を守りし尼の命終《みやうじゆう》にあらはれたりしまぼろしあはれ
おしなべて人は知らじな衰ふるわれにせまりて啼くほととぎす
いきどほる心われより無くなりて呆《ほ》けむとぞする病の牀《とこ》に
ほがらかに聞こゆるものか夜をこめて二つあひ呼ばふ梟《ふくろふ》のこゑ
水すまし流にむかひさかのぼる汝《な》がいきほひよ微《かす》かなれども
あはれなる小説ありて二人とも長生をする運命のこす
癒えかかる吾にむかひてやすらかに昼もいねよと啼くほととぎす
わがために夜《よる》の蚤さへ捕へたる看護婦去りて寂しくてならぬ
白牡丹つぎつぎひらきにほひしが最後の花がけふ過ぎむとす

黒瀧向川寺

最上川の岸にしげれる高葦《たかあし》の穂にいづるころ舟わたり来ぬ

向川寺《かうせんじ》一夜《ひとよ》の雨に音たてて流れけむ砂しろくなりけり

四百年《しひやくねん》の老《おい》の桂樹《かつらぎ》うつせみのわがかたはらに立てる楽しさ

足のべて休らふなべに山の上の杉ふく風のしきて聞こゆる

ひむがしゆうねりてぞ来る最上川見おろす山に眠りもよほす

庭の上に柏の太樹《ふとき》かたむきて立てるを見れば過ぎし代おもほゆ

山鳩がわがまぢかくに啼くときに午餉《ひるげ》を食はむ湯を乞ひにけり

えにしありて楽しく吾も食はむとす紫蘇の実を堅塩《かたしほ》につけたる

ひとり居る和尚不在の寺に入り「寿山聳《じゆざんそびゆ》」の匾《へん》を見にけり

山中に金線草《みづひきぐさ》のにほへるを共に来りみてあやしまなくに

峯越をせむとおもひてさやさやし葛《くず》ふく風にむかひてゆくも

黒瀧の山にのぼりて見はるかす最上川の行方《ゆくへ》こほしくもあるか

ひがしよりながれて大き最上川見おろしをれば時は逝くはや

額《ひたひ》より汗は垂りつつ蛇の衣《え》のこれる山を越えゆくわれは

北空にするどき山の並べるを秋田あがたの境とおもはむ

元禄の二年芭蕉ものぼりたる山にのぼりて疲れつつ居り
年老いてここのみ寺にのぼれりとおもはむ時に吾は楽しゑ

九月八日

暑き日

きのふけふ病癒えしとおもひしに道をのぼればあな息づかし
そびえたる白雲の中にいくたびか昼の雷鳴る雨の降らぬに
七十《ななそぢ》の齢越《こ》さして岡の大人《うし》いかにかいますこの暑き日に
馬追は宵々鳴くに昼なかば老いたるこの身たどきも知らず
稲の花咲くべくなりて白雲は幾重の上にすぢに棚びく

虹

東南《とうなん》のくもりをおくるまたたくま最上川のうへに朝虹たてり
颱風《たいふう》の余波《よは》を語りて君とわれと罌粟《けし》の過ぎたるところにぞ立つ
最上川の上空《じやうくう》にして残れるはいまだうつくしき虹の断片
太陽に黒点見ゆと報ずれば涼しくなりぬきのふもけふも
最上川にそそぐ支流の石原にこほろぎが鳴くころとなりつつも

真紅《まあか》なるしやうじやう蜻蛉《とんぼ》いづるまで夏は深みぬ病みゐたりしに
昆虫の世界ことごとくあはれにて夜な夜なわれの燈火《ともしび》に来る
砂のうへに杉より落ちしくれなゐの油がありて光れるものを
やみがたきものの如しとおもほゆる自浄作用は大河《たいが》にも見ゆ
年ふりしものは快《こころよ》し歩み来て井出《ゐで》の部落の橡《とち》の木見れば
あまつ日の強き光にさらしたる梅干の香が臥処《ふしど》に入り来《く》
軍閥といふことさへも知らざりしわれを思へば涙しながる
天雲《あまぐも》の上より来るかたちにて最上川のみづあふれみなぎる
朝な朝な胡瓜《きうり》畑を楽しみに見にくるわれの髯のびて白し
杉山の泉に来り水浴ぶる尾長どり一つわれをおそれず
わが歩む最上川べにかたまりて胡麻《ごま》の花咲き夏ふけむとす
ひるも夜《よる》もしきりに啼きし杜鵑《ほととぎす》やうやく稀に夏ふけむとす

秋来る

ひたぶるに飛びて来れる大《おほ》ゐんば臥処《ふしど》をいでしわれは見てゐる

外光にいで来りたるわれに見ゆ斜面を逃ぐるやまかがしの子
秋づくといへば光もしづかにて胡麻のこぼるるひそけさにあり
西のかた朝いかづちのとどろきて九月一日晴れむとすらし
わが来つる最上の川の川原にて鴉羽ばたくおとぞきこゆる
かなしくも遠山脈《とほやまなみ》の晴れわたる秋の光にいでて来にけり
ま澄にも澄みたる空に白雲の湧きそびゆるはこころ足らはむ
秋たつとおもふ心や対岸の杉の木立のうごくを見つつ
秋のいろ限《かぎり》も知らになりにけり遠山のうへに雲たたまりて
くろぐろとしたる木立にかこまるる小峡《をかひ》の空は清《さや》にこそ澄め
かぎりなく稔《みの》らむとする田のあひの秋の光にわれは歩める

秋

高々とたてる向日葵《ひまはり》とあひちかく韮《にら》の花さく時になりぬる
黄になりて桜桃の葉のおつる音午後の日ざしに聞こゆるものを
いにしへの人がいひたる如くにし萩が花ちる見る人なしに

松山の中に心をしづめ居るわれに近づく蟆子《ぶと》のかそけさ
うつせみの身をいたはりて松山に入りこしときに蟋蟀《こほろぎ》鳴くも

松　山

われひとり憩ひてゐたる松山に松蟬鳴きていまだ暑しも
ここにして心しづかになりにけり松山の中に蛙が鳴きて
つくづくと病に臥せば山のべの躑躅《つつじ》の花も見ずて過ぎにき
秋の日は対岸の山に落ちゆきて一日《ひとひ》ははやし日月《ひつき》ははやし
蕎麦の花咲きそろひたる畑あれば蕎麦を食はむと思ふさびしさ

最上川下河原

最上川の大きながれの下河原《しもがはら》かゆきかくゆきわれは思はな
われをめぐる茅《ち》がやそよぎて寂《しづ》かなる秋の光になりにけるかも
やまひ癒えてわが歩み来《こ》しこの原に野萩《のはぎ》の花も散りがたにして
茨《いばら》の実くれなゐになりて貌《かたち》づくるここの河原をわれは楽しむ
つばくらめいまだ最上川にひるがへり遊ぶを見れば物な思ひそ

最上川に手を浸《ひた》せれば魚の子が寄りくるかなや手に触るるまで
ここにして蔵王《ざわう》見えずとおもひしにかの山は蔵王南たか空
あまつ日のかたむく頃の最上川わたつみの色になりてながるる
この原にわれの居りたるゆふまぐれ鳥海山は晴れて全《また》けし
はだらなる乳牛《ちちうし》がつねにこの原の草を食ひしが霜がれむとす
冬さらばふかぶかと雪ふりつまむここの河原を一日《ひとひ》をしみつ

対　岸

最上川のなぎさに居れば対岸《かのきし》の虫の声きこゆかなしきまでに
大川の岸の浅処《あさど》に風を寒みうろくづの子もけふは見えなく
空襲のはげしきをわれのがれ来て金瓶村に夢をむすびき
病より癒えて来れば最上川狭霧のふかきころとなりつつも
うつせみのこの世の限りあな寂し森山汀川もみまかりゆきて

弔森山汀川君

信濃路の歌びとあまた導きて君飽かなくにけふぞ悲しき

赤彦ののちに信濃の歌びととそのいさをしを忘れておもへや

七十《ななそぢ》に君なりたらば馳せゆきて手取り交さむ吾にあらずきや

もみぢばのからくれなゐを相めでて蓼科山にふたりむかひき

諏訪の湖《うみ》のうなぎを焼きて送りこし君おもかげに立ちて悲しも

海

鳥海のまともにむかふこの家は青わたつみを中におきける

岩の間に子らの遊びしあとありてたどり著きたる吾もひそめり

白波のたゆるひまなく寄する音われのそがひに聞こえつつをり

天伝《あまづた》ふ日に照らされて網船《あみぶね》のこぎたむ見ればいきほふごとし

ひさかたの星のひかれる一夜あけてしきりに白くうしほ浪たてり

日本海まともにしたる砂の上に秋に入りたるかぎろひの立つ

いちはやく立ちたる夜の魚市にあまのをみなのあぐるこゑごゑ

あけびの実うすむらさきににほへるが山より浜に運ばれてくる

浪

岩の間にかぐろき海が見えをれば岩をこえたる浪しぶき散る

うしほ浪寄るさま見ればせまりつつその鋭きも常ならなくに

西《にし》田《た》川《がは》のこほりにたどりつきしかば白浪たぎつ岩のはざまに

海ぐさのなびかふさまもこほしかるもののごとくに見て立てりけり

海つかぜ西吹きあげて高山の鳥海山は朝より見えず

水平の上にほがらなる層ありて日本海に日は近づきぬ

うみの雨けむりて降れば磯山はおほどかにして親しむわれは

わたつみのいろか黝《ぐろ》きに流れ浪しぶきをあぐる時のまを見つ

もえぎ空はつかに見ゆるひるつ方鳥海山は裾より晴れぬ

魚市の中にし来れば雷魚《はたはた》はうづたかくしてあまのもろごゑ

夜ごとに立つ魚市につどひくるあまの女《をんな》の顔をおぼえつ

わが友のいでたたむ日を潮騒の音は高しとおもひつつをり

はたはたの重量はかるあま少女或るをりをりに笑みかたまけぬ

しづかなる心に海の魚を食ひ二夜《ふたよ》ねぶりていま去らむとす
わたつみは凪ぎたるらむか夜をこめていでゆく船のその音きこゆ
みちのくの田川こほりの海のべの砂原こえて歩みつつをり
さ夜中と夜は更けたらし荒磯べの山をわたらふ吹く風のおと
ここにして浪の上なるみちのくの鳥海山はさやけき山ぞ
わが友は潮くむ少女《をとめ》見しといへどわれは見ずけりその愛《かな》しきを
この見ゆる鳥海山のふもとにて酒田の市街は浪の上に見ゆ
元禄のいにしへ芭蕉と曾良とふたり温海《あつみ》の道に疲れけらしも
あまが家もなかりしころとおもほゆる過去世《くわこせ》の道を吾はしのびつ
旅人もここに飲むべくさやけくも磯山かげにいづる水あり
鳥海をふりさけみればゐる雲は心こほしき色に匂ひつ
かすかなる時宗《じしゆう》の寺もありながら堅苔沢《かたのりざは》の磯山くもる
三瀬《さんぜ》をば過ぎて鶴岡にいでむとす三瀬の磯をいくたびか見て

鳥追ふ声

鳥を追ふこゑの透りてわたるころ病ののちの吾は歩める
浅山にわが入り来れば蟋蟀の鳴くこゑがして心は和ぎぬ
外光にいでてし来れば一山《ひとやま》を吹き過ぎし風もわれに寂しゑ
家いでて吾は歩《ある》きぬ水のべに桜桃の葉の散りそむるころ
最上川の支流の岸にえび葛《かづら》黒く色づくころとしなりて

大石田より

最上川ながるるがうへにつらなめて雁《がん》飛ぶころとなりにけるかも
はやくより雨戸をしめしこのゆふべひでし黄菊を食へば楽しも
現身《うつしみ》はあはれなりけりさばき人安寝《びとやすい》しなしてひとを裁《さば》くも
健《すこや》けきものにもあるかつゆじもにしとどに濡るる菊の花々
とし老いてはじめて吾の採り持てるアスパラガスのくれなゐの実よ
をりをりにわが見る夢は東京を中心にして見るにぞありける
朝な朝な寒くなりたり庭くまの茗荷の畑《はた》につゆじも降りて

最上川の対岸もまた低くしてうねりは見えず直《す》ぐに流るる
おそろしき語感をもちて「物量」の文字《もじ》われに浮かぶことあり
うるし紅葉のからくれなゐの傍に岩蕗《いはぶき》の葉は青く厚らに
大石田の山の中よりふりさくる鳥海山は白くなりたり

山と川

黄の雲の屯《たむろ》したりと見るまでに太樹《ふとき》の桂《かつら》もみぢせりけり
目のまへにうら枯れし蕨の幾本《いくほん》が立ちけり礙《さまた》ぐるものあらなくに
やうやくに色づかむとする秋山の谷あひ占めて白き茅原《かやはら》
おほどかにここを流るる最上川鴨を浮べむ時ちかづきぬ
かくしつつわがおりたてば岸ひくき最上川のみづ速くもあるか
つゆじもはあふるるばかり朝草にたまりてゐたり寒くなりつる
われひとりきのふのごとく今日もゐてつひに寂しきくれぐれの山
ここに立ち夕《ゆふ》ぐるるまでながめたる最上川のみづ平明《へいめい》にして
秋ふけし最上の川はもみぢせるデルタをはさみ二流《ふたなが》れたる

彼の部落まで人通はむとねもごろにきりとほしたる白埴《しらはに》の山
去年《こぞ》の秋金瓶村に見しごとくうつくしきかなや柿の落葉は

しぐれ

たひらなる命生きむとこひねがひ朝まだきより山こゆるなり
山の木々さわだつとおもひしばかりにしぐれの雨は峡《かひ》こえて来つ
峡の空片よりに蒼く晴れをりて吹きしまく時雨の音ぞ聞こゆる
あまつ日は入りたるらむか細々し黄いろに浮ける峡のうへの雲
にごり酒のみし者らのうたふ声われの枕をゆるがしきこゆ
みちのくの瀬見《せみ》のいでゆのあさあけに熊茸《くまたけ》といふきのこ売りけり
朝市はせまきところに終りけり売れのこりたる蝮《まむし》ひとつ居て
小国川《をぐにがは》迅《はや》きながれにゐる魚《うを》をわれも食ひけり山沢《やまさは》びとと
最上川の大き支流の一つなる小国川の浪におもてをあらふ
この鮎はわれに食はれぬ小国川の蒼《あを》ぎる水に大きくなりて
新庄にかへり来りてむらさきの木通《あけび》の実をし持てばかなしも

晩秋

最上川の支流は山にうちひびきゆふぐれむとする時にわが居つ
山岸の畑《はた》より大根を背負ひくる女《め》の童《わらは》らは笑みかたまけて
やうやくにくもりはひくく山中に小鳥さへづりわれは眠りぬ
新しき憲法発布の当日となりたりけりな吾はおもはな
浅山に入りつつ心しづまりぬ楢《なら》のもみぢもくれなゐにして
こもごもに心のみだれやまなくに葉広がしはのもみぢするころ
しぐれの雨うつろふなべに吾《われ》をめぐる山うつくしくなりて来にけり
館址にのぼりて来れど白がやのしげりが中に君と入りかねつ
のきに干す黍《きび》に光のさすみればまもなく山越え白雪の来《こ》む
ひとたびはきざす心のきざしけり稲刈り終へし田面《たづら》を見れば
今の代にありて小女《せうぢょ》のかどはかしいたいたしいたいたし小女にほふに

鳶

かくのごとく楽しきこゑをするものか松山のうへに鳶啼く聞けば

しづかなる亡ぶるものの心にてひぐらし一つみじかく鳴けり

日ごと夜毎《よごと》いそぐがごとく赤くなりしもみぢの上に降る山の雨

少年の心は清く何事もいやいやながら為《す》ることぞなき

もろともにふりさけ見よとうつくしく高山の上に雪はつもれり

しぐれふる峡《かひ》にしづかにゐむことも今のうつつは吾にゆるさず

かすかにも来鳴ける鳥のみそさざいの塒《ねぐら》おもはむ雪の夜ごろは

部落より部落にかよふ一すぢの道のみとなり雪ふりしきる

夢あまたわれは見たりき然れどもさめての後はそのつまらなさ

塩の沢の観音にくる途すがら極めて小さき分水嶺あり

かしこには確かにありと思へらくいまだ沈まぬ白き太陽

新光《にひひかり》のぼらむとするごとくにて国のゆくへは今日ぞさだまる

万国《ばんこく》のなかにいきほふ日本国《にほんこく》永久《とは》の平和はけふぞはじまる

万軍《ばんぐん》はこの日本より消滅す浄《きよ》く明《あか》しと云はざらめやも

新光

をやみなくきのふもけふも雪つもる国の平《なびら》に鴉は啼きつ
ルックサック負へる女に橋の上にとほりすがへり月夜最上川
あまねくも春の光のみちわたる国原みれば生ける験《しるし》あり
かくしつつ生き継《つ》ぐくにの国民《くにたみ》は健かにして力足《た》らはむ
新しくかがやく光かうむりて励み励まむ時ぞ来むかふ
うちこぞり手取り競《きほ》はむわがどちよ楽しくもあるかこの代のかぎり
つつましき心となりて万国のなかに競はば何かなげかむ
新しき生《いのち》はぐくむわが儕《どち》よ畏るるなゆめためらふなゆめ

年

あたらしき命もがもと白雪《しらゆき》のふぶくがなかに年をむかふる
おほどかに流れの見ゆるのみにして月の照りたる冬最上川
いくたびかい行き帰らひありありと吾の見てゐる東京のゆめ
十一月三日小山《こやま》にのぼりけりかなしき国や常若《とこわか》の国や
この国のにほひ少女《をとめ》よ豊かなる母となるとき何かなげかむ

線路越えてをりをり吾は来《きた》るなり白くなりたる鳥海山を見に
あかときの山にむかひてゐる如く大きなるかなやこの諦念《あきらめ》は
ひむがしに霧はうごくと見しばかりに最上川に降る朝しぐれの雨

ひとり寐

いただきに黄金《こがね》のごとき光もちて鳥海の山ゆふぐれむとす
わが先になれる少年酒負ひてここの山路を越えゆくものぞ
秋山をわが下りくれば大石田西のひかりを受けつつぞゐる
ひとり寐の夜な夜なに見る夢いくつ消滅するをとどめかねつも
街頭に柿の実ならび進駐兵聖《サンクト》ペテロの寺に出入《いでい》りつ
この家に新婚賀あり白くのびし髪をわれ刈り言ほぎにける
岡のべによりてこもるごと安らなるこの火葬場にも雪つもるべし
東京の場末のごとき感じにて映画の夢をわれ見てゐたり
進駐兵山形県の林檎をも好しといふこそほがらなりけれ
最上川岸べの雪をふみつつぞわれも健康の年をむかふる

御題あけぼの

もろともに見らくし好《よ》けむかうべ紅き鶴《つる》まひたたむ空のあけぼの

をりをり

鳥海のいただき白く雪ふれる十月五日《じふぐわついつか》われは帰り来《く》

かすかなる吾《わ》が如きさへ朝な夕なふかくなげきて時は流るる

またたびの実を秋の光に干しなめて香にたつそばに暫し居るなり

はるばると溯《さかのぼ》りくる秋の鮭われはあはれむひとりねざめに

あたたかき心の奥にきざすもの人を救はむためならなくに

寒土

たけ高き紫苑の花の一むらに時雨《しぐれ》の雨は降りそそぎけり

やうやくに病癒えたるわれは来て栗のいがを焚《た》く寒土《さむつち》のうへ

最上川のほとりをかゆきかくゆきて小《ちひ》さき幸《さち》をわれはいだかむ

けふもまた葱南先生の牡丹図を目守《まも》りてをれば心ゆかむとす

かみな月五日《いつか》に雪をかかむれる鳥海のやま月読《つきよみ》のやま

あたらしき時代《ときよ》に老いて生きむとす山に落ちたる栗の如くに

入りがたの日に照らされて沁《し》むるがに朱《しゆ》を流したる秋山これは
ねむりかねて悲しむさまの画《か》かれたる病《やまひ》の草紙の著者しなつかし
二とせの雪にあひつつあはれあはれ戦《たたかひ》のことは夢にだに見ず
栗の実のおちつくしたる秋山をわれは歩めりときどきかがみて
さびしくも雪ふるまへの山に鳴く蛙《かへる》に射すや入日のひかり

越年の歌

おのづからみのり豊《ゆた》けき新米《にひごめ》ををさめをさめて年ゆかむとす
わが国のそのつつしみの真心は今しあめつちに徹《とほ》らむとする
みちのくの鳥海山にゆたかにも雪ふりつみて年くれむとす
もろもろはこぞり喜びし豊《とよ》の年《とし》の大つごもりの鐘鳴りわたる
健康のこころきほひて女男《をみなをとこ》ひかり新しき年をむかへむ

逆白波

かりがねも既にわたらずあまの原かぎりも知らに雪ふりみだる
この春に生《うま》れいでたるわが孫よはしけやしはしけやし未だ見ねども

最上川逆白波《さかしらなみ》のたつまでにふぶくゆふべとなりにけるかも
きさらぎにならば鶫《つぐみ》も来むといふ桑の木はらに雪はつもりぬ
人皆のなげく時代に生きのこりわが眉の毛も白くなりにき

北国より

おのづから心は充ちて諸声《もろごゑ》をあげむとぞする国のあけぼの
冬眠に入りたる虫のしづかさを雪ふる国にわれはおもへり
老びとの吾にこもれとかきくらし空を蔽ひて雪ふり来《きた》る
供米のことに関はるものがたりほがらほがらに冬はふかみぬ
かぎろひの春来《き》むかへば若きどち国のまほろに競《きほ》ひたつなり

歳晩

たまさかに二階にのぼるこんこんと雪降りつむを見らくし好しと
窓よりも高くなりたる街道を馬橇くれば子ら声をあぐ
歳晩をひとりゐたりけり寒々とよわくなりたる身をいたはれば
冬の夜の飯《いひ》をはるころ新聞の悲しき記事のことも忘るる

青山にて焼けほろびたる我家《わがいへ》に惜しきものありき惜しみて何せむに

昭和二十二年

雪の面

雪の面《おも》のみ見てゐたり悲しみを遣らはむとしてわが出で来しが

上ノ山に籠居したりし沢庵を大切にせる人しおもほゆ

外出をわがせずなりてアララギの四月号の歌を一月《いちぐわつ》つくる

冬の鯉の内臓も皆わが胃にてこなされにけりありがたや

国土《くにつち》をつつむ悲哀を外国《とつくに》のたふとき人は見に海わたる

新年

朝日子ののぼる光にたぐへむと古《いにし》へ人も勇みたりしか

新しくめぐり来れる年のむたわが若き友よひとしく立たな

悲しみも極まりぬれば新しき涙となりて落ちむとすらむ

つつましく生きのいのちを長らへて新しき代は永遠《とことは》ならめ

新しき時代とともに新しき国ぢからこそ見るべかりけれ

黒 どり

雪の上にかげをおとせる杉木立その影ながしわれの来しとき

歯科医よりかへり来りて一時間あまり床中《しやうちゆう》に這入りゐしのみ

蠟燭を消せば心は氷《ひ》のごとく現身《うつそみ》のする計らひをせず

高熱をもちて病に臥ししことかくのごとくに歎かざらめや

重かりし去年《きよねん》の病を身独りは干柿などを食ひて記念す

アララギはわが雑誌ゆゑ余所行のこころ要らずと云ひて可なりや

短歌ほろべ短歌ほろべといふ声す明治末期のごとくひびきて

きさらぎの六日このかた外光にいづることなし恐るべくして

黒どりの鴉が啼けばおのづからほかの鳥啼く春にはなりぬ

三月の空をおもひて居りたるが三月になり雪ぞみだるる
「追放」といふことになりみづからの滅ぶる歌を悲しみなむか

雀

老の身も免《のが》るべからぬ審判を受けつつありと知るよしもなき
両岸《もろぎし》にかぶさるごとく雪つみて早春《はやはる》の川水嵩《みかさ》まされる
アララギの初期にかたみにきほひたる石原純《いしはらあつし》もすでに身まかる
硯のみづもこほらずなりゆきて三月十日雀啼くこゑ
うつせみに病《やまひ》といふことあり経《ふ》ればかなしくもあるかその現身《うつせみ》は
ひとり言われは言はむかしかすがに一首の歌も骨が折れるなり
外出より帰り来りて靴下をぬぎ足袋に穿きかへにけり何故《なにゆゑ》か
われひとり食はむとおもひて夕暮の六時を過ぎて蕎麦の粉を煮る
わが孫の赤羅《あから》ひくらむ頬もひてひとり寝《ぬ》る夜のともしびを消す
鎌倉に梅さきたりと告げ来しをしばらく吾はおもひつつ居り
朝な朝なおそく起きるを常とするこの老体《らうたい》よ風ひくなゆめ

寒月

鳥ふたついなづまのごと飛びゆけり雪のみだるる支流のうへを

春たてる清水港ゆおくりこし蜜柑食《は》む夜の月かたぶきぬ

大石田さむき夜ごろにもろみ酒のめと二たび言へども飲まず

かくのごと老いつつをれば朝々のさゆる空気は歯をいたましむ

春の来《こ》むけはひといへどあまのはら一方《ひとかた》はれて一方くもる

春の光日ねもす照れど川の洲につもりし雪はまるくのこれる

名残《なごり》とはかくのごときか塩からき魚の眼玉をねぶり居りける

短距離の汽車に乗れれど吾よりも老いたる人は稀になりたり

大石田いでて上ノ山に一夜《ひとよ》寝つ蔵王《ざわう》の山いまだ白きに

遠く去りし物のごとくにおもほゆる明治時代の単舎利別も

一冬《ひとふゆ》を降りつみし雪わが傍《そば》に白きいはほのごとく消《け》のこる

あまつ日

あまづたふ日は高きより照らせれど最上川の浪しづまりかねつ

家ごもり一人し居れば朝な夕な降りつむ雪を越ゆることなし
ここにして吾はおもへりはるかなるダボスの山に雪のつもるを
やうやくに病は癒えて最上川の寒《かん》の鮒《ふな》食《は》むもえにしとぞせむ
あまつ日はひとつ昇りてまどかにも降りつもりたる雪てりかへす

ひとり歌へる

道のべに蓖麻《ひま》の花咲きたりしこと何か罪ふかき感じのごとく
やまひより癒えたる吾はこころ楽し昼《ひる》ふけにして紺《こん》の最上川
みちのくの十和田《とわだ》の湖《うみ》の赤き山われの臥処《ふしど》にまぼろしに見ゆ
西北《にしきた》の高山《たかやま》なみの山越しの冬のあらしは一日《ひとひ》きこゆる
うつせみの吾が居たりけり雪つもるあがたのまほら冬のはての日
冬至の夜はやく臥処《ふしど》に入りにけり息切《いきぎれ》のする身をいたはりて
のがれ来て二たびの年暮れむとす悲しきことわりと思ひしかども
くらがりの中におちいる罪ふかき世紀にゐたる吾もひとりぞ
みまかりし女《をんな》の夢を見たりなどして冬のねむりはしばしば覚めぬ

ふかぶかと雪とざしたるこの町に思ひ出《だ》ししごとく「永霊《えいれい》」かへる
雪つもる国の平《たひら》をすすみくる汽車をし見ればあな息づかし
ほがらほがらのぼりし月の下びにはさ霧のうごく夜《よる》の最上川
まどかなる月はのぼりぬ二わかれながるる川瀬明《あか》くなりつつ
月の夜の川瀬のおとの聞こえくるデルタあたりにさ霧しろしも
月読《つきよみ》ののぼる光のきはまりて大きくもあるかふゆ最上川
中ぞらにのぼれる月のさゆるころ最上川にむかふわれひとり来て
まどかなる月の照りたる最上川川瀬のうへよ霧見えはじむ
まどかなる月やうやくに傾きて最上川のうへにうごく寒靄《さむもや》
わが国の捕鯨船隊《ほげいせんたい》八隻はオーストラリアを通過せりとぞ
みそさざいひそむが如く家ちかく来《く》るのみにして雪つもりけり
かん高く「待避!」と叫ぶ女《をんな》のこゑ大石田にてわが夢のなか
ふる雪の降りみだるれば岡の上の杉の木立《こだち》もおぼろになりぬ
馬ぐるま往来《ゆきき》とだえて夜もすがら日ねもすやまぬ雪のあらぶる

雪の中より小杉《こすぎ》ひともと出でてをり或る時は生《しやう》あるごとくうごく

あまぎらし降りくる雪のおごそかさそのなかにして最上川のみづ

勝ちたりといふ放送に興奮し眠られざりし吾《われ》にあらずきや

オリーヴのあぶらの如き悲しみを彼の使徒《しと》もつねに持ちてゐたりや

交媾に必ず関《かか》はりし女殺しよ新時代といふひびき悲しく

あひいだき死ぬらむほどの恋愛にかかはる小説もつひにおよばず

高々につもれる雪に幾たびもぬかる音して童《わらべ》あそびけり

窓よりも高くなりたる雪ふみて穉《をさな》は居たり何か競《きそ》へる

歳晩《さいばん》の夜にわが割りし黄の林檎それを二つに割りて食はむとす

高々と氷《ひ》にさえわたる雪の上に午前三時の月かげがあり

かくのごとき月にむかへれば極まりて一首の歌もいのちとぞおもふ

おもひきり降りたる雪が一年《いちねん》の最短《さいたん》の日に晴間みせたり

まどかなる雪の降りかも日をつぎてつもらむとする雪の降りかも

最上川の流のうへに浮びゆけ行方《ゆくへ》なきわれのこころの貧困《ひんこん》

空襲の炎《ほのほ》だつを思出《おもひだ》すのみにて寒々《さむざむ》としておきふすわれは
ふゆ寒く最上川べにわが住みて心かなしきをいかにかもせむ
わかくして懺《ざん》の涙をおとししが年老いてよりはや力なし
最上川ながれさやけみ時のまもとどこほることなかりけるかも

山上の雪

晩餐ののち鉄瓶の湯のたぎり十時ごろまで音してゐたり
をりをりは舞ひあがる音もまじはりて夜《よる》の底ひに雪はつもらむ
われつひに老に呆《ほ》けむとするときにここの夜寒《よさむ》は厳しくもあるか
とほどほし南ひらけて冬山の蔵王につづく白き団塊《かたまり》
最上川に住む鯉のこと常におもふ噞喁《あぎと》ふさまもはやしづけきか
教員諸氏団結記事のかたはらに少年盗《せうねんたう》のことを報ずる
老いし歯にさやらば直《ただ》に呑めあら尊と牛肉一片あるひは二片三片
足元の雪にまどかなる月照れば青ぎる光ふみてかへるも
外套のまま部屋なかに立ちにけり財申告《ざいしんこく》のことをおもへる

かかる夜の汽笛を聞けば進みゆく一隊のあへぎ聞くにし似たり
横ざまにふぶける雪をかへりみむいとまもあらず橋をわたりつ
けふ一日《ひとひ》雪のはれたるしづかさに小さくなりて日が山に入る
最上川遠《とほ》ふりさくるよろこびは竅窕少年のこころのごとし
数十年の過去世《くわこせ》となりしうら若きわが存在はいま夢となる
人生は一生《いつせい》に寄るといへるもの今に伝へて心いたましむ
雪ごもる吾《われ》のごときをおびやかす世のありさまも常ならなくに
眼下《まなした》を大淀なして流れたる最上の川のうづのおと聞こゆ
おほどかに流れてぞ行く大川がデルタに添ひて川瀬はやしも
雪はれし厚きくもりは天《あめ》なるや八隅《やすみ》の奥にしづまむとする
日をつぎて雪ふかくなりあしひきの山の小鳥も来啼くことなし
両岸は白く雪つみ最上川中瀬《なかせ》のひびきひくくなりつも
ここにして雪はれしかば南《みんなみ》に蔵王を包む雲はこごりぬ
退《そ》きゆきし南《みんなみ》とほき雪雲は高浪《たかなみ》のごと見えわたりたる

雪はれて西日さしたる最上川くろびかりするをしばしだに見む
両岸は真白くなりて流れゐる最上川の行方《ゆくへ》おもはざらめや
午前より雪ふりやめば川上にデルタが白くなりて見え居り
雪雲の山を離れてゆくなべに最上川より直《ただ》に虹たつ　一月十九日五首
最上川水のうへよりまぢかくにふとぶとと短き冬虹たてり
歩き来てしばしくは見てゐたりけり最上川に短き冬虹たつを
最上川のながれの上に冬虹のたてるを見れば春は来むかふ
炭坑へ細々として道のある山のなかより銃《じゆう》の音きこゆ
しづかなる空合《そらあひ》となりをやみなく降りつもり来る雪のなかに立つ
八隅《やすみ》には雪山《ゆきやま》なみの浮びいで大きなるかなやこのゆふまぐれ　二首
せまりくる寒きがなかに春たたむとして山上《さんじやう》の雪けむりをあげぬ
最上川にごりみなぎるいきほひをまぼろしに見て冬ごもりけり
すさまじくなりし時代《ときよ》のありさまを念々《ねんねん》おもひいにしへ思ほゆ
健康のにほひしたらむ楽しさよ平安初期のその肉慾も

身毒《しんどく》の渡来以前の女体《ぢよたい》をばウインケルマンと共に欲《ほつ》する

死後のさま電《でん》のごとくわが心中にひらめきにけり弱きかなや

チロールを過ぎつるときに雪ふみて路傍の基督に面《おも》寄せにき

南海《なんかい》に献身せりとあきらかにいふこともなく時はゆくなり

東京におもひ及べば概論がすでに絶えたり野犬をとめを食ふ

歌ひとつ作りて涙ぐむことあり世の現身《うつせみ》よわが面《おも》をな見そ

ああかなしくも精神病者の夢われにすがりて離しきれざる

脳病院長の吾をおもひ出《いだ》さむか濁々《だくだく》として単純ならず

かの町の八人《はちにん》ごろし穉《いとけな》きものもまじりてことごとく死す

葬歛《とむらひ》の日に親戚ひとり気ぐるひてげらげらと笑ひてやまず

今の世のいはゆる復員青年がかかる罪業してしまひたり

終戦のち一年《いちねん》を過ぎ世をおそる生きながらへて死をもおそるる

小杉《こすぎ》ひとつ埋《う》れむとして秀《ほ》を出《だ》せる雪原《ゆきはら》をゆくきのふもけふも

つつましきものにもあるかけむるごと最上川に降る三月《さんぐわつ》のあめ

最上川ながれの岸に黒どりの鴉は啼きてはや春は来む
すでにして日のかがやきに雪かづくとほの山山浮きいづるころ

東雲

老身《らうしん》はひたすらにしていひにけり「群鳥《むらどり》とともにはやく春来《こ》よ」
夜をこめて未《いま》だも暗き雪のうへ風すぐるおとひとたび聞こゆ
最上川雪を浮ぶるきびしさを来りて見たりきさらぎなれば
不可思議の物のごとくに見入りたり Cöln《キヨルン》渡りの石鹼《せつけん》ひとつ
今上《きんじやう》御製短歌が二つあなたふと新聞に小さく組まれてゐたり
女仏《によぶつ》をば白き栲《たへ》にて包みつつ秘めたるこころ悲しくもあるか
雪しづく夜すがらせむとおもひしに暁《あかつき》がたは音なかりけり
雪ぐものそのふるまひを見たりけり重《かさな》り合ひにせめぐがごとく
渡り鳥のごと去りゆきてこの雪を二たび見らむ吾ならなくに
東京に見るべからざる雪山《ゆきやま》をまなかひにして老いつつぞゐる
南海《なんかい》より帰りきたれる鯨船《くぢらせん》目前《もくぜん》にしてあなこころ好《よ》や

聞ける者は聞けり聞かぬ者は聞かずけりワーテルロオのその轟《とどろ》きも
困難の汽車の旅にて頓死《とんし》のこと雪つもる夜に語りゆきたり
気ぐるひが神と称するカーズスを礼拝《れいはい》せむと人さやぎけり
山の中ゆいで来《こ》し小雀《こがら》飛ばしめて雪の上に降るきさらぎの雨
夢の世界中間《ちゆうかん》にしてわが生《せい》はきのふも今日もその果《はか》なさよ
高山《たかやま》の冬の真中に狐すむ雌雄《めを》の睦《むつ》むさま吾は見がほし
老いし歯の痛みゆるみしさ夜ふけは何といふわが心のしづかさ
門歯《もんし》にても嚙みて食はむとおもひけり既に塩がるるこの蕪菜《かぶらな》よ
後の代の学問にあそぶ人のため「新興財閥」の名をぞとどむる
運命にしたがふ如くつぎつぎに山の小鳥は峡《かひ》をいでくる
桂樹《かつらぎ》の秀枝《ほつえ》に来り鳴きそめし椋鳥《むくどり》ふたつ春呼ぶらしも
遥かなる古代小国《せうこく》の興亡も現在の予《よ》はその刺戟に堪へず
かたむきし冬の光を受けむとす蔵王の山を離れたる雲
偶然のものの如くに蠟涙《らふるゐ》はながく垂れゐき朝あけぬれば

遠き過去になりし心地すをさな等もたたかひ遊《あそび》することがなく
とほがすみ国の平《たひら》にかかるころ吾《われ》を照らして陽《ひ》の道をゆく
白き陽はいまだかしこにあるらしくみだれ降りたる雪やまむとす
なげかひを今夜《こよひ》はやめむ最上川の石といへども常ならなくに

昼と夜

ぬばたまの夜空に鷺の啼くこゑすいづらの水におりむとすらむ
いたきまでかがやく春の日光に蛙《かへる》がひとつ息づきてゐる
最上川のなぎさに近くゐたりけりわれのそがひはうちつづく雪
瑠璃いろに光る昆虫いづるまで最上川べの春たけむとす
われに近く常にうごきてゐたりけり川にひたれる銀のやなぎの花
わがまへにさかまきてをる最上川そのあかきみづの音ぞきこゆる
一冬《ひとふゆ》を雪におされしははそ葉の落葉の下にいぶきゐるなり
うちわたしいまだも雪の消えのこる最上川べに燕ひるがへる
蕗の薹《たう》ひらく息づき見つつをり消《け》のこる雪にほとほと触れて

啼きのぼる雲雀《ひばり》のこゑは浄《さや》けかり地平《ちへい》はいまだ雪のしろきに
やうやくに梟《ふくろふ》の鳴くこゑ聞けばものおぢをして鳴くにし似たり

春　光

かげる山てりかへる山もろともに雪は真白に降りつもりたる
まなかひに見えをる山の雪げむりたちまちにしてひくくなりたり
あまつ日の光あたれる山なみのつづくを見れば白ききびしさ
山ひだの深々として照るみればかの雪山は見らく飽かなく
たまたまに雲は浮かびて高山《たかやま》のなまり色なすかげりをぞ見る
うかびでし白き山々空かぎるそのおごそかを目守《まも》りてゐたり
ひといろに雪のつもれるのみにして地平《ちへい》に遊ばむたどきしらずも
きさらぎの空のはたては朝けよりおほに曇りぬその中の山
いへ出でてみちのく山に雪てるを恋《こほ》しみにしが冬越えむとす
真白なる色てりかへす時ありて春の彼岸の来むかふ山山
三月《さんぐわつ》の陽《ひ》はしづまむと南《みなみ》なる五つの山の雪にほはしむ

辺土独吟

大石田より

○

かたはらに黒くすがれし木《こ》の実みて雪ちかからむゆふ山をいづ

東京を離れて居れど夜な夜なに東京を見る夢路かなしも

おごそかのつひのしづまり高山《たかやま》は曇りのおきに雪をかかむる

最上川の鯉もねむらむ冬さむき真夜中にしてものおもひけり

本能にしたがふごとくただひとり足をちぢめて昼寝《い》ぬわれは

みわたせば国のたひらにふかぶかと降りつみし雪しづかになりぬ

はるかなる宮城《みやぎ》ざかひに見えて居り曇りの中の山膚《やまはだ》しろく

春どりははやも来啼くに天雲《あまぐも》のそきへの極み雪しろき山

雪山にむかひて歌をよまむとすしよぼしよぼとせる眼《まなこ》をもちて

山脈《さんみやく》が波動をなせるうつくしさ直《ただ》に白しと歌ひけるかも

日をつぎて雪ふりし空開《ひら》くれば光まばゆく道ゆきかねつ

○

鷽《うそ》ひとつ啼きしばかりとおもひしに春の目ざめは空をわたりぬ
こもりより吾がいでくればとほどほに雪うるほひていまぞ春来《こ》む
かくしつつ立ちわたりたるみづ藍《あゐ》の霞はひくし雪に接して
もも鳥が峡《かひ》をいづらむ時とへど鳥海の山しろくかがやく
春彼岸に吾はもちひをあぶりけり餅《もちひ》は見てゐるうちにふくるる
人は餅《もちひ》のみにて生くるものに非ず漢訳聖書はかくもつたへぬ
すこやかに家をいで来て見てゐたり春の彼岸の最上川のあめ

〇

雪しろき裾野の断片見ゆるのみ四月一日《しぐわついちにち》鳥海くもる
残雪は砂丘のそばに見えをりて酒田のうみに強風ふけり
はるかなる源《みなもと》をもつ最上川波たかぶりていま海に入る
最上川海に入らむと風をいたみうなじほの浪とまじはる音す
残る雪平たくなりて対岸のふるき村落のつづきに見えつ
おほきなる流となればためらはず酒田のうみにそそがむとする

◯

全《また》けき鳥海山はかくのごとからくれなゐの夕ばえのなか
むらぎもの心楽しもとどろきて春の支流のそそぐを見れば
春のみづ雪解《ゆきげ》となりて四つの沢《さは》いつつの沢に満たむとぞする
水面はわが顔と触るるばかりにて最上川べの雪解けむとす
冬眠より醒めし蛙が残雪のうへにのぼりて体《かだ》を平《ひら》ぶ
穴いでし蛙が雪に反射する春の光を呑みつつゐたり
北とほき鳥海山はまどかにてけむる残雪を踏み越ゆわれは

四　月

酒田なる吹きしく風に面《おも》むけて歩みてゐたりあな息づかし
酒田のうみ強風ふけば防砂林海岸につづく県ざかひまで
海岸につづく黒松の防砂林「光が丘」の名をぞとどむる
大石田に帰り来りてこころよくわれの聞きゐる雲ひばりのこゑ
残雪も低くなりたり最上川上空のくもりの中に雲雀が啼きて

ゆきげ雲

地平《ちへい》より雪解《ゆきどけ》の雲のたつさまを吾は見てゐる眼鏡を拭きて

まどかにも降れる雪より蓬蓬《ほうほう》と雲たちわたる春はたけむと

雪きゆる春風ふけば平《たひら》よりわれを包みて白雲たちぬ

断えまなき雪解《ゆきげ》のくもの立ちのぼる地平の上をわれ歩みけり

たひらより雪消えむとして白雲の立ちのぼる時われはよしとす

雪解の水

両岸をつひに浸してあらそはず最上川のみづひたぶる流る

わが心今かおちゐむ最上川にぶき光のただよふ見れば

最上川大みづとなりみなぎるにデルタのあたまが少し見え居り

濁水《だくすゐ》に浮び来りて速し速しこの大き河にしたがへるもの

最上川五月《ごぐわつ》のみづをよろしみと岸べの道に足をとどめつ

洪　水

平明《へいめい》に膨脹《ばうちやう》をする最上がは対岸の雪すでにひたしぬ

最上川の洪水のうへを浮動《ふどう》して来《きた》るものあり海まで行くか
下河原《しもがはら》に水はつきたり浸《ひた》りたる残雪のうへに渦の音きこゆ
最上川ふくるるを見つ穿きて来しゴムの長靴岸にひたして
最上川の洪水みれば膨《ふく》れつつ行方《ゆくへ》も知らぬそのおほどかさ
大きなる流動をわがまへにしてここ去りゆかむことをおもへり
水ひきしあとの砂地に生けるもの居りとも見えず物ぬくみけり
南よりうねりて来る最上川川の彼岸にうぐひす啼くも
日をつぎて雪は消えむと天《あめ》なるやあがたを境《さか》ふ山の一角《いつかく》ひかる
恋《こほ》しかるものの如くに今宿《いましゆく》のへぐりの岨《そは》ゆ蔵王山が見ゆ
白雪のいまだ消残《けのこ》る対岸に青くなりたる丘が見え居り

白頭翁

おきなぐさここに残りてにほへるをひとり掘りつつ涙ぐむなり
をさなくてわれ掘りにけむ白頭翁《おきなぐさ》山岸にしてはやほろびつる
金瓶《かなかめ》の向ひ山なる大石の狼石《おほかみいし》を来つつ見て居り

われ世をも去らむ頃にし白頭翁《おきなぐさ》いづらの野べに移りにほはむ
たたかひにやぶれし国の高野原《たかのはら》口あかく咲くくさをあはれむ

樹蔭山房　五月五日哀草果宅

門人と君をおもへばこの家に心おきなし立ちつつ居つつ
わが心いつしか君に伝はりてあはれなるかなやわが血しほもや
蔵王山《ざわうさん》をここより見れば雪ながらやや斜《ななめ》に立てらくあはれ
まれ人をむかふるごとく長谷堂《はせだう》の蕎麦を打たせて食はしむるはや
年老いてはじめて来たるこの家に家鶏《にはとり》の肉をながくかかりて嚙む
乱雑にとりちらし居る蔵の部屋蚕のいで来むけはひだになく
すゑ風呂をあがりてくれば日は暮れてすぐ目のまへに牛藁《わら》を食《は》む
あはあはとよみがへりくるもののあり哀草果の家に一夜《ひとよ》やどれば
哀草果も五十五歳になりたりと朝川のべにわれひとりごつ
ひと夜寝て朝あけぬれば萌えゐたる韮のほとりにわが水洟はおつ
桜桃の花咲きつづくころにして君が家の花梨《くわりん》の花はいまだ

本沢村　五月六日

かたまりて李《すもも》の花の咲きゐたる本沢村《もとざはむら》に一夜《ひとよ》いねけり

田を鋤《す》ける牛をし見ればおほかたは二歳牛《にさいうし》三歳牛《さんさいうし》にあらずや

この村の家々に林檎の白花の咲くらむころをふたたび来むか

おきなぐさ山べゆ掘りて持て来たりとし久《ひさ》にして見つるものかも

最上川べに帰りてゆかばしばしばも君をたづねむ吾ならなくに

胡桃の花

山に居ればわれに伝はる若葉の香《か》行々子《よしきり》はいま対岸に啼く

葦原《よしはら》はいまだも低き新しさその中にゐる行々子《ぎやうぎやうし》あはれ

わが体《からだ》休むるために居りにけりしづかに落ちくる胡桃《くるみ》の花は

この川の岸をうづむる蓬生《よもぎふ》は高々《たかだか》となりて春ゆかむとす

河鹿《かじか》鳴くおぼろけ川の水上《みなかみ》にわが居るときに日はかたぶきぬ

猿羽根峠　五月二十九日

名木沢《なぎさは》を入口としてのぼるときちかく飛びつつ啼くほととぎす

谷うつぎむらがり咲きて山越ゆるわれに見しむと言へるに似たり
明治十四年九月二十八日天皇ここを越えたまひにき
郭公《くわくこう》と杜鵑《とけん》と啼きてこの山のみづ葉とどのふ春ゆかむとす
あさき峡《かひ》とふかき峡《かひ》とのまじはれる猿羽根《さばね》の山に飛ぶほととぎす
笹の葉を敷きていこへるたうげ路ゆ南のかたをふりさけゐたり
こほしかる道とおもひて居りたりしさばねの山をけふ越えむとす
猿羽根峠のぼりきはめしひと時を汗はながれていにしへ思ほゆ
おのづから北へむかはむ最上川大きくうねるわが眼下《めのした》に
元禄のときの山道《やまぢ》も最上川ここに見さけておどろきけむか
雪しろき月読の山横《よこ》たふをあなうつくしと互《かたみ》に言ひつ
たうげにはいづる水あり既にして微《かす》かなれども分水界《ぶんすゐかい》をなす
舟形にくだり来れば小国川《をぐにがは》ながれの岸にねむりもよほす
年老いて猿羽根のたうげ越えつるを今ゆ幾とせわれおもはむか
山岸に走井《はしりゐ》ありて人ら飲む心はすがしいにしへおもひて

したしくも海苔《のり》につつみしにぎり飯《いひ》さばね越えきて取りいだすなり
小国川宮城《みやぎ》ざかひゆ流れきて川瀬川瀬に河鹿鳴かしむ

露伴先生頌

むらぎもの心さびしくみちのくの蘭《らん》咲く山に君をしのびつ
ほととぎす真近く来啼くこの家にこもりて居れど君と離《さか》りて
過ぎし代のことにしあらず現《うつつ》なるたふとき人を直《ただ》にあふがむ
やうやくにわが齢《よ》もふけて現身《うつせみ》の君とむかへばたふとくもあるか
さいはひの極みとぞおもふ大きなる賢き君とあひむかひゐて
その学《がく》はとほきいにしへに入りたまひ今のうつつに奥《おく》がしらずも
かりそめの現実《げんじつ》ならず夢幻界《むげんかい》もおほひたまひてかぎり知らえず
きびしかる同じ時世《ときよ》にさやけくも賢き人と会ひまつりける
玉ひとつもらひ得たりとおもふまでわが帰り路は楽しかりにき
わがいのち安《やす》らぎを得て常に常に君が家をばまかりいでにき
慕ひまつり君をおもへば眼交《まなかひ》に煙管《きせる》たたかす音さへ聞こゆ

横　手　六月十四日

ふと蕗のむらがり生《お》ふる庭の上にしづかなる光さしもこそすれ

この町に君を悲しみしこと思へば十五年の時日《ときひ》みじかし

おごそかに百穂先生の寒梅図ここに掛かれり見とも飽かめや

城山をくだり来りて川の瀬にあまたの河鹿《かじか》聞けば楽しも

ゆたかなる君が家居の朝めざめ大蕗《おほぶき》のむれに朝日かがやく

秋　田　六月十六日

太蕗《ふとぶき》の並みたつうへに降りそそぐ秋田の梅雨《ばいう》見るべかりけり

うちつれて学校に行く少女《をとめ》らを秋田街上《あきたがいじやう》に見らくし楽し

美しき女《をみな》ここより生るると話しながらたちまちに過ぐ　土崎

空襲が一夜《いちや》のうちに集中したる油田《ゆでん》地帯といへば悲しも

菅江真澄便器持参の旅せしといふをし聞けばわれも老びと

八　郎　潟　六月十六日

年老いて吾来《われきた》りけりふかぶかと八郎潟に梅雨《つゆ》の降るころ

ひといろにさみだれの降る奥《おく》にして男鹿《をが》の山々こもりけるかも
陸《くが》も湖《うみ》もひといろになりてさみだるるこのしづかさを語りあひける
潟に沿ふ平野《へいや》を舟より見つつゆくおりたつ鳶《とび》も形おほきく
この潟に住むうろくづを捕《と》りて食ふ業《げふ》もやや衰へて平和来し
時惜しみてわれ等が舟は梅雨《ばいう》ふる八郎潟を漕ぎたみゆくも
しかすがに心おほどかになりゐたり八郎潟の六月《ろくぐわつ》の雨
ここにして西北ぞらに見がほしき寒風山《かんぷうざん》はあめにこもりぬ
白魚の生けるがままを善《よ》し善《よ》しと食ひつつゐたり手づかみにして
午《ご》にちかづきつつあらむ八郎潟の中央にして風ふきおこる
風のむた波だちそめしみづうみに鵜のひとつ飛ぶところもありて
大きなる八郎潟をわたりゆく舟のなかには昼餉《ひるげ》も載せあり
北へ向ふ船のまにまに見えて来しひくき陸山《くがやま》くろき前山《さきやま》
わが眼路《めぢ》のやうやく開けくるなべに八郎潟はおほに濁れる
三倉鼻に上陸すれば暖し野のすかんぽも皆丈たかく

あま雲のうつろふころを大きなるみづうみの水ふりさけむとす

眼下《まなした》に行々子《よしきり》の鳴くところありひとむら葦《よし》は青くうごきて

あまのはらうつろふ雲にまじはりて寒風《さむかぜ》のやま真山本山《まやまもとやま》

二郡境《ふたこほりさか》ふ岬のうへにして大きくもあるかこのみづうみは

秋田あがたの森吉山《もりよしやま》もここゆ見ゆ雲のうつろふただ中にして

岬なる高きによればかの舟は帰りゆかむと帆をあげにけり

追風にややかたむきて行く舟を高きに見れば恋《こほ》しきに似たり

あかあかと開《ひら》けはじむる西ぞらに男鹿半島の低山《ひくやま》うかぶ

水平に接するところ明《あか》くなりけふの夜空に星見えむかも

鉢の子を持ちて歩きしいとけなき高柳得宝われは思はむ

わたり鳥たとへば雁《かり》のたぐひなどここに睦《むつ》みけむ頃ししのばゆ

空襲の炎《ほのほ》をあびし土崎の油田地帯をたちまち過ぎつ

高清水《たかしみづ》の屯田兵のいにしへを聴きつつ居ればわが眼かがやく

しづかなる心になりて帰るとき虎毛山《とらけやま》部落の富《とみ》をおもへる

田沢湖　六月十八日

行々子《ぎやうぎやうし》むらがりて住む小谷《をだに》をも吾等は過ぎて湖《うみ》へちかづく

白浜のなぎさを踏めば亡き友のもはらごころの蘇《よみが》へりくる

うつせみは願《ねがひ》をもてばあはれなりけり田沢の湖《うみ》に伝説ひとつ

とどろきて水湧きいでし時といふひとり来りてをとめ龍《りゆう》となる

われもまた現身《うつせみ》なれば悲しかり山にたたふるこの湖《うみ》に来て

おほどかに春は逝かむと田沢湖の大森山ゆ蟬のこゑする

山々は細部没してけふ一日梅雨《ばいう》の降らぬ田沢湖に居り

田沢湖にわれは来りて午《ひる》の飯《いひ》はみたりしかばこのふと蕨《わらび》

健かに君しいまさば二たびも三たびもわれを導きけむか

常なしと吾もおもへど見てゐたり田沢湖の水のきはまれるいろ

年老いて苦しかりとも相ともに仙巌峠も越えにけむもの

角館　六月十九日

おのづから心平らになりゐたり学法寺《がくほふじ》なるおくつきに来て

たかだかと空しのぐ葉広檞木《はびろかしはぎ》を武士町とほりしばし見て居る
松庵寺に高木となりし玄圃梨《げんぽなし》白き小花の散りそむるころ
春ごとにしだり桜を咲かしめて京《きやう》しのびしとふ女《をみな》ものがたり
武士町の家のつくりのなごりをもめづらしくして人に物いふ

奉迎　八月十六日

大君をむかへまつらく蔵王のやま鳥海のやま月読《つきよみ》の山
みちのくの山形あがたこぞりたちわが大君を祝ぎたてまつる
山河のよりてつかふるみちのくの出羽《いでは》の国をみそなはします
大君のいでましの日のかがやきのけふの足日《たるひ》に怠りあらめや
あまつ日の照りかがやける国原はわが天皇《てんわう》にちかひたてまつる

晩夏

地響《ちひびき》のおどろくまでにとどろとどろ山にむかひて砲撃をする
最上川あかくにごれるきのふけふ岸べの道をわが歩みをり
わが心あはれなりけり郭公《くわくこう》もつひに来啼かぬころとしなりて

角砂糖ひとつ女童《めわらは》に与へたり郵便物もて来し褒美のつもり

さみだれにもあらぬ雨かも空低く雷《らい》ともなひしけさの朝けの雨

田沢村の沼

夏すでにふけむとぞする高原《かうげん》の沼のほとりに吾は来たりき

年ふりし高野《たかの》の沼の水草が水よりいでて見ゆるこのごろ

高原《たかはら》の沼におりたつ鸛《こふ》ひとつ山のかげより白雲わきて

今しがた羽ばたき大きくおりし鸛この沼の魚を幾つ食はむか

鳰鳥《にほどり》のそろひて浮かぶ山の沼《ぬ》に山ほととぎす声も聞こえず

次年子

茂山《しげやま》の葉山《はやま》の中腹とおもほゆる高き部落を次年子《じねご》とぞいふ

分水嶺われ等過ぎつつおもひけり東のながれと西のながれと

二わかれ流れておつる水なれどつひにはひとつ最上川の水

自動車のはじめて通るよろこびをこの部落びと声にあげたり

高はらの村の人々酒もりす凱旋《がいせん》したる時のごとくに

推移

黒鶫《くろつぐみ》のこゑも聞こえずなりゆきて最上川のうへの八月《はちぐわつ》のあめ

山のべにうすくれなゐの胡麻《ごま》の花過ぎゆきしかば沁むる日のいろ

しづかなる朝やわが側《そば》にとりだせるバタもやうやくかたまりゆきて

かば色になれる胡瓜《きうり》を持ち来《きた》り畳のうへに並べて居りき

封建の代の奴踊《やつこをどり》がをどり居る進み居る尾花沢《をばなざは》往還のうへ

松葉牡丹すでに実になるころほひを野分に似たる風ふきとほる

夏ふけし山にむかひて砲撃をつづけたり憎悪の気配も見えず

白雲は湧きつつあれど雨ふらず露伴先生も亡きかずに入り

去りゆかむ日も近づきて白々といまだも咲ける唐がらしの花

たかだかと日まはりの花並びたりけふは曇りの厚らになりて

水ひける最上川べの石垣に韮の花さく夏もをはりと

肘折

山嶽《さんがく》の中腹にして平《たひら》あり小さき部落そこにこもりて

峡のうへの高原《たかはら》にして湧きいづる湯を楽しめば何かも云はむ
のぼり来《こ》し肘折《ひぢをり》の湯はすがしけれ眼《まなこ》つぶりながら浴《あ》ぶるなり
朝市に山のぶだうの酸《す》ゆきを食《は》みたりけりその真黒《まくろ》きを
湯を浴みていねむとぞするこの部屋に蚤も少くなりてゐたりき
あかつきのいまだくらきに物負ひて山越えきたる女《をみな》ら好《よ》しも
山を越え峡《かひ》をわたりて来し人らいつくしみあふ古《ふ》りし代のごと
川のおと山にひびきて聞こえをるその川のおと吾は見おろす
ここにして大きく見ゆる月山《ぐわつさん》も雪近からむ秋に入りたり
月山を源とするからす川本合海《もとあひかい》にをはりとぞなる
最上川いまだ濁りてながれたる本合海に舟帆《ほ》をあげつ

もみぢ

馬叱る人のこゑする狭間《はざま》よりなほその奥が紅葉せりけり
ふりさくる彼の部落より音きこゆ家ひとつ建つる音のごとしも
この山に小雀《こがら》が木《こ》の間《ま》たちくぐり睦むに似たる争ひをする

あけび一つ机の上に載せて見つ惜しみ居れども明日は食はむか
りんだうの匂へる山に入りにけり二たびを来む吾ならなくに
秋の日の光くまなきに汗いでてあな慌《あわただ》し山くだるはや
赤とんぼ吾のかうべに止《と》まりきと東京にゆかば思ひいづらむ
秋の雲ひむがしざかひにあつまるをしづ心なく見て立つわれは
いただきは棚びかぬ雲こごりつつ鳥海山に雪ふるらしも
大石田の午のサイレン鳴りひびき山の上よりわれ覗き居り
ここにしてふりさけ見れば鳥海はおのづからのごと雲にかくりぬ

冬

さだめなきもののことわり直路《ただち》にて時雨《しぐれ》ははやしおのづからなる
日をつぎて雪ふりつめば雀らはわが窓のべに啼くこともなし
此の岸も彼の岸も共に白くなり最上の川はおのづからなる
この家の榾《ほだ》の火みればさかんなりやうやくにしてまた熾《さかん》となる
きびしくも冬になりたる空とほく鳥海山は見えざるものを

秋山

栗の実もおちつくしたるこの山に一時《ひととき》を居てわれ去らむとす
斧のおと向ひの山に聞こゆるを間近くのごと聞かくし好しも
秋山の黒き木《こ》の実は極まりてここに来れる吾は居ねむる
車輓きし馬峡《かひ》を行くその馬がいななくこともなくて行きたり
つらなめて赤くなりたるこの山に迫《せ》むるがごとく雪は降りこむ

酒田

魚くひて安らかなりし朝めざめ藤井康夫《やすを》の庭に下りたつ　十月二十一日
安種亭のことをおもひて現《うつつ》なる港に近き道のぼりけり
最上川黒びかりして海に入る秋の一日《ひとひ》となりにけるかも
わたつみの海のまじはる平明《へいめい》のデルタによりて鷗むれたる
下《した》の山は今の本町三丁目不玉《ふぎよく》のあとといへば恋《こほ》しも
ここに至りて最終の最上川わたつみの中にそそぐを見たり
たへがたき波の動揺をわれに見しむ最上川海《うみ》に没するときに

袖の浦は酒田対岸の砂丘より成り成りにけり古き漁村図残る

面《おも》かくす浜の女の風俗を愛《かな》しと云ひつ旅のこころに

旅を来てはじめて吾のなつかしむ鶴岡街道をしばしとほりぬ

「負剣録」の中の一語を君はいふそれの一語をわれは忘れず

酒田なる伊東不玉《ふぎょく》のあとどころ今は本町三丁目にて　「酒田」補遺

明和七年の頼春水が負剣録酒田をみなに親しみたりしや

新庄の馬喰《ばくろ》町より直線の街道があり鉄砲まちまで

象　潟

秋の光しづかに差せる通り来て店に無花果《いちじゆく》の実《このみ》を食む　十月二十二日

象潟の蚶満《かんまん》禅寺も一たびは燃えぬと聞きてものをこそ思へ

秋すでに深まむとする象潟に来てさにづらふ少女《をとめ》を見たり

象潟の海のなぎさに人稀にそそぐ川ひとつ古き世よりの川

あかあかと鳥海山の火を吹きし享和元年われはおもほゆ

湯　の　浜

めざむればあかあかと光かがやきて日本海《にっぽんかい》の有明の月
人生きてたたかひの後に悲しめる陸《くぬが》に向ひ迫《せむ》るしき浪
やまがたの田川《たがは》の海の潮けむり浜をこめつつ朝明けむとす
冬来《こ》むとこのあかときの海中《わたなか》に湧きたる浪はしづまり兼ねつ
時雨《しぐれ》かぜ遠く吹きしきこごりこごり飛びあがりたる日本海の浪

湯田川

式内の由豆佐売《ゆづさめ》の神ここにいまし透《す》きとほる湯は湧きでて止まず
湯田川に来りてみれば心なごむ柿の葉あかく色づきそめて
田川なる清きいで湯にもろ人《びと》は命を延べきいにしへゆ今に
湯田川の湯をすがしめど年老いて二たびを来む吾ならなくに
この業《げふ》のいよよ栄えむ徴《しるし》にぞすくやかにして孝《かう》の子うまる　豊田工場

恩

こほろぎの声になりたる夜な夜なを心みだれむ吾ならなくに
さまざまの虫のむらがり鳴く声をひとつの声と聞く時あるも

雁《がん》来啼くころとしなれば家いでて最上の川の支流をわたる
しづかなる秋の光となりにけりわれの起臥《おきふ》せる大石田の恩
この河のゆたの流も正眼《まさめ》には見ることなけむわが帰りなば

狭間田

紅き茸《たけ》まだ損《そん》ぜざる細き道とほりてぞ来し山に別ると
しぐれ来む空《そら》にもあるか刈りをへし狭間田《はざまだ》ごもり水の音する
山かげに響《ひびき》をたつる流あり瑠璃いろの翡翠《かはせみ》ひとつ来啼きて
牛蒡畑《ごばうばた》に桑畑つづき秋のひかりしづかになりてわが帰りゆく
いへいでて河鹿《かじか》の声をききたりしおぼろけ川にも今ぞ別るる

茂吉送別歌会

蓬生

秋雨《あきさめ》とおもほゆるまで降りつぎし山の峠に寒蟬きこゆ
丈たかくなりて香《か》にたつ蓬生《よもぎふ》のそのまぢかくに歩みてぞ来る
最上川の水嵩ましたる彼岸《かのきし》の高き平《たひら》に穂萱なみだつ
日をつぎて水《み》かさまされる最上川デルタの先《さき》が少し出で居つ

ひとむらの川原母子《かはらははこ》をかへりみて我が帰らむ日すでに近しと

塩　沢

あさぎりのたてる田づらをとほり来て心もしぬにわれは居りにき

十一月一日

もみぢ葉のからくれなゐの溶くるまで山の光はさしわたりけり

をさな等の落穂ひろはむ声きこゆわが去りゆくと寂しむ田ゐに

ひとりにて屢《しばしば》も来し塩の沢の観音力《くわんおんりき》よわれをな忘れそ

はるかなる南の方へ晴れとほる空ふりさけて名残を惜しむ

後記

○

昭和二十一年一月三十日、金瓶村から大石田町に移り、二藤部兵右衛門氏の離れ(後私は聴禽書屋と名づけた)に落著いた。二藤部・板垣氏等が万端面倒を見てくれて、敗戦後にも拘はらず生活が平静であつたが、三月から左側の肋膜炎に罹り佐佐木国手の手当を忝うした。九月一ぱいは寝たり起きたりといふ状態にあつたが、その間、岩波茂雄君、村岡典嗣君の逝去を哀悼し、ついで森山汀川君を哀悼した。

◯

大石田は最上川の沿岸にあり、雪の沢山降るところである。病床に臥す迄は、雪の晴間を見ては隣村迄散歩したが、病中は全く外をも見ずに過ごした。梨の花が真盛りに咲く時分になつても外出せずにしまつたが、最上川増水の時に看護婦に連れられてそれを見に行つたことがある。雪解けで増水した最上川は実に雄大であつた。

九月になつて、日本海海岸小波渡堅苔沢といふところに静養し、十月になつて瀬見温泉に静養した。十月五日には鳥海山の中腹まで雪が見えるやうになつた。私は天気のいい日には草鞋を穿き近くの山野を歩き、最上川沿岸を歩いたが、そのうち秋も更け、十二月六日からいよいよ大石田にも雪が降りはじめた。

昭和二十二年には五月に大石田の雪が殆ど消えた。四月に酒田、五月に結城哀草果宅、それから山形、上ノ山、宮内、新庄等に行き、六月には秋田県に行き八郎潟、田沢湖等を見た。八月には上ノ山で東北御巡幸の今上陛下に御目にかかつた（結城哀草果同道）。秋には二たび酒田に行き、最上川の川口、象潟等を見た。それから肘折とい ふ温泉をも見た。初冬には次年子《じねご》といふ山間の部落、それから最上川の三難所を見た。かうして小旅行をしてみると、病は癒えたといつていい。私は十一月三日、大石田を立ち、板垣家子夫氏同道にて東上し、翌四日東京に著いたのであつた。

私は大石田に二年ゐた。その間、庄司喜与太、土屋貞吉、庄司たけよ、高桑祐太郎、富樫忠也、清水鱗太郎、佐藤茂兵衛、庄司精一郎、高桑幸助、神部政蔵、板垣家子夫、高桑喜之助、二藤部兵右衛門、田中一策、鈴木善良、後藤昇、小山良平、佐々木芳吉、阿部恵次郎、宮台昇一、井刈敬太郎、江口二三男諸氏の深き芳情を感謝する。

◯

自分は大石田に疎開して来てからも、金瓶村にゐた時同様作歌した。その中には、従来の手法どほりのもあり、いくらか工夫、変化を試みたのもある。出来のわるいのもあり、幾分出来のいいのもある。それらを一しよにして此処に八二四首を収録したのであつた。

「白き山」といふ名は、別にたいした意味はない。大石田を中心とする山々に雪つもり、白くていかにも美しいからである。

「白き山」所収の歌は、自分の六十五歳、六十六歳の時の作といふことになる。

◯

大石田も尾花沢もまことに好いところである。それに元禄の芭蕉を念中に有つといよいよなつかしいところである。「最上川」一巻が無事現存してゐるし、又曾良の随行日記が発見せられたために、芭蕉の行動も一段と明かになつたが、芭蕉は大石田から乗船せず、猿羽根《さばね》越をして舟形に出たのであつたが、その猿羽根越も明治に出来た新道に拠らなかつたのであるから、山間の谿谷を縫ひ、峯を伝はつて二人の乗つた馬を馬子が導いたのであつたゞらう。さうして頂上に到つたとき、眼下に最上川の大きいうねりを見、葉山・月山の山貌の相並ぶさまを見た時には、芭蕉もおのづと讃歎の声をあげたに相違ない。しかし芭蕉はここでは句作をしなかつたやうである。

○

本集発行に際し、岩波雄二郎、布川角左衛門、榎本順行、中島義勝諸氏に感謝の念をささげる。昭和二十四年春。斎藤茂吉。

思出す事ども

○

いま僕は長崎の寓居にあつて、参考書もそれから覚え帳もないゆゑに、先師について何か書かうと思うても混沌として纏まりがつきにくい。先師は食物に執著をもつてゐて、方々の料理を機会に応じて食べ歩いてゐたと思ふ。いつか古泉千樫君と僕とを連れて浅草奥山の汁粉屋に這入つたことがある。ここは有名なところだぜと云つて這入つて、ざふに餅をただ一椀づつ食べて出て来た。けれどもあゝいふ肥つた体格をもつてゐられたから、天麩羅、豚料理などを好かれたが、それは旨いには旨いが何処か俗なところがあるといつてゐたのは、茶の趣味から来てゐるのである。茶は自慢の茶碗でいろいろ僕らにも飲ませたりした。小便の近かつたのは茶を嗜《たしな》んだせいがある。一しよに歩いてゐるとたびたび共同便所に寄るのが例であつた。あんなに茶を好いても夜分眠られないといふやうなことはなかつた。歌会の席上でも肘枕をしていびきをかき出すことが多い。この点は同じく茶を多く飲んでなほよく眠る島木赤彦君に似てゐる。晩年に茅場町の住宅、無一塵庵を蕨桐軒君に売つて、邸内の小さい茶室の唯真閣に大概ゐた。桐軒君と碁を打つてそれに賭をして、負けたものは豆腐だの納豆だのを買ひに行くので、その納豆を好んで食べてゐたさうである。五六年前からだんだん悪くなつた頭の具合がどうもよくなくて、その頃では作歌も尠く、小説も書かれなかつた。有栖川宮を悼奉つた長歌は、あれは寝ころびながら口から出るのを桐軒君が筆記したのである。ずつと年が溯つて、日露の役が済んで今は故人の足立須賀児君が凱旋して来たとき、無一塵庵で歌会をやつたことがある。その時僕は未だ歌の習はじめの頃で、はじめて歌会に出席したのであつた。蕨真だの、長塚節だの、石原純、三井甲之、増田八風などの先輩に初めて会つたのは其時の会である。おくれて香取秀真氏が来て長塚氏の旅の歌の批評をして、『君の近ごろの歌はみなよい』と云つたことだの、記念に皆が歌を作つて大きな紙に寄書をしたとき、長塚氏が小一時間ばかり歩いて来て歌を拵へたことだの、石原純氏が今晩は出来ないといつて歌を書かなかつた事だの、三井甲之氏の歌は、『歌をよめこそ』といふ結句であつたことなどが想出される。その時、茶飯と満洲料理とが出た。満洲料理といふのは豚汁であつた。それから明治四十四年ごろ、これも今は故人の湯本禿山君が上京した時、出来たての唯真閣で夕飯をたべた。その時もいい豚汁をたべさせた。禿山君は酔に乗じて、常陸山梅ケ谷取組行司の真似をやつたり、身を離さず持つて歩く筆で歌を書いて、先師から『君の字は少し俗だよ』などと云はれたことを思出す。みんな過去のことで今はおぼろおぼろになつてしまつた。それでも大きな顔に皺寄せて如何にも旨さうに物を食べる先師が割合にはつきりと面影に立つてくる。遠く長崎に来て、寂しい生活のうちに過去相をおもひ浮べて一種の悲哀にひたることも、僕は不自然だとは思はない。

○

先師の為事のうちで、訓詁考証の『学』などには見るべきものがあるまい。それはその筈である。先師は黽勉《びんべん》して文献を渉猟するといふやうなことはなく、万葉集を講ずるにしても、考・略解・玉の小琴などは所持してゐながら面倒がつて参覈《さんかく》することをしない。そして古義一点ばりで講じて行つた。そして古義の説の腑に落ちない場合には自説として異を樹てた。その自説のなかには思切つた独断の説があるけれども、それを樹てるまでには、幾日も幾日も読味ひてからの末であつて漫然として言放つのではない。今から思ふと万葉集の歌の芸術上価値批判の点につき、先師の心は余程高級処に坐してゐた。晩年に於ける先師の批評眼は古来の万葉学者の中にあつて群を突抜いてゐた。それが、「万葉集新釈」も第一巻にとどまり、その一巻の評釈も約十年かかつて飛び飛びに書いたもののゆゑに、やや統一を欠き、第二巻以下の歌につきては折々の談片に先師の説の特色を僅かにとどめてゐるだけで、万葉短歌の自選さへ成就せずに歿したのである。それを僕はひどく残念に思つてゐる。先師の歌論を蒐輯しようと欲した時、「万葉集新釈」だけは、古来の文献を参照して、増補しようと思つたことがあるが、今はそれも出来ない。先師はあんなに肥つてゐて豊かでおほどかなる肉体をもつてゐたが、あれで神経が鋭く、直截であつて、仮借せずに急所に突入するところがあつた。歌の『厭味』が心ゆくばかりに分かりきつてゐたのは此に由因するに相違なく、憎悪の念が強く、旧友から誤解を受けたりしたのも此に由因してゐる。あの神経をもつて一首の短歌を幾日もかかつて読味ふのだから、いい批評も亦出る筈である。先師の古歌の講義は、注釈書を当にせずに直接本物にぶつかる流であつた。ただ正岡先生の言だけが種になつてゐると看ればよい。それに楽焼趣味を交へて、それが正岡先生に無い好い点でもあり、又悪い点でもある。正岡先生歿後、三井甲之などから、『左千夫がいよいよ春園へ後もどりした』などといはれたのも此楽焼趣味の点に就てであつただらう。先師は最初春園と号してゐたのである。

○

おなじく雋敏《しゆんびん》であつても、正岡先生の方は理智的であつて、先師の方は抒情的だと謂つてよい。正岡先生は当時に於ける『理想』すなはち『主観』の句の厭味多きことを識つて、それをしりぞけようとした。これは根本の人格に本づき、経来つた生活要約に本づき、それから疾病に本づいてゐる。正岡先生は仰臥漫録のなかで、芭蕉の

『五月雨をあつめて速し最上川』といふ句は到底、蕪村の『五月雨や大河を前に家二軒』といふ句の進歩したのには及ばないと云つてゐる。先生は芭蕉の句中の『あつめてはやし』の主観句に厭味を感じてゐるのである。けれども正岡先生は芭蕉の句に流れてゐる一種の顫動《せんどう》と謂ふやうなものを感得することが出来なかつたやうに思はれる。そこで、『あらたふと』とか、『むざんやな』とか、『ありがたや』などといふと唯それだけで不満足を感じたらしい。これが先師になると余程趣が違ふのであつて、『声調のひびき』とか、『叫び』などの説を唱へて、句の意味合ひよりも一種の顫動に重きを置いた。それゆゑ蕪村より芭蕉の方を上位に置いてゐる。それから人生とか宗教とか信仰とかを云ふやうになつたのは、近角氏あるひは新仏教の諸氏との交流に縁つた点もあるが、つまりは先師の性格に本づくのである。正岡先生の作は輪廓が明瞭で線が直線的で寧ろ堅い方であるが、先師のは輪廓がおぼろで線が波形で寧ろ豊かで柔かい方である。先師が森田義郎氏と争つた時、川柳家で『へなづち』狂歌の創立者である阪井久良岐氏が、先師の作物を『うつとり趣味だ』と云つたことがある。正岡先生や長塚氏になると孤独にも堪へ得るし、忍苦し得る方であり、理智で律して行くのであるが、先師は孤独では居られず、苦しめば祈る方である。晩年に甘い恋をしたのもそれである。抒情詩人としてよく、小説つくりとして未だ達しなかつたのもそれである。晩年に赤彦や茂吉や千樫、憲吉などが先師に異説を以つて向つた時、先師は諸々方々の友に其を訴へてゐる。それから、『長塚君、僕は愈孤独になつたよ』と訴へてゐる。独逸留学中の石原純氏にまで遥々と訴へてゐる。そのころは決して僕等の歌を褒めるやうなことはなかつた。明治四十五年ごろ、前田夕暮君が僕の歌と長塚氏の歌とを一つ二つ抜いて文章世界で評釈したことがある。そのとき先師は『ふん、成程奴等の好き相な歌ばかりだ』と云つてのけた。純で一徹であつた為めにいい加減では済まされず、同一歩調でなければ気が落付かず、歌に『左千夫選』とあるのは、保証に立つやうなものだから、左千夫選と署してゐないものには責任を持たないと云つて、雑誌アララギを創刊するとき、選歌欄、放縦欄の二とほりの欄を設けて歌を掲載したのは先師の考によつたのである。門人を可愛がつたのも皆同じ心に本づき、憎み出すと峻烈であつたのも矢張り同じ心に本づいてゐる。それは傍観者からみれば滑稽に類してゐる点もあつたであらう。

◯

僕は学校の帰途に本所茅場町にまはり歌稿を目の前で見て貰ふのを例としてゐた。三十首ぐらゐ持つて行つて三首ぐらゐ採つてもらひ、その三首を大切にしてまた次の日新作を持ち行つては幾つか採つて貰ひ、それを溜めて雑誌に載せてもらふのである。『先生この歌を採つて下さい』といふと、ざつと歌を見つめてゐながら『斎藤君さう強ひてはいかんよ』といふ、さういふ問答などもあつた。ときには一首を吟味するのに三四十分間もかかる事がある。どうなるかと首をのばして待つてゐると、『諸君の歌に同化するまでにひまが要るからね』などと云つて、『かう直して採つておかう。どうだ賛成するかね』『これは棄ててもよからう』こんなことも云はれる。帰りには大抵赤電車に乗り、それにも後れて泊り込むこともあつた。古泉千樫君が上京してからは二人集ると直ぐ歌を作つて先師のところへ持つて行くのを常とした。沢山の数を持つて行つて僅かしか採られない時にはしをしをとして帰宅して、その夜はなかなか眠られない。さういふ時には又起きて作歌するといふ具合であつた。当時の歌壇では毎月の歌評や歌壇一覧といふものがあつても決して僕等仲間の事は論じなかつた。内証で僕等の歌を読んでは居ても其を云々することが何となし恥の様な気もしたであらうし、又頭から眼中に置かなかつた連中もあつたであらう。結果として僕等の作物を黙殺して居つたのである。然るに先師の歿後数年にして、アララギの歌風が天下を風靡してしまつたのであつて、斯る事は先師の夢想だもしなかつたことであらう。さうしてアララギの歌風の斯くの如き流行は、本髄の流行ではなくて一種の偏癖から成る枝葉の点にあるらしいゆゑに、若し先師が生きてゐたら、『なるほど奴等の好き相な歌ばかりだ』と評したかも知れない。僕等が少しづつ目ざめて来て本髄に近づきつつあるのに、いち早くもアララギの歌風を難ずるの声がそろそろ聞こえ出して来た。若し先師が生きてゐたら、『それ見たまへ奴等には到底分かりつこが無いのだから』かう云ふかも知れない。けれども如何に先師と雖、それから露《あら》はに言ふことを自らの価値の下がる如くに思ふ師匠どもと雖、アララギの歌風が新詩社の歌風以後に於て、天下を風靡したといふことを否定することが出来ない。それゆゑ僕は後世に出て来る怠け歌学史家などの文を待たずに自ら明記して置くのである。けれども僕等同人は先師の前に之を自慢しようとは思はない。先師の七回忌に際して、僕等の生活の寂しさを思ひ、僕等の作歌の不徹底を省みて、みづから恥ぢざることを得ないからである。混沌として苦しんでゐる生活の小閑を利用してやうやくこれだけ書いた。（六月七日夜）

○

先師について僕の追憶を書かうと思ふと、知らず識らず僕が其なかに出てくる。全然僕を蔭に隠してしまふといふことはむづかしい。そして僕自身のことを云ふ様な気がして心ぐるしいのであるが、このことは友も許して呉れるであらう。

旅順が陥ちたか、陥ちないかといふ人心の緊張し切つてゐた時である。僕は或る日、神田の石垣貸本屋から竹の里歌といふ薄い歌集を借りて来た。当時僕は和泉町で父がやつてゐた、病院の土蔵の二階に、がらくた荷物の間に三畳敷ぐらゐの空《あき》をつくつて其処に住んでゐた。窓ガラスには出征した兄の武運を、成田不動尊に祈念した紙札などが張つてあつた。そこの室に坐つて借りて来た歌集を読んでみた。巻頭から、甘い柿もある。渋い柿もある。『渋きぞうまき』といつた調子のものである。僕は嬉しくて溜らない。なほ読んで行くと、『木のもとに臥せる仏をうちかこみ象蛇どもの泣き居るところ』とか、『人皆の箱根伊香保と遊ぶ日を庵にこもりて蠅殺すわれは』などいふ歌に逢著する。僕は溜らなくなつて、帳面に写しはじめた。

それから神田の古本屋をあさつて、竹の里人のものを集め出した。子規随筆を買つたり、心の花をさがしたりしてゐると、『左千夫』といふ名がだんだん多くなつてくる。当時僕はそれを『さぢゆう』と読んでゐた。竹の里歌の『さちを』が『左千夫』と同じ人だと知つたのは余程後のことである。

その頃、読売新聞に池田秋旻といふ人が居つて、歌の選をし始めた。池田氏も矢張り竹の里歌から刺戟を受けたものと覚しく、竹の里歌の初期に通ふ様な歌を詠んでゐた。その人が或る日漫言を書いて、根岸派には「アシビ」といふ歌の雑誌があるといふ事をいつた。それから僕は東京堂に行つて、アシビを買つて来た。第二巻の何号かである。買つて来て読んでみると、なかなか分からない。第一どう読んでいいか分からないのが多い。それらは字書のひきやうもないが、字書の引けさうなものは片端から字書を引いた。しかし竹の里歌の歌とは余程趣が違つてゐたやうな気がして、溜らない様な感動は起らなかつた。けれども僕はアシビ所収の歌は皆優秀なものに相違あるまいと、堅い盲目的な尊敬をはらつて居たのである。

渡辺草童君は中学校で同窓の友である。草童君は、中学校に居る時分から、日本新聞の愛読者で、新らしい俳人として、それから根岸派の歌の理解者として一家の見を有つてゐた。僕はある時、『僕は近ごろ歌を作りはじめた。そして根岸派の歌流である』といふやうな意味の手紙をやつた。さうすると草童君は非常に賛成して、そして僕の歌を批評し或るものは褒めて呉れた。ここではじめて僕は自分の指導者を得たやうな心持になつて、歌稿を送つて批評してもらふ。新刊のアシビを送つて分からないところを説明してもらふといふ風であつた。草童君の指導によつて、僕の目は少しづつ開いて来た。

その夏僕は今の妻を連れて茅ケ崎に行つた。妻はその時いまだ十歳の少女であつた。草童君に端書をやると是非遊びに来いといふ。そこで行つた。松田で汽車を降りて丘を幾つか越して山田村に出た。煙草の虫を除いてゐた草童君が、為事著のまま走つて来て僕の訪ねたのをよろこんでくれた。ホトトギスだの、馬酔木だの、いろいろな雑誌書物を見せて貰つたとき、新仏教の新年号に先師の肖像がのつてゐた。これが先師の顔を写真でみたはじめである。『君ひとつ訪ねてみたらどうか』とかう草童君が僕に云つてくれた。

僕には一種の臆する性癖があつて、世の中の偉い人などは殆ど訪ねない。そこで先師をも訪ねずに約半年を経過した。当時、小学校で僕より三つばかり年下の少年であつた長瀬金平君が、国を出でて早稲田の予科に入つた。文学者希望である。長瀬君の同窓には本間久雄君も居た。そこで僕は長瀬と本間の両君に自作の批評をして貰つた。さうすると古くさいとか語句が悪いとか、子規の考は全然間違つてゐる、子規何者ぞ、などと云つて返事がくる。僕は残念で溜らない。或る時、アシビに当時すでに一家を成してゐた篠原志都児君の歌に、『がも』で止めたのがあつた。それを僕は真似て、『がも』と使つた。さうすると、本間長瀬の両君から、『がも』といふ語法は日本に無いと云つて来た。僕は驚いた。僕の尊敬して手本にして居るアシビに、明かに用例があるのに、それが誤謬《ごびゅう》だといふのは変だと思つた。そこで文法の書物を読んでみた。『がも』といふのは無い。上野の図書館に行つてくはしい文法書を見ても、『もがも』『もが』といふのがあつても、『がも』といふのは無い。さうすれば僕は議論で負けるのである。負けるのが残念で溜らない。そこで臆する性癖を打破つて、本所の先師のところへ手紙を書いた。そして私は只今医科大学の一年の学生であるが、根岸派の歌の愛読者であり、少しは自分でも作る。その自分で作つた歌の中に『がも』といふ助詞を使つた。これは志都児氏の用例を真似たのである。然るに友は誤謬だと云ふし、文法の書物にも書いてゐない。そこで突然で厚かましいが、願はくは教示にあづかりたい。幾たびもためらつた末に、書損じたりなどして到頭かう書いた。ところが直ぐ返事が来た。白い半紙に無造作に、『もが』『もがも』の事を説明して来て、ちつとも『がも』の事は云つてゐない。それでも僕は非常に忝《かたじけな》く思つた。かういふ気持は僕の生涯にも数へる程しか無いであらう。それから僕は感謝して手紙をかき、自作十ばかりを封じた。ところが又手紙が来て君の歌は邪気がなくて面白いから、あの中の五首をアシビに載せるといつてあつた。僕も出世したと其時大に思つたであつただらう。歌はアシビ第三巻の二号か三号に載つてゐる。『あづさゆみ春は寒けど日あたりのよろしきところつくづくし萌ゆ』といふのはその一つである。そして先師は、遊びに来いと手紙につけ加へてあつた。

ある日曜の日に、僕は訪ねようと決心した。そしていろいろ母上と相談して、山形ののし梅を持つて、亀沢町で電車を降りた。どんな人だらうか。あの写真でみると、何だか理窟やで恐ろしい人の様である。茅場町に近づくに従つて動悸などした。然るに大きな体格の田舎の翁の様で、ちつとも偉さうなところが無かつた。そして、「与謝野晶子の歌を評す」といふアシビの原稿を書いてゐた。これといふ気焔も挙げず、僕に抹茶をすすめて、『この菓子をたべてそれから飲みたまへ』と云つたやうだ。『わが背子は待てど来まさず、天の原ふりさけみれば、ぬば玉の夜もふけにけり』といふ万葉巻十三の長歌について僕に話して呉れた。アシビの第一巻一号から十数冊もらつて、三時間ばかり居て暇を告げた。明治三十九年の春で、先師四十三歳、僕廿五歳の時である。

○

つい話が長くなつて夜がだんだん更けて行く、時には電車がなくなつてしまふ。為方が無いから又話を続けてゐる、夜はひつそりとしてしまつて大きな声を出して笑つたりするのも恐ろしいやうに思はれる。しばらくするとことことと物音がし出す。これは、午前一時に奥さまが起きて男衆を督促して、牛の乳をしぼるのである。間もなく車の音がし出す。これは牛乳の配達ぐるまの音なのである。

○

先生は一時三井甲之氏を推賞してゐた。群議を排して馬酔木を廃刊し、アカネの発行を全然甲之に任せたのを見てもわかる。甲之の歌は当時柿の村人・篠原志都児・岡千里・胡桃沢勘内・望月光男・柳本城西・槙不言舎などの左千夫門下のなかにあつて異彩を放つてゐた。妙な機縁で相反目するやうになつてからも、『三井の歌は、どこか清い感じがある』『奴の文章は作るのでなく湧くのだね』などの評言を僕は聞いたことがある。

○

明治四十二年に卒業試問が迫つて居るのに僕は熱を病んで、赤十字社病院の分病室に入院した。熱が下り坂になつた時、古泉千樫君が訪ねて呉れたので、二人で曙覧の歌に就いて二時間ばかり話した。さうするとその夜から又熱が出たために、僕は平井院長からいろいろと叱られて面会謝絶になつた。それから数日経つて先生ははるばる見舞に来られたけれどもことわられてしまつた。何でも僕が死にはしまいかといつて非常に心配して居られたさうである。僕の隣室では入つて来る者が死んで、僕のゐるうち三人ばかり死んだ。消毒するフォルマリンのにほひが僕の室にも少し漏れて来たりなどした。けれども幸に僕は生きて毎日たべ物の事ばかり考へてゐた。その年の暮に退院して自宅の布団の上に寝て居ると、先生が訪ねて来られた。その日も赤十字社病院に行かれたが、僕が退院したので又僕の家へ廻られたのである。『君が死ぬかと思つた』かう云はれた。あの時分の事を思ひ浮べてゐると、なつかしさやら、忝さが新らしく僕の心に蘇つて来るのを覚える。

〇

中村憲吉君が法科大学に入つて、深川八幡境内の寓居にゐたとき、島木赤彦君の上京を機に八幡境内の一旗亭で先生古泉中村僕の五人が酒を飲んだ。その時先生は何かのはずみに美しい芸者をひどくおこりつけた。芸者は不自然で到底駄目だが、奴らは髪だけは大切にするから見られる。こんな事を先生は時に云つて居られた。

晩年に随分熱烈な恋をしたが、いつか『恋愛の奇蹟』といふ熟語を先生は造つた。これは、肉感と謂つても決して器械的ではない、甚深の恋愛によつて、奇蹟的肉感の発現があるといふのである。此の奇蹟的肉感を先生はその頃経験したと云つて、どうも不思議だと話しながら、いかにも嬉しさうであつた。その恋愛の対者を僕はただの一度古泉君の下宿してゐる家で見た。
晩年の先生の恋愛歌はあれは皆実際の吟であるが、友人も門人達もはじめのうちはそれが分からなかつた。長塚さんが先生の恋愛歌を読んで『伊藤君の年寄の冷水も困つたものだ』と評したことがあるのは、空想歌と思つてゐたからである。或る日僕は先生を訪ねたが留守であつた。そこで唯真閣に入つて一人で仰向に寝ころんで、先生の帰るのを待つてゐた。そこへ奥様が見えられて簡単な話をされたすゑに、『宅が昨晩斎藤さんの処へ御厄介になつた相ですがどうも毎度すみませんね』『いや僕のところではありません、古泉君のところでせう』かういふ問答などがあつた。僕は未だ若くてすまない事をしたと帰途に深く思つたために、いまだにその時の光景を忘却せずに居る。

◯

先生の小説に就いては、僕は殆ど全く理解が無かつた。僕はその頃短歌一点張で先生の小説をちつとも読まないのである。読まないばかりでなく、アララギの原稿を後れさせて小説を書いてゐるといふことが不平で溜らなかつたのである。いつか僕は締切期日迄先生の原稿が来なかつたのでその儘編輯をして了つた。そして、『僕は今生命を賭して小説を書いて居るのに、二日三日ぐらゐ原稿を待てない法はあるまい』と云つて、ひどく先生から叱られたことがある。そのハガキは多分保存してあると思ふからいづれ公表するかも知れない。

明治四十一年の冬ごろ、故人堀内卓君をモデルにして、「廃める」といふ短篇を書かれた。当時堀内君は鹿児島高等学校の第三部の学生であつたのを、東京の医科大学の学生として書かれた。或る日青山の僕の家を訪ねられて、解剖学のことだの生理学のことだの、学生生活の一般などを尋ねられた。その時僕は稍得意で独逸書の名前などを並べたことを記憶してゐる。堀内卓君は、平淡で新鮮な写実風の歌を咏んだもので、当時の同人仲間に異彩を放つてゐた。中村憲吉君が歌を作るやうになつたのは、堀内君のすゝめに縁つたのである。小説も脚本も自分で作るし、相当の鑑賞眼を有つてゐた堀内君は、先生の小説に対して同情ある批評をしてゐたのであつて、「廃める」は堀内君に読ませるつもりで書かれたのである。

いつかゴリキー短篇集といふ翻訳書を先生が読んでゐたことがある。その読方は非常に丁寧に読むのであつて、先生の読書の為方に僕は驚いたことがある。『ゴリキーはやつぱり旨いね』と云はれたことも覚えてゐる。先生はいいものからは随分影響を受けるたちであつて、小さく固まつてしまはなかつた方である。強情頑固といふ熟語ばかりでは決して先生一生の歩みを説明することは出来ないやうである。

○

ここで一つ簡単に書いておかうと思ふことがある。先生は、選歌は自分が保証に立つ様なものだから責任を有つが、その他は同じ雑誌に載つてゐるものでも責任は有たないと云つて居た。それゆゑ選歌には随分骨も折り、随分愛しもした。日露の役が未だ終結しない時のことであつたらう。誰やらの歌に、結句の『艦《ふね》山の如し』といふのがあつて、その歌の処に『左千夫曰』として非常に推賞してあつた。あとで聞けば、『艦山の如し』といふ句は先生自身が作つたもので、その句に対する愛惜の発露として其歌を推賞したのである。僕の歌は最初から左千夫流のところは少なかつたが、それでも選を受けて居つた時分には、時々褒められたことがある。その時分の僕の歌といふのは随分ひどいもので、三井甲之が近頃『剽軽趣味』といふ熟字を造つて僕の歌風に冠らせてゐるが、まさしくそれであつた。けれども僕の歌はだんだん変化し行いて、明治四十三年の夏からは、先生の選を経ずにアララギに発表した。併し選を経ずに発表する迄には、いろいろ自分でも考へ、それから先輩の石原純さんの意見をもきいたのである。さうすると、人に頼らずに自選して自分で責任を持つことも勉強の一つの方法であるといふ意味のことを云つて呉れた。それ以来僕は先生の選を経ずに自作を発表した。しかし僕の歌が先生から褒められることは無くなつて、後にも前にもただ一度褒められたのは、「おくに」といふ連作十数首だけであつた。

僕の歌を褒めないばかりではない。選を経ない友の歌も褒めない。そんなら先生が特に選をして、推奨してゐる歌はどうかといふに、僕の目から見れば通り一ぺんの在来の根岸派流の平板と癖と臭気とに安住してゐるものに過ぎなかつた。さういふ一群の推奨歌が折々「趣味」といふ雑誌などに載つた。当時いまだ書生で一こくであつた僕は、先生の心理を直観し分析することが出来ない。そこで、あんな歌を特に推選するくらゐならば僕や友等の歌も褒めてもよいと云つて先生に対《むか》つた。島木赤彦君の「ある時は」といふ四五首の歌の批評をした時も、この筆法で劇しく言合つた。

当時先生は岡千里君の歌を非常に褒めてゐた。そして『千里は偉い』と言つてゐた。僕のところへ選歌の原稿と一しよに千里君の歌稿を送つたときも、『一首も削るべからず』といふことわりが附いてゐたこともある。或る時、『千里君の歌がそんなにどこが久保田や古泉の歌と違ひますか』といふと、『苦労を知らない、書生なんかに何が分かるものか』といつたことがある。僕は其時顔を赤くして『そんなら一つアララギで論戦しませう』と云つて、編輯所便か何かで先生に戦を挑んでゐる筈である。当時先生は『千里は此頃恋をして居る』といつて、非常に同情してゐた。先生の恋の経験と相共鳴したのである。然るに当時の僕は、千里君の歌に感服せなかつたのみではない、『恋』などにはてんで同情が無かつた。寧ろ、『きたなきもの』に触るやうな気がして居たのである。そんなら現在の僕は、当時の先生の推選歌の前にかうべを垂れるかといふに、当時の友や僕の歌と相くらべて、相待上決して首を垂れない。誰か当時の資料を持つてゐる人々は試みに相比較してみると興味がふかいことだと思ふ。

僕は余程の後輩で、歌がどうしても進歩せず、長い間うろついてゐたが、明治四十四年ごろは、今までの根岸派流に安住してゐてはいけないといふ事に気がついてゐた。そこで僕が編輯を担当するやうになつたとき、阿部次郎氏、木下杢太郎氏などに悃願《こんぐわん》して、原稿を頂戴した。さうすると地方の某々氏からさかんに先生のところに手紙を寄せて、アララギに邪道が這入つたといふ。それから僕等を『異趣味者』だといふ。そんなら某々氏等は少しく作歌に苦力してゐたかといふと、蠟を嚙むやうな歌が陳々相因つてゐるに過ぎなかつたのである。けれども先生はどんなものでも心の抱擁を欲する先天の気稟からして、さういふ唆《そその》かし訴へにも動かされて行つた。僕はさういふ手紙の一二通を先生から見せられた時、『先生も地方の同人などから祭り上げられて納まつてゐる様では駄目です』といつて、家に帰つてから詫びのハガキを出したことがある。さうすると『お互に我を張らずに反省をせねばならぬ』といふ意味の返事が来て、僕は室にすわつて一人で泣いてゐたことがあつた。

僕等は、世間並に流行の『絶交』などは為ない。やはり一しよに歩いたり物を食べたり美術を見に行つたり、歌会は毎月欠かさずに開いた。歌会での批評には先生も故意にいふやうな点もあつた。僕らも故意にぶつかつて行つた点もある。明治四十四年だつたかと思ふ。小石川林町かの木村秀枝さんの宅で歌会をやつた時も、赤彦君の煙草の吸殻の歌その他が批評の対象となつてずゐぶん劇しく言合ひ、その夜僕はどうしても眠れなかつたことがある。

なぜこんなことを書くか。もう亡くなられた先生を引合に出して自己を語らうと欲するのではない。かう云ふのは厭味な自家弁護だらうか。あの時は僕等は緊張してゐた。そして人並には勉強もしたと思ふ。それからあの頃より先生の歌論も、歌も変化して行つた。大正元年に、僕は、「ほろびの光」といふ先生の歌稿を受取つた時、ひどく感激して本所に先生を訪ねた。さうすると、『諸君の歌を大分批難してゐるからね』かう先生は云はれた。「ほろびの光」の歌と従来の先生の歌とを心を潜めて比較したなら、緊張した論争裏に、どういふものを孕んでゐたかが、ほぼ推測することも出来るであらう。

僕等は、『あが仏たふとし』だと云はれて来て居る、しかし『あが仏』にむかつても、仏を呵《か》すといふこともある。発達史の道程には斯ることもあつたのである。

○

大正元年に土岐哀果君の発企で、故石川啄木の追悼会が浅草で開かれた。なかなかの盛会であつて、相馬御風氏が口語体の追悼文を読んだり、与謝野寛氏が啄木の歌の事をいつたりした。その時アララギからは先生と古泉君と僕とが出席した。座敷の後ろの方の隅に僕がすわつてゐると、そこに先生が来て、『何か僕にも話せといふが奈何しようか』かういはれる。そこで是非話して頂きたい旨をいふと、先生も啄木の歌のことを話した。座談風で、そして吶々《とつとつ》といふところが、余程世間とは違つたものであつた。あとで笑ひながら、『なかなか旨くは言へないね』と言はれたけれども、あの会に先生の演説のあつたことはやはり調和を保つのに必要であつたやうな気がして、僕も心中得意であつた。

いつか演説の話が出たとき、先生は、『僕も演説は出来る』といひ出し、毎月歌会の席上で、十分間演説をやらうなどと話合つたことがある。その時も先生はなかなか気乗がしてゐた。けれども僕等仲間は弁が下手なために、立消になつてしまうた。

◯

師匠と弟子といふ名称が、世間からだんだん減少して行きつつあるやうに、文芸界に於ても、すでに小説界、長詩界に於ては、一人の権威者《アウトリテート》を中心として事を為すといふ現象は無くなつてゐる。和歌俳諧の世界では未だ其面影をとどめて居るけれども、それも刻一刻と無くなりつつある。

正岡子規が俳句の革新を叫んだ時、宗匠弟子の階級を打破するといふことも重な為事の一つであつた。そこで子規は実際の門人をでも『友人』扱にし又さう呼んで居つたのである。何等の箝を附けるやうな伝統を有つてゐない書生の子規が猛然として立つた理由から見ても、彼の繰返して云つてゐる『月並宗匠』の名称は、自然的侮蔑の色合を有してゐるのは当然である。

それでゐて、子規は伊藤先生その他当時の同人のやうな、真の意味の門人・崇敬者を得て居る。これは単に時代の関係であらうか。それから、伊藤先生とても集つてくる者を門人とはいつてゐない。それでゐておのづから門人を得たることあの如くである。これも単に時代の関係だらうか。僕はさうは思はん。

今の少年の徒を見るに、みんな独りで育つたといふ顔付をしてゐる。そして直ぐ独立して雑誌などを発行し、その主宰だといふ顔付をしてゐる。然るにアララギだけは少し違ふやうである。アララギに来て居る少年は未だ雑誌の主幹だといふやうな面持のものは居らぬが如くである。師匠弟子の関係はもはや伊藤先生迄で打切るがいい。そして、アララギに来るものであつて、小さく独立して納まつてゐるもののないことは神明が見ても気持がよいに相違ない。

○

大正二年七月中旬に、島木赤彦君が眼の悪い政彦さんを連れて上京した。僕は、当時和泉町に開業してゐた小川剣三郎博士に紹介した。その病院は明治三十八年に僕の住んでゐたところであるから、その因縁にも繋かつてゐるのである。七月廿日ごろ、僕は赤彦君を東京に残して、一足先きに信州へ立つた。上諏訪町の布半旅館に著くと、友からいろいろもてなしを受けて東京の左千夫先生や千樫君等へ通信もせずに日を過ごした。当時郡視学をしてゐた赤彦君に知れると具合が悪い、赤彦君の帰らないうちがいいと云ふので、一夜上諏訪の遊廓に遊びに行つたりなどした。昼は暑くとも、朝夕諏訪湖の面を吹いて来る風は流石に涼しい。息づまるやうな、都会の狂人守の生活からしばし離れて、僕の心はゆつたりしてゐる。ある夜浴槽のなかで、美しい布半の娘と山の話をしたりなどした。

丁度七月三十日である。赤彦君が今日あたり帰家するらしいので、高木村に確めに行つた。さうすると、多分今日夕方上諏訪駅に著くらしいとのことである。そして赤彦君のお父さんや不二子さんから種々馳走になつて、夕方提灯を借りて帰途に就いた。途中で若しかしたら赤彦君に会ふかも知れない、さう思つて通りすがる人を注意しながら、夜に入つて布半旅館に著いた。『あら一寸前久保田さんがお寄りになつて、うちで会ふと云つてお帰りになりました』『はてな、さうすると途中で会はなければならん筈だが、どうしたかなまあ為方がない。明日会はう』かう云つて、室に入つた。

夜の十一時過ぎであつただらう。僕は一湯浴みて寝ようと思つて、いい気持になつて浴槽に浸つてゐた。そこへ女中が『電報がまゐりました』といつて持つて来た。『どれ見せろ』といつて、浴槽の中で眼を近づけて見ると、『チカシ』といふ打名がある。その瞬間に僕はアララギに関して何か要事が起つたに相違ないと思つた。しかるに、なかをあけると『サチヲセンセイシンダ』といふ文句である。

もう夜半を過ぎてゐる。僕は赤彦君のところへ駈け出した。途中で人力車に乗つて高木村に著いたのは一時を余程過ぎてゐる。寝しづまつた家を呼起して、赤彦君のお父さんに事情を話すと、お父さんは提灯をつけて、桑畑だの唐黍畑だの幾つか通つて、別宅の赤彦君のところへ連れて行かれた。今寝たばかりだつたといふ赤彦君が大きな目を睜つて、『先生はえらい事をしたなあ。えらい事をしたなあ』と云つた。赤彦君の驚愕は無理はない。先生は二日ばかり前病院に赤彦君を訪ねられて、非常な元気で歌を論じ、下利して弱つてゐる赤彦君を辟易させたさうだからである。そして其日茶器を買つて来て遣ると云つて帰られたが、翌日来られなかつたので、赤彦君はその儘東京を立つたといふのだからである。朝床の上で『どうしようか』と考へてゐると、赤彦君の小さい男の児がのぞいて『斎藤茂吉、斎藤茂吉、斎藤茂吉が未だ寝てゐるわ』と云ふ。赤い花を附けた罌粟畑が続いてゐて、その向うには諏訪の湖がもう日光を受けてかがやいてゐた。

赤彦君の家で不二子さんのもてなしの鯉をたべた。三十一日の夕、上諏訪駅から汽車に乗ると、松本から乗つた平瀬泣崖君と一しよになつた。汽車の中では二人はなかなか眠られない。あけがた新宿で汽車を降りて青山の家に著くと、土屋文明君から再三電話が掛かつてゐた。

大いそぎで本所茅場町に行つてみると、唯真閣のあの茶室に、先生はいかにも静かな顔をして死んでゐられた。八月一日は夏の真中と謂つていい。先生の体は刻々に分解してゐる。数間を隔てた住宅からは、くやみに来てゐる先生の友人らの笑ひどよめく声が聞こえる。寝棺にをさめる前に、清い湯で先生を拭いてあげた。中村不折、平福百穂の両画伯は先生の死相を写生された。それは大正二年のアララギ左千夫記念号にのつてゐる筈である。

ニイチエの墓を弔ふ記（滞欧随筆より）

――Röcken 紀行略――

維也納《ウインナ》の咖啡店の隅の方にひとり隠れるやうにして、僕はドイツセン教授の回想記を拾読したことがあつただらう。記憶は既におぼろだが、ニイチエは呆《ほ》け果ててしまつて、病牀を見舞つて呉れたドイツセン教授を目前に置きながら、「ドイツセンは今南亜米利加を旅してゐるさうぢやな」などと言つたことが書いてあつたやうにおもふ。その時に僕は、ワイマアルの病室で極度の痴呆《ちはう》に陥り、医学者のメビウスをして麻痺性痴呆といふ結論のもとに病志を書かしめた、さういふニイチエのことをおもつたのであつた。

その時から二年ばかり経過した。西暦一九二四年の六月廿六日の午前に僕は Leipzig《ライプチヒ》から Lützen《リユッツエン》に行く三等汽車のなかに居た。これは Lützen の近くに Röcken《リヨッケン》といふ小さい村があつて、その小村を訪ねるためであつた。

僕が維也納を引上げて民顕《ミユンヘン》に来てゐた時、何でも雪が深く積つた日のことであつただらうか、大学の裏通の古本屋に行つて、ニイチエに関する書物をいぢつてゐると、そこに若い店員が幾冊も幾冊も似よりの書物を持つて来て呉れた。けれども僕がニイチエに関する書物をいぢつたのはさういふ書物を買集めるためでなく、いつたいニイチエの墓が何処にあるかを内証で知りたいためであつた。そこでそのことを僕は正直に打明けた。すると邪気の無い店員は持つて来た書物を一々丁寧に調べてくれたのであつた。ニイチエは西暦一九〇〇年にワイマアルで死してゐる。さうして基督教の教式に拠《よ》らずに、生れ故郷の Röcken といふ小さい村に、父の墓の側に葬られたといふのである。僕は一冊も買はずに、店員に感謝してその店を出た。やはりさうであつた。夕暮の街には雪がさかんに降つた時であつた。その時以来僕は若し機会があつたら Röcken を訪ねようと思ひ立つたのである。そして或日、独逸の案内記を繰りながら独逸の地図を虫目金で見て行くと、リユツツエンはライプチヒの近くにある。そしてライプチヒから汽車が通じてゐる。それだけの事が分かつた。そこで若し二たびライプチヒに行くことがあつたなら是非リヨツケンを訪ねようといふ見当を立てた。さういふこれまでの順序などが汽車の中にゐる僕の頭のなかに浮んで来たりした。

六月の初に民顕を立つて西南独逸を遍歴し、神経・精神病学の大学教室をたづねて、それから、Cassel《カッセル》, Jena《イエナ》, Weimar《ワイマアル》を経て Leipzig に来たのであつた。Cassel に行つたのは、そこの美術館にレムブラントのものがなかなかあることを小宮豊隆教授から聞いたためである。もう独逸も「金の五月」の季を過ぎて、暑い夏期に入つてゐるので、途中で腹をこはし、ライプチヒに著いた時にはどうも体が弱つてゐた。それでも我慢をして、薬種屋をたづねては腹痛の薬を買つたりなぞして、美術館と古本商の大きいのを数軒たづねた。古本商 Gustav《グスターフ》 Fock《フオツク》 を訪ねるときであつた。道が分からぬので街頭の巡査にたづねると、その巡査はにこにことして「今日は」とか「兵隊さん」とか、そんなことを日本語で言ふのに驚かされた。その巡査は俘虜になつて五年間日本に居たさうである。京都、名古屋、神戸、福岡を知つて居た。「僕は加藤大尉と懇意にしてゐたが、このごろ通信が無いから地震で死んだかも知れませんね」などとも云つた。そして僕を Fock まで連れて行つて呉れた。僕はそこで精神病理学と実験心理学に関する別刷を山ほど出してもらつて、それから選り出すのに数時間費した。それから慌しくそこを出て、大いそぎで2の番号の電車に乗つた。場末のやうなところをしばらく電車が走つて、Plagwitz《プラーグウイツ》 の停車場に著いた。そして午後五時十分発の汽車に乗つたのであつた。書店の Engelmann《エンゲルマン》 と、実験心理の器械を拵《こしら》へてゐる Zimmermann《チムメルマン》 とを訪ねることは、どうも断念せねばならぬかも知れぬなどと思ひながら汽車に乗つたのであつた。

三等汽車の隅の方にゐる僕は今は精神が落著いてゐる。これは腹痛の薬に沈静剤が汲んであるためであらう。汽車の窓外は天が好く晴れて午後の光が隈なく照らしてゐる。労働者の群が幾組も幾組も帰るのが見える。工場のある町などが見え出して、ライプチヒの町もだんだん遠くなつて行つた。一面に麦畑が続いてゐて、それが限りなく続いてゐるやうな気持である。その麦畑の遥か向うには村落があり寺院の小さいのが見える。特有の風車がところどころに見える。僕は汽車のなかにゐて、けふ見たKlinger《クリンゲル》の作つたWundt《ヴント》だのNietzsche《ニイチエ》だのWagner《ワークネル》だのBeethoven《ベートウフエン》だのの像のことを思つてゐた。それから、Kluge《クルーゲ》といふ人の作つたDehmel《デエメル》の像などをも思ひおこしてゐた。伊太利を旅して来た目にはかういふものは余り僕の心を感激せしめなかつたが、さういふ人物の顔に目を留めたのであつた。

汽車はリユツツエンに著いた。それから徒歩して町を歩いたが、実に古風な静かなもの寂びた町で、市街のやうな気分が毫もしなかつた。今度の戦争で陣歿した兵士のために建てた小さい記念塔がある。一人の童子が直立して向うを見てゐる。永遠の彼方を見てゐる心持である。その側に童子の母がかうべを俯して蹲《しやが》んでゐる。さういふ像であるが、旅人の僕の心を強く感動せしめた。それから Roter《ローテル》 Löwe《レーウェ》 といふ旅籠屋《はたごや》を幾たびも聞きながらたづねた。さてたどりついて見ると如何にも古びた旅籠屋で、音づれても誰も答ふる者が無い。為方《しかた》がないから僕はのこのこ入つて行つた。土間のやうな薄暗いところに赤煉瓦のやうなものが敷詰めてあつて、それが歳を食つて凹凸《でこひこ》になつてゐる。そこの暗がりを通り階段を昇つて行つて僕は大ごゑを立てて人を呼んだ。さうすると一人の老翁がもの憂いやうにして出て来て、不思議さうに僕を見てゐた。

「何か御用かな」

「今晩ひとばん宿めて貰ひたいのだが、部屋がありますか」

「それはありますがな。今晩はやかましくて駄目だとおもふがな」

「なぜですか」

「今晩は、近在の若いものが大勢集まつて、踊をやることになつてゐるのでな」

「そいつあ困つたな。どこか他に宿るところがありませんか」

「さうだな。向うの右側に Schwarzer《シユワルツエル》 Adler《アドレル》 といふのがある。ひよつとするとそこでとめるかも知れないな」

かういふ会話は階段の上り口の暗がりで取交はされた。僕はそこを辞してもう一軒の家に行つて来意を告げた。そこでは主人の老翁が客と一しよになつて麦酒を飲み顔面がひどく潮紅してゐた。僕をしばらく見て居たが、警察の証明書を見せろと云つた。運よく僕は民顕《ミユンヘン》滞在の許可書を持つてゐたので、老翁はそれを見て、そんなら宿りなさいと云つた。小女《こをんな》が僕を案内した部屋には床が二つあつて、どうも家族の部屋らしい。そこに手荷物を置いた儘僕は外に出た。それは、今日一度《ひとたび》リヨツケンをたづねて置いて、明朝写真機でも持つてゆつくり行かうと計画したのであつた。

ここからリヨツケンまでは小一里ある。そこまでは徒歩で行かねばならぬ。僕は顔に傾きかけた太陽の光を受け、疲れた足を励ましながら歩いた。道は新道とおぼしく、遥か向うまで一直線に通つてゐる。道の両側には林擒と梨の並木があつて、それに林檎と梨が房生《ふさな》りに生つてゐる。成熟し難いものは木のもとに幾つも落ちてゐる。リヨツケンまでは間に村一つ無いので、目に遮るものもない畑であつて、雲雀《ひばり》がしきりに鳴いてゐる。たまたま荷馬車に通過《とほりす》がると砂塵が僕の体にかかる。太陽がだんだん紅くなつて来、鶏鳴がきこえる。それから犬の鳴くのが聞こえる。僕は村の近づいたことを感じて、並木から林檎一つ二つもぎとつて其を嚙んで見たりした。こんどは白い素朴な晴著を著た村の少女《をとめ》等が三四人づつかたまつて来るのに会ふので、僕は稍《やや》疲労を回復して会釈などもしたりした。是等の娘たちは今夜リユツツエンに踊りに行くのである。

リヨツケンの村は直ぐ目の前に見えて来た。そこに桜桃の林があつてそれに熟しきつた桜桃の実があふれるやうに生つて居た。その傍の池には水草が生えて微かに動いてゐる。池のそばに山羊が啼き、汀《みぎは》のところに蟇《ひき》のやうなこゑの蛙が聞こえる。池の近くの草原《ウイゼ》には紫の小花が一めんに咲いてゐる。池のふちには童幼の遊んでゐた跡があつて空瓶などが捨ててあり、池から揚げられた泥が未だ乾かずに居る。

僕が村の小道を歩いて行くと村の穢《きたな》い童幼が地べたで五六人遊んで居た。僕は試みにニイチエの墓を知らないかと訊いて見た。すると意外にもそのうちの一人二人は先を争つて僕を案内した。童幼の遊んで居つた近くには、Gasthaus zur Erholung《ガストハウスツールエルホールンク》などいふ看板の店もあつた。日本の「御休所」の義で僕は一寸興味を感じた。僕は二人の童子に一銭づつ呉れて墓場に入つて行つた。

墓場と謂つても極く狭いところで、その境内には馬鈴薯畑があり、林檎畑がある。その間に極く小さい墓が散在してゐる。そこに古びた小さい寺がある。その隣に一軒の住宅があり、それがニイチエの生家であつた。今はそこの寺の牧師が住んで居る。寺の東側であらうか、そこに、古の騎士の墓があり、ニイチエの父の墓があり、その間にニイチエの墓がある。墓は皆寝墓で、Friedrich Nietzsche 15. October. 1844. 25.

August. 1900. と単簡に刻されてゐる。墓のまはりには薔薇の花が咲いてゐる。僕はその墓の前の鉄柵の前にしばらく佇んでゐた。僕の意識には、ニイチエの妹の Förster《フエルステル》 Nietzsche《ニイチエ》 の書いた回想記や、阿部次郎教授の、「ツアラツストラの批評」中の事柄などが、極く極く断片的に再現されて来たりするのであつた。何向き、明朝二たびゆつくり来るのである、そしたら写真も撮らう、都合によつたら牧師にも会つて見よう。それにしても、この寒村の寂しいニイチエの墓は、ニイチエの孤独な高い寂しさと何処かに似通ふところがある。やはり僕は此処に来て好かつた。明日の午前は新鮮な日光のなかでもう一遍見ようなどと思つてゐると、そこに一人の若者が来て、愛想よく僕に話をしかけた。

この若者は墓場に続いた処の小学校の先生で、絵も画くと云つた。外国人などがたまたまニイチエの墓をたづねたりすると、その説明などもするらしかつた。僕が隣の牧師に明朝会ひたいから紹介して呉れといふと、「あれは意地悪で到底駄目です」などといつて言下に否定したりした。寺が閉ぢてあるので内部を見たいといふと、「これは滅多に開けてあげないのですが、貴方は日本人ですからまあ特別ですな」こんなことを云つて狡猾なやうな笑方をした。そして、ずぼんの隠しから音をさせながら大きな鍵を出して寺の戸を開けて呉れた。

寺の内部は小さくて穢かつた。加特利教《カトリツク》の荘厳《しやうごん》が無いために、遠く来た旅人の僕の目には随分空虚貧寒の感を与へた。信者のための腰掛にも塵が積つてそこにさはつた僕の手指が直ぐさまその痕を残した。それでも今度の大戦の陣歿者のために祭をしたと見えてそのための装飾《かざり》らしいものが、これも色褪せて塵をかむつて残つてゐるのが僕の心をひいた。ニイチエが牧師の子に生れて、この寺の中で遊んでゐたことなどが一瞬まぼろしの如くに僕の心に浮んだが、まのあたりの現実は直ぐそれを打消した。

若者は墓のまはりの鉄柵に身をもたせながら、「あちらには芳名録も備へてありますし、また少々寄附金をも募つて居ります」かういふこともいつた。僕は、手ぶらで来たので、烟草をも持つてゐない。そして明日あらためて来る計画がある。僕は明日の希望を持ち、若者に謝してそのまま其処を去つた。

帰りがけに村を一巡すると皆古びた農家であつて、牛を飼つてゐるところなどには細かい羽虫が群をなして飛んでゐる。村を離れてもと来た一直線の新道に出ると、村の入口の池には十人ばかりの童子が水を浴びてしきりに騒いでゐる。一口にいへば、リヨツケンは平野のなかにある極めて寂しい農村である。そこにニイチエが生れて、さういふ童子の如くに育つたのであつた。

一直線の道を僕はひたすらリユツツエンに向つて急いだ。体には汗いで、服は砂塵にまみれてゐた。午後八時十分頃になつて大きな太陽が紅団々として平野のすゑに沈んで行つた。僕がリユツツエンの旅籠屋に著いたときは、西天に幽かな余光を残して日はとつぷりと暮れてゐた。僕は旅籠屋の粗末な食堂で粗末な夕食を取つた。ただ麦酒の大杯を二つ三つ傾けたので僕は陶然としてゐる。僕は手を額に当てて無心でゐると、向うの卓には村の老翁が来て麦酒を飲んでゐる。そこにうちの老翁も交つて、何か思想問題のやうなこと、それから選挙のやうなことを論じてゐる。それが切れ切れにしか僕には分からない。時には彼等はひどく大きなこゑを出すこともあつた。ニイチエは酒が飲めなかつたので、こんなことを言つた。Alkoholika sind mir nachtheilig：ein Glas Wein oder Bier des Tages reicht vollkommen aus, mir aus dem Leben ein „Jammerthal“ zu machen,――in Mü nchen leben meine Antipoden. 一杯の葡萄酒でも麦酒でも「苦の谿」に陥れるといつてゐる。民顕《ミユンヘン》に住んでゐる僕には、やはりかういふ言葉も興味があつた。僕はそんなことを漫然と思ひながら部屋に行つて床のなかにもぐり込んだ。一寝入した午前二三時ごろでもあつたらうか。若い女のこゑだの、男のこゑだのがどやどやしてゐたが、やがて馬の重い車を挽く音がし出して、車の軋《きし》る音がだんだん遠ざかり、あとは静かになつた。これは近在から踊りに来た若い男女が帰るのであつた。

朝早く目をさまして朝の食をしながら此処からライプチヒ行の汽車の時間を調べる

と、午前九時廿分と午後三時四十五分と午後六時五十分の三つしか無い。一度は午後三時四十五分の汽車に極めてもう一遍リヨツケン行を欲して見たけれども、どうも先きを急ぐし、彼の若者のヂスイリユジヨンも手伝つて到頭僕は再度のリヨツケン行は断念してしまつた。僕はつひに午前九時廿分発の汽車に乗つてライプチヒに向つた。僕の腹工合は依然としていまだ好くなかつた。服薬をすると口腔内が非常に乾いた。汽車のなかで、「孤独の頌歌《しようか》」Dithyrambus auf die Einsamkeit だの、「同情の征服」Ueberwindung des Mitleides だのといふ語、それから、「おれは人間ではない。爆弾である」Ich bin kein Mensch, ich bin Dynamit. などといふ、さういふニイチエの語を切れ切れに思浮べるのであつたが、今の僕の心には渾然《こんぜん》として来なかつた。僕は口が乾いて切《しき》りに清冽な水を欲してゐた。窓外には工場の烟突から盛に烟の出てゐるのが見える。畑には女も勤勉に働いて居た。このへんのものはライプチヒまで行つて都会的な為事に従事してゐる者が多いやうであるのに、どうも好く畑の手入がしてあるなどと僕は思つた。ひとり旅をしばらく続けて来た僕は、やはり伯林《ベルリン》にゐる友に会ひたくなつたのであつた。僕は下痢する腹を持ちながらその日のうちにライプチヒからHalle《ハルレ》に向つて出発した。

島木赤彦臨終記

一

大正十五年三月十八日の朝、東京から行つた藤沢古実《ふるみ》君が、柿蔭山房《しいんさんばう》に赤彦君を見舞つた筈である。ついで摂津西宮を立つた中村憲吉君が、翌十九日の午《ひる》ちかくに到着した筈である。廿日夜、土屋文明君が東京を立つた。

翌廿一日の午過ぎに、百穂画伯、岩波茂雄さんと僕とが新宿駅を立つた。たまたま上京した結城哀草果《ゆふきあいさうくわ》君も同道した。少しおくれて東京から高田浪吉、辻村直《なほし》の両君が立ち、神戸から加納暁《あかつき》君が立つた。

上諏訪の布半旅館で、中村憲吉君、土屋文明君、上諏訪の諸君と落合つて、そこで一夜を過ごした。中村、藤沢両君の話に拠ると、十七日に、主治医の伴鎌吉さんが、赤彦君の黄疸の一時的のものでないことの暗指を与へたさうである。その夜、夕餐のとき赤彦君は「飯を見るのもいやになつた」といつたさうである。十八日に摂津国を立つた中村君は、十九日に柿蔭山房に着いた。その時赤彦君は、「煙草ももう吸ひたくなくなつた」「ただ静かにしてゐるのが何よりだ」と云つたさうである。翌廿日、中村、藤沢の両君が諏訪上社に参拝祈願して護符を奉じて来た。赤彦君は、「ありがたう。おれにいただかせろ」といつた。こゑは既にかすかで、一語一語骨が折れる風であつた。夫人の不二子さんは護符を以て俯伏してゐる赤彦君の頭《かしら》を撫でた。赤彦君は、「ありがたう」といつた。そして、「きたないとこに置くなよ」と云つたさうである。その夜、藤沢古実君に、言葉が跡切れ跡切れに、「己《おれ》はな、いかんとも疲労してしまつてなあ。余病のために、黄疸のために、まゐるかも知れん」と云つた。その終の「まゐるかも知れん」のところが急に大ごゑになつて、健康な時の朗々たるこゑを思はせたので、胸がぎくりとしたと古実君が語つた。

廿一日朝、赤彦君は首《かうべ》をあげて、皆に茶を飲みに来るやうに云つた。中村憲吉、藤沢古実、丸山東一、久保田健次の諸君、不二子さん、初瀬さんが集まつた。その時、藤沢君の美術学校卒業製作塑像の写真を見せると、「ありがたう。素直だな。しづかなのは一層むづかしいものだ」と云つたさうである。それから、

「どうもな。本病より余病の方がえらいやうだ。斎藤もさう云つて来たよ。伴も同じ意見だ。余病が。余病が余病だけですめばいいが、本病にはとりつけないで」とも云

つたさうである。僕は、神保博士の意見として、どうも黄疸は単純な加答児性《かたるせい》のものでなく肝の方から来てゐることを手紙に書いたのであつた。それでも癌の転移証状《しようじやう》であることは書けなかつたのである。赤彦君はそれゆゑ飽くまで黄疸を余病と看做し、余病を先づ退治して置いて、そして生きられるだけ生きようと覚悟したのであつた。それであるから、極力友人に会ふことを厭うて、静かに身を保たむとしたのであつた。赤彦君は四五月の候になれば余病を退治して、今度は楽しく友にも会はうと思つてゐたのである。赤彦君はその夜こんなことをも云つた。「伴さんは本当に熱心だからな。己ははじめは知らなんだ。一遍見て貰つたらもう伴さんに限るやうになつた」「自分ひとりではと思ふときには屹度《きつと》ほかの人にも相談してなあ」「腕はあるんだからなあ」などとも云つたさうである。

二

廿一日に、中村憲吉君は校歌の話を為出した。校歌といふのは、秋田県角館中学校の校歌を平福百穂画伯から嘱付して赤彦君に作つて貰ふことになつてゐた。それを謂ふのである。すると赤彦君は、「北日本の脊梁《せきりやう》の。千秋万古やまのまに。偉霊《ゐれい》の水を湛へたる。田沢の湖《うみ》の水おちて。鮲瀬《かじかせ》川とながれたり」云々と低いこゑで云ひ、憲吉君の批評をも求め、もう七分どほりは出来てゐることを云つた。その時、藤沢古実君が傍から、「ちよつと其を書いて置きませうか」と云つて、それから不二子さんもそれをすすめると、「書いちやいかん。それだでこまる」「みどころを取つて行かれるやうだ」と云つたさうである。

そのうち腰の痛みが出て来た。「水脈《みを》坊水脈坊。お客様がゐていやかも知れんがおさへて呉れなくちや」と云つた。それから、「飲物も食物も皆さげてくれ。目のまへにあると溜まらんから」と云つたさうである。その時按摩が来たので皆が部屋を退いた。その時古実君に、「訂正を送つて呉れたか」と云つた。「はい、送りました」と答へると「確だな」と念を押したさうである。この訂正といふのは、雑誌改造に出した、「風呂桶に触らふ我の背の骨のいたくも我は痩せにけるかな」の下の句を「斯《か》く現れてありと思へや」と直し、憲吉・古実君の意見をも徴して、其をアララギの原稿にしたのである。それを謂ふのである。尚《なほ》今雑誌を調べて見ると改造に出した歌をアララギでは少しづつ直してゐる。

信濃路に帰り来りてうれしけれ黄に透りたる茎漬《くきづけ》のいろ　（改造）
信濃路に帰り来りてうれしけれ黄に透りたる漬菜《つけな》のいろは　（アララギ）
神経の痛みに負けて泣かねども夜毎寝られねば心弱るなり　（改造）
神経の痛みに負けて泣かねども幾夜寝ねねば心弱るなり　（アララギ）

廿一日夕七時ごろ、古実君との問答がある。

古実「中村さんは明日か明後日帰ると云つてゐました。どうも己が行つて赤彦を興奮させて済まなかつたといつてゐました」
赤彦「中村は己が相手をしなんで不服らしかつたかな」
古実「そんなことはありません」
赤彦「己は一言いふにもつかれるのだ」
古実「……」
赤彦「もう一度会ふさ」
古実「それでは明日でもお会することにしませう」
かういふ会話などがあつた。それから八時頃かういふことを云つたさうである。「画伯、斎藤、岡、土屋、岩波――五人だなあ。……それへおれの病を君から委しく書いてやつて呉れ。まだ容態をくはしく書いてやらうとしてゐて書いてやらないから。……身のおきどころがない。……坐つてゐても玉のやうな汗が額から出る。いかんとも為様がないとさう書いてくれ。……そして物をいふと、それだけ疲労するから、静かにしてゐると書いて呉れ、医者もさういつてゐるし、それが己には薬だ」かう云つた。古実君は「かしこまりました」といふと、「用件はそれだけ」「あつちで寝て行つて呉れ」と云つた。
その夜の十時頃、妹の田鶴《たづ》さん、不二子さん、水脈さん、初瀬さん、健次君、丸山君、藤沢君等を部屋に呼び、「おれはなるべく物を云はぬから、そつちでお茶を飲んで呉れ」と云つた。間もなく、辛うじて身を起し、「明治四十一年浅間山へのぼる。雲の海の上にあらはるる信濃のやま上野《かみつけ》のやま下野《しもつけ》の山」「明治四十一年十一月とおぼえておけ。日本新聞に出てゐる」と云つた。

その時、赤彦君のうしろに猫がうづくまつて咽《のど》を鳴らしてゐた。これは赤彦君がいつも猫を可哀がるので傍《そば》に来てゐるのであつた。皆が、猫の話をし、夏樹《なつき》さんの猫をいぢめる話などをしてゐると、赤彦君は、「初瀬、歌の原稿を書け」と云つた。そして、「わが家の猫はいづこに行きぬらむこよひもおもひいでて眠れる」と云つた。暫くして、「ちがつた。ちがつた。猫ぢやない。犬だわ」と云つて笑つた。これは数日前に居なくなつた犬のことを気にして咏んだ歌である。

わがいへの犬はいづこにゆきぬらむこよひもおもひいでてねむれる

その後は遂に歌を作らずにしまつた。この歌が赤彦君の最終の吟となつたのであつた。

三

廿二日朝、土屋君は僕を伴さんのところに連れて行つて呉れた。僕は初対面の挨拶をし、初診以来熱心の治療に対して謝した。伴さんはその前にも、赤彦君の病状に就いて委しく通信され、また黄疸のあらはれた三月一日には態々電話で知らせて呉れたのであつた。午過ぎに、平福・岩波・中村・土屋の諸君と伴さんと僕と柿蔭山房に出かけた。

家に入るところの道は霜解がして靴がぬかつた。松樹《まつのき》はもとの儘だが、庭は広げられてあつた。大正十年の夏に僕夫婦の一夜宿《とま》つた部屋には炬燵がかけてあつて、そこに諏訪の諸君があたつてゐた。暫くして先づ伴さん、中村憲吉君、僕の三人が部屋に入つて行つた。部屋は新築したばかりの書斎である。いままでのは、書斎も客間も一しよで、書きものなどの散らばつてゐる時には困るといふので、元の土間の処に書斎を造つたのであつた。そこの炬燵に赤彦君は俯伏して、頭のところに両手を固く組んでゐる。伴さんは来意を告げた。すると赤彦君は辛うじて顔をあげ、それから両手を張つて姿勢を正し、そして、「ありがたう」と云つた。こゑは低くそして幽かであつた。そしてその儘また俯伏してしまつた。赤彦君の顔面は今は純黄色に変じ、顔面に縦横無数の皺が出来、頰がこけ、面長くて、一瞥沈痛の極度を示してゐた。

「だいぶ瘦せたなあ」と僕は云うた。すると赤彦君は、「冷静だ。極めて冷静だ」と云ひながらその儘俯伏してゐた。僕は咽のつまるやうにおぼえて唯「うん」と云うたのみであつた。僕はその時、三月十二日に、古今《ここん》書院主人橋本福松君が柿蔭山房をたづねた時に、赤彦君がこゑを挙げて泣いたといふことを思ひ出したのであつた。赤彦君は暫くして極く静かに、「伴先生は毎日診て下さるが斎藤君は久しぶりだから、どうか見て呉れたまへ」と云つた。僕は伴さんから聴診器を借りて型のごとくに診察をした。その間赤彦君は我慢をして起直つてゐた。それからまた俯伏してしまつた。暫くして僕は、「画伯も、岩波主人も来てゐるから、どうか会つて呉れたまへ」といふと、赤彦君は「どこに」と大きなこゑを出して顔をあげた。そして黄色の大きな眼《まなこ》を睜《みは》つた。「此処に一しよに来た」といふと、今度はただ点頭《うなづ》いた。そこに平福・岩波・土屋の三君が入つて来、中村・藤沢の二君も交つて談笑常の如くにした。赤彦君は新来の客には一々丁寧に会釈をし、をかしい時には俯伏した儘笑つた。それから、「若い連中も来てゐるから会つて呉れないか」といふと赤彦君はただ点頭いた。そこに加納暁、結城哀草果、高田浪吉、辻村直の諸君が入つた。赤彦君は一寸うなづき、「おれはなるたけ物を云はぬが、君等はいろいろ話してくれたまへ」と云つた。それでも種々歌柄《うたがら》についての短評などをも云つた。気になると見えて発行所のことなどをも云つた。それから、「おれも生きられるものなら生きたいのだが」といふ幽かなこゑも聞えた。その間に僕等に茶を饗《きやう》することを命じたり、ぼんたんを持つて来て食はせることを命じたり、いろいろ細かいところに気が付いてゐた。そして僕等は諏訪湖からとれる寒鮒《かんぶな》の煮たのを馳走になり、酒をも飲んだ。これは一々赤彦君の差図によつたのであつた。僕等は病床の邪魔をしたことを謝しながら、それでも二回まで会つた。

その時赤彦君は「何だかこれではあつけないやうだな」と云つた。僕等は、明日二たび邪魔するだらうことを告げて柿蔭山房を辞した。

その晩、急に気のゆるんだやうにおぼえて、みんなは布半旅館で馬肉を食ひ、坐り相撲を取り、将棋などを差した。百穂画伯は赤彦君の病顔の写生図を作つた。夜更けて温泉に浴し、静かに眠らうとしたが、心が落付いて来ると赤彦君の顔容が眼前に髣髴としてあらはれて来た。諏訪の諸君も、それから中村憲吉君も、数日来の張りつめた心に幾分の緩《ゆる》みを得て、そして酒に酔うたのであつた。森山汀川君は今夜向うにつめてゐる。藤沢君は夜更けてから向うに宿りに行つた。

四

三月二十三日午前、皆して二たび柿蔭山房に行つた。ゆうべ、百穂画伯の「丹鶴青瀾図《たんかくせいらんず》」の写真を赤彦君が見たときのことを森山汀川君が話して呉れた。赤彦君は努力して両手を張つてそれを見た。そして、「これはたいしたものらしい」と云つた。それから、「どうも写生に徹したものだ」とも云つたさうである。そこで、けふも赤彦君の枕頭でその絵の話などをし、時に諧謔談笑した。午餐には諏訪湖の鯉と蜆《しじみ》とを馳走になつた。これは、「どうも何もなくていけないが、鯉と蜆でも食べて行つてくれたまへ」といふ赤彦君の心尽しであつた。静かに籠つてゐたい赤彦君の病牀を邪魔したのさへ心苦しい。然るに赤彦君は苦しいうちにかういふ心尽しをされるのであつた。僕等は忝《かたじけな》く馳走になつた。

午後三時に伴さんが見えて、注射を二とほりされた。僕もそのとき同坐した。注射の一つは強心の方の薬で、一つは神経痛のための薬であつた。この注射は赤彦君から進んで所望されるので、今朝から催促されてゐたものである。それから一時間ばかり経つて僕等は二たび病牀を見舞つた。その時には赤彦君は珍らしく機嫌好くていろいろの話をした。これは強心の方の薬にコフエンが入つてゐるので、それが神経に働いたためであらうか。角館中学校の校歌の話になつたとき、「つまり茶話会などの時に歌ふのもあつていいですね。何とか謂つた。佐竹義敦、小田野直武は日本洋画の紅二点、といつた調子ですね。デカンシヨ式でも好し。男美術に女の美術、美術美術で苦労する、と云つた調子ですね」「天にそびゆる秋田の杉も巌《いは》を貫く根元から。それから、行つて見たかや田沢の湖《うみ》へ、そこの浮木《うきぎ》の下のみづ。かういふのは幾らでも出ます。校歌の方は一遍妻に書かせてみます」こんなことを赤彦君は俯伏しながら云つたので、皆が愁眉を開いて喜んだのであつた。けれども赤彦君は、このごろ眠りと醒覚との界《さかひ》で時々錯覚することがあつた。ゆうべあたりも、「おれの膝に今誰か乗つてゐなかつたか」などと問うたさうであつた。

そこで、赤彦君は皆に茶を饗することを命じた。その間に赤彦君は冷水を音させながら飲干して、「実に旨い。これが一等です」などとも云つた。僕は、この分ならば赤彦君の寿命は三月一ぱいは保つであらう。そして短歌の方の製作も幾つか出来るだらうと思つて、秘かに喜んだのであつた。そして、四月の四日過ぎには少し暇になるであらうから、その時また出直して来て邪魔するなどとも云つた。けれども僕の眼識は欲目のために鈍つてゐて、赤彦君は三月尽《じん》を待たずに歿し、短歌の製作も「犬の歌」以後は絶えたのであつた。

僕等は赤彦君のまへに偽《いつはり》を言ひ、心に暗愁の蟠《わだかま》りを持つて柿蔭山房を辞した。旅舎に着いて、夕餐を食し、そして一先づ銘々帰家することに極《き》めた。それまで湯に入るものは湯に入り、将棋を差すものは将棋を差した。心が妙に興奮してゐて、思はぬ所ではしやいだりしたのであつた。

五

その夜十一時幾分かの上諏訪発の汽車で、中村憲吉君は摂津に向ひ、僕等は東京に立つた。平福百穂、岩波茂雄、土屋文明、高田浪吉の諸君同道である。

朝六時頃新宿駅に着くと、家根瓦の上に霜が真白に置いてゐた。今ごろなんだってこんなにきびしい霜だらう。さうおもひながら僕は家に着いた。家には父母も妻も誰もゐなかつた。これはゆうべ妹の死報に接して、その方につめかけてゐたのであつた。

妹は、ゆうべ僕らが上諏訪を立つて少し来たころに歿したのである。僕は実に混乱せんとする心を無理におししづめて暫く眠つた。それから外来診察をし、溜まつてゐる手紙端書を少し書いた。そこへ、今井邦子さんから電話がかかつて、どうしても一度、島木先生にお目にかかりたいといふことであつた。僕は直ぐそのことを否定した。今井さんは涙を流してゐる風であつた。兎も角今夜アララギ発行所に来てもらひたい旨をいつて電話を切つた。

午後に僕は妹を弔ひに行つた。妹は安らかな顔をして死んでゐた。妹が生んだ大きい方の女の子は珍らしい客が来るので切《しき》りにはしやいでゐるのも、ひどく僕を感動せしめた。夕刻に妹の家を辞して、途中で蕎麦を食ひ、その足でアララギ発行所に行つた。

発行所で今夜は、同人の重立つた人々に来て貰つて、今日まで秘して居つた島木赤彦君の病気の経過を報告しようとしたのであつた。席には土屋文明君、橋本福松君もすでに見えてゐた。僕は同人の重だつた人々に赤彦君の疾病の経過の大体を話し、一月廿一日に伴さんから胃癌の宣告を受けたこと。二月二日に胃腸病院の神保孝太郎博士の診察を受けたこと。次いで佐藤三吉博士の診察を受けたこと。今はすでに重篤の状態にあることをも云つた。そして、赤彦門下の三人の女流は岡麓《をかふもと》さんと一しよに明日信濃に立つこと。そのほかの諸君は病気の邪魔になるから行かぬことを約したのであつた。同人のうちにはこらへ切れない程赤彦君に会ひたい者もゐたが、僕は、赤彦君の寿命は三月一ぱいは保つやうに思はれたので、強ひてさう約束してもらつたのであつた。僕はなほその席で、これまで口を緘《かん》して赤彦君の病気を通知しなかつた訣をも話した。「実は発行所に起臥してゐる高田浪吉君にも知らせなかつたのだから」といふやうなことも其時附加へたのであつた。夜ふけてから僕は家に帰つた。

翌廿五日午過ぎの新宿発の汽車で、岡麓さんは今井邦子さん、築地藤子さん、阪田幸代《さちよ》さんの三人を連れて信濃に立つた。午後に僕はアララギ発行所に行き、赤彦君と親交のあつた二三の方々に赤彦君の病のすでに篤きことを告げた。なほ数人の方々に手紙を書かうとしてゐるところに、発行所宛に赤彦君危篤の電報が届いた。僕は手紙を書くことをやめて家に帰つた。家にもやはり電報が届いてゐた。その夕すぐさま岩波茂雄さんは信濃へ立つた。夕食後、アララギ発行所に行くと土屋文明君はじめ七八人の同人が集まつてゐた。留守居万事を土屋文明君、高田浪吉君に頼み、十時幾分かの汽車で新宿駅を立つた。橋本福松、高木今衛、馬場謙一郎の三君同道した。夜が更けても目が冴えてなかなか眠れない。甲府駅で弁当を買つて食つた。

「おや。雪だ雪だ」暫くして汽車が信濃に入つたとおもふころ、かうひとりが云つた。

「成程たいへんな雪だ。いつこんなに降つたかな。ゆうべあたりかも知れんな」かうまた一人が云つた。二日まへ此処を通つた時には雪はすつかり消えてゐたからであつた。

「おや。まだ降つてゐますよ。吹雪ですよ」「なるほど、こいつはひどい。かうして見ると信州の気候はやつぱり鋭いんだね」こんなことをも云ひ合つた。島木赤彦君の息は既に絶えてゐるだらうとも思ひながら、こんな会話をするのであつた。暁天に近い信濃の国は一めんの雪で蔽はれ、それを烈風が時々通過ぎて、吹雪の渦を起させてゐるのであつた。

六

三月二十六日午前五時四十分に、四人は急いで上諏訪の停車場で降りた。町の家々は、未だひつそりとして居る。雪のさかんに降るなかを四人は布半旅館にたどりついて、戸を破れる程たたいた。

布半には東京から来た人々はもう誰も宿つてゐなかつた。赤彦君はもう駄目に相違ないといふ予感が強く僕の心を打つたが、女中は、守屋喜七さんの宿つてゐられることを告げたので、四人は守屋さんの部屋になだれるやうにして入り込んだ。守屋さんは、赤彦君の息のまだ絶えないでゐることを語られた。赤彦君の親しい友である守屋さんは病をおして長野から来てゐたのである。

四人は女中をせきたてて、人力車を雇つてもらつた。雪の降るなかを人力車は走るけれども、それがもどかしい程遅い。高木村の入口で人力車から降りて坂をのぼつて行つた。息を切らし切らし家に着いた時には、もう雪は小降りになつてゐた。入口から直ぐの部屋には昨夜来赤彦君の枕頭をまもつた人々の一部が疲れて眠つてゐる。森山汀川君は直ぐ僕たちを赤彦君の病室に導いた。

赤彦君は今は仰臥してゐる。さうして、純黄色になつた顔面から、二日前に見たときのやうな縦横無数の皺が全く取れて、そのために沈痛の顔貌は極く平安な顔貌に変つてゐる。そして平安な息を続けてゐるけれども、意識はすでに清明ではなかつた。時々眼を半眼に開き、瞳はもはや大きくなつてゐた。

主治医の伴さんは、きのふ以来帰宅せずに全く赤彦君の枕頭を護られたのであつた。伴さんはかういふことを語られた。赤彦君はきのふ迄は、いつもどほり神経痛のための注射を要求されたさうである。「今日もやはり注射をしませうか」と問うたとき、「もちろん」と答へたが、それが非常に幽かなこゑであつたさうである。今までは神経痛のために仰臥することが出来ずに、おほむね炬燵に俯伏になつてゐたのが、昨夜以来は全く仰臥の位置の儘だといふことである。きのふ以来、急に脈搏が悪くなるので、虚脱の来るのを恐れたといふことである。さういふことを伴さんは語られた。昨夜十二時過ぎに状態が悪くなつて、みんなが枕頭につめかけたのであつたが、それが少しく持直して今日に及んだのであつた。

藤沢古実君はかういふことを話してくれた。きのふ、岡麓さん、今井邦子さん、築地藤子さん、阪田幸代さんの見えられたとき、「先生。岡先生がおいでになりました」といふと、赤彦君は辛うじてかうべを起して、銘々に点頭《うなづ》いたさうである。そして「ありがたう」といつたが、それが恐らく最後の言葉であつたのであらう、といふことであつた。

それからかういふことも話して呉れた。廿三日、僕等友人が皆辞して帰つた日である。その日の夕食後、長女初瀬さんが、「今夜はお父さんはえらい楽のやうだね」と云つたさうである。さうすると赤彦君は、「大敵退散した」と云つて笑つたさうである。「大敵」といふのは、赤彦君が静かに静かに籠つてゐたかつた病牀に、どやどやとつめかけた平福・岩波・中村・土屋・僕その他の友人、門人を謂つたのであつた。さうして赤彦君はつづいて、「来る人も遠いところを容易ではないよ。感謝しなければならないよ。斎藤はおれの体を気にして来て呉れたし」と云つたさうである。その言葉は遅く、切れ切れで、幽かなのである。一語いふにも骨が折れるのである。

炬燵に俯伏して頭のところに手を組んでうつらうつらしてゐた赤彦君は、その夜の十時過ぎに居合せた家族、親戚の皆を枕頭に呼んで、「今晩おれはまゐるかも知れない」と云つたさうである。併し暫くすると、枕頭でみんなに茶を飲ませ、「これで解散だ」といつたさうである。それが廿三日夜のことであるから、廿四日なか一日置いて、廿五日には意識がすでに濁りかけたのであつた。

廿六日は午《ひる》になり午後になり、赤彦君の状態は刻々に変つて行つた。主治医は、三時間おきに強心の薬を注射した。次男周介君は、いま入学試験に行つて居り、けふの正午までに体格検査が済む筈である。そして直ぐ汽車に乗れば今夜の三時に上諏訪駅に着く筈である。それまで赤彦君の息を断たせまいといふ主治医の念願であつた。そこで夕刻、リンゲル氏液五百瓦《グラム》をも右側大腿の内側に注入した。それから、息のあるうち写真も撮りたい。それから藤沢古実君が土を用意して来て居り、息のあるうち恩師の顔を塑《かた》にとりたいといふので、夫人不二子さんの許を得て、写真も撮り、面塑も出来た。そして廿六日は暮れた。

夕食後、九時になり、十時になり、十一時になつたころ、息も脈も細り体が冷えかけた。そのうち夜半を過ぎたので一まづ皆が枕頭を去つて休むことにした。主治医の伴さんと僕と交る交る容態をまもつてゐたが、ふたりも少し休むことにした。午前二時に上諏訪駅まで周介君のむかひに行くやうに人を頼み、それから脈搏、呼吸の方を初瀬さんに看てもらふやうに頼み、僕もそのまま布団をかぶつてしまつた。さて小一時間も経つたかとおもふころ、しきりに赤彦君を呼ぶこゑがする。それは不二子さんのこゑである。それから初瀬さんのこゑである。それから周介君のこゑである。しかし、赤彦君は一言もそれに返辞をしない。呼ぶこゑは幾たびか続いて、それに歔欷《すすりなき》のこゑが加はつた。僕は夢現の間にそれを聞いてゐるのであるから、何か遠い世界の出来事のやうに思へる。痛切に感じてゐるやうで、実は痛切に感じてゐない。けれども暫くそれを聞いてゐるうちに、僕は反射的に身を起して布団から顔を出した。これは何かの会釈でもするつもりであつたらしい。然るに僕が顔をあらはした時にはみんなの言葉が既に絶えてもとの静寂に帰つてゐる。僕は急劇に明るい電燈の光を目に受けたので、一語も発せずに二たび布団をかぶつてしまつた。布団をかぶつてしまふと意識がだんだん晴れて来るのをおぼえた。そして先程の赤彦君を呼ぶこゑのことが写象となつて意識にのぼつて来た。気丈な不二子さんは僕等のまへにつひぞ今まで涙を見せたことはなかつた。これは侍の女房の覚悟に等しい心の抑制があつたからであらう。然るに今は他人の尽《ことごと》くが眠に沈んでゐる。赤彦君の枕頭に目ざめてゐるものは皆血縁の者である。そして終焉に近い赤彦君を呼ぶこゑが幾つ続いても、赤彦君はつひに一語をもそれに答ふることをしない。血縁の者はいま邪魔なく、障礙《しやうがい》なくして慟哭《どうこく》し得るのである。僕は布団をかぶりながら両眼に涙の湧くのをおぼえてゐた。間もなく鶏鳴がきこえ、暁が近づいたらしい。その頃から僕は二たび少しく眠つた。

七

廿七日の午前六時半ごろ、主治医と二人で診察すると、脈搏はもはや弱く不正で結《けつ》息も終焉に近いことを示してゐた。そこで主治医の注意によりみんなが枕頭に集つた。赤彦君は稀に歯ぎしりをし、唸つた。その唸が十ばかり続くと、息が段々幽かになつて行つた。そして消えるやうになるかとおもふと、また唸がつづいた。それがまた十ばかりつづいてまた息が幽かになつた。そのうち八時になつたので、みんなが暫く休んで朝食をした。その間に赤彦君を看護つてゐたが、平安な顔貌に幾らか苦しみの表情が出て来た。それを僕が凝視してゐると、幾ばくもなくその表情が取れて行つて、もとの平安な顔になつた。ときどき唸があつて、それが矢張り十ばかり続いた。九時に脈搏が触れなくなつたので、居合せた人々が尽く枕頭に集つた。厳父、夫人の不二子さん、健次さん、周介さん、夏樹さん、初瀬さん、水脈さん、妹の田鶴さん、弟の葦穂さん、その他の血族。長野から来られた守屋喜七さん。諏訪の田中一造、五味繁作、森山汀川、両角喜重、丸山東一、藤森省吾、両角丑助、堀内皆作の諸君。東京から来た金原省吾、白水吉次郎、鹿児島寿蔵の諸君。京都から来た宇野喜代之介、竹尾忠吉の諸君。それに上に記した岡麓、岩波茂雄、橋本福松、藤沢古実、高木今衛、馬場謙一郎、今井邦子、築地藤子、阪田幸代等の諸君。僕が姓名を知らずにしまつて、また問合せるのに時の無い約十名。あはせて約四十名が枕頭に集つた。北海道の令弟塚原瑞穂さん、それから小原節三、平福百穂、森田恒友、中村憲吉の諸君はいまだ途中にあつた。

赤彦君の安らかな顔貌は一瞬何か笑ふに似た表情を口唇のところにあらはしたが、また元の顔貌に帰つた。その時不二子さん以下の血縁者はかはるがはる立つて赤彦君の口唇を霑《うるほ》した。それから主治医伴さんの静粛な診査があり、赤彦君の息は全く絶えた。時に、大正十五年三月廿七日午前九時四十五分である。

続いて朋友、門人の銘々が赤彦君の唇を霑した。その時僕等は、病弱のゆゑに、師の臨終に参ずることの出来ない土田耕平君をおもはざることを得なかつた。けふは天が好く晴れて、雪がどんどん解けはじめてゐる。友島木赤彦君はつひに歿した。瘦せて黄色になつた顔には、もとの面影がもはや無いと謂つても、白きを交へて疎らに延びた鬚髯《しゆぜん》のあたりを見てゐると、柿の村人時代の顔容をおもひ起させるものがあつた。

斎藤茂吉之墓

北原白秋君が小田原の白秋山荘を引揚げて、東京谷中の墓地近くの家に移つたのは、大正十五年の四月であつたさうである。

その谷中の墓地で、白秋君は『白秋の墓』といふのを見つけたといふので、自分でそれを書いて、喜んでゐたことがあつた。それを読んだとき、私もその不思議な因縁をよろこんだと記憶してゐる。何しろ大正十五年といへば、火難の後、私のひどく苦労した時代で、『白秋の墓』のこともいつのまにか忘れてゐたのであつた。然るに、大石田から東京に帰つて来た後、ある人に示されて、

○我と同じ名の白秋といふ人の墓あり。若目田氏なり。明治十九年歿、勤王の志士なり、容貌性格我によく似たるもののあるが如し。この墓に日ざししづけくなりにけりきのふも来り永く居りにき。

かういふのである。白秋君は、家のちかくの谷中の墓地に、『白秋之墓』を見つけ、

よろこんで感慨これを久しうしたのであつた。私は白秋君のその発見のとき、私も『茂吉之墓』を見つけて居るといふハガキを出したやうにもおぼえて居るが、もう記憶がおぼろで、確かではない。そのうち、白秋君も亡き人の数に入つてしまつた。

明治四十二年は、私の医科大学卒業試問の年であつたが、初夏から病みついて、試問が到頭受けられずにしまつたが、秋口に病気がよくなつたので、毎日のやうに青山墓地を散歩して歩いたが、そのとき、ひよいと、『斎藤茂吉之墓』といふのを見つけた。同名の墓はあるが、同姓同名の墓はめづらしい。これは不思議なことであると思つたのであつた。

その初冬に、私はまた病気になり、赤十字社病院の分病室に入院した。『赤光』の明治四十二年の部に『分病室』とあるのはそのとき出来た歌であつた。そのとき院長の平井先生から厚き御手当を受けた。

私は明治四十二年の歳末に退院した。さうして、明治四十三年の九月から、一年おくれて卒業試問を受け、同年十二月に卒業して、明治四十四年の一月から巣鴨病院の医局に入つたといふ順序になるのである。私は卒業試問がはじまると、本郷の成谿館といふのに下宿し、ひまさへあると第一高等学校の土屋文明君の寮に遊びに行つてゐた。同室に山宮允君も居た。

卒業してからも、稀にその『斎藤茂吉之墓』の前を通ることがあつた。そのときは、夫婦並んで墓を建てられて居り、その斎藤茂吉氏が歿し、夫人の戒名が未だ赤く塗られて居たから、その時分は未だ夫人は存命であつたことが分かる。

光陰は実に矢の如く、私は長崎に行き、欧羅巴に行き、大正十四年一月に余燼のまだ立ちのぼる青山の家に帰つて、それ以来、墓地などを顧るいとまもなく、営々として年寄つて行つたのである。

昭和二十年の五月廿五日に青山脳病院も全焼した。そのとき私はもう山形県の金瓶村に疎開してゐたので、無論墓地などを見る機会が無かつた。

疎開に出発したときには、まだ歯の工合も本当でなかつたので、半病人のやうな姿で出発したのであつた。さうして、この戦争はどうなるかと思つて立つたのであつた。金瓶村ではまだ竹槍の稽古も行はれて居り、宝泉寺の住職などもそれに勤めてゐたころである。

私は昭和二十一年に、大石田に移り、昭和二十二年十一月東京に帰つて来た。病院は全焼して、せいせいしたと思つてゐると、見知らぬ人が住んで居るとのことであつた。しかしそれを顧るいとまも無くて過ぎた。

そのとき、つまり昭和二十二年の十二月に、私は第一に、板坂亀尾君の墓に詣でた。亀尾君は先代の板坂周活先生時代から私の家に住まれ、私の院長時代も、私を補けて、誤を大ならしめなかつた人であるが、戦争の劇甚であつたころ、私の金瓶疎開中、東京で病歿した。墓は周活先生の墓と一しよで、元の三聯隊寄りの側にかすかにあつた。その日は孫の達磨君が案内してくれた。

私はその日も、青山墓地を通つて行つたが、斎藤茂吉氏の夫人も既に仏になつて戒名が黒くなつてゐた。それのみでない。代々『斎藤茂吉』であると見え、『斎藤茂吉』といふ墓が二つも出来てゐた。

私が未だ三十歳にならぬ前に、『斎藤茂吉之墓』を見つけ、七十歳に近づいたころ、二たびその墓をかへりみると、二つも同じ姓名の墓になつてゐるなどといふのは感慨ふかいことである。それから、あの、強劇な空襲にもかかはらず、そのまま残つてゐるなどといふのもやはり一つの感慨といふことになる。

島木赤彦（しまぎ　あかひこ）
明治九年、長野県に生れる。長野師範学校に学び、同県内で教育者の生活を送りながら、はじめ新体詩を作る時期を経て「アララギ」に加わり、大正二年、中村憲吉と合著で処女歌集「馬鈴薯の花」を出版した翌三年に上京、斎藤茂吉らに代わって「アララギ」の編集に当たる。その後「切火」「氷魚」「大虚集」の各歌集において進境を示すが、他を措いて万葉集を第一に尊崇したことは、同十三年に刊行の「歌道小見」の歌論にも分明で、同集を範としてなされた作歌は「アララギ」の歌風を大きく決定した観があり、その気概の程は、後年に「鍛錬道」を唱えたことにまたよく酌まれる。同十五年に歿した後、最晩年の作品が「柹蔭集」として行われた。

斎藤茂吉（さいとう　もきち）
明治十五年、山形県に生れる。第一高等学校時代に子規の「竹の里歌」に惹かれて作歌を始め、師事した伊藤左千夫を中心に同四十一年「アララギ」が創刊されると、東京帝大で精神医学を修める傍ら、左千夫を助けて同誌の編集に従う。大正二年刊行の第一歌集「赤光」は、短歌を「生《いき》のあらわれ」と観るところから、横溢する感情を激しく歌い上げた抒情で、一躍作者の名を世に高くした。同十年の「あらたま」に歌境を深めた後も、青山脳病院長の業に携るなかで、「アララギ」を率いて「柿本人麿」他の評論と併せて旺盛に続けられた制作は、戦争で郷里に疎開後の戦後の作品を収める「白き山」に至るが、文化勲章を受章した翌々昭和二十八年に歿。

近代浪漫派文庫　19　島木赤彦　斎藤茂吉

二〇〇六年五月十五日　第一刷発行
二〇一三年七月十　日　第二刷発行

著者　島木赤彦　斎藤茂吉／発行者　中川栄次／発行所　株式会社新学社　〒六〇七―八五〇一　京都市山科区東野中井ノ上町一一―三九　TEL〇七五―五八一―六一六三
印刷・製本＝天理時報社／編集協力＝風日舎

ISBN 978-4-7868-0077-1

◉近代浪漫派文庫刊行のことば

文芸の変質と近年の文芸書出版の不振は、出版界のみならず、多くの人たちの夙に認めるところであろう。そうした状況にもかかわらず、先に『保田與重郎文庫』（全三十二冊）を送り出した小社は、日本の文芸に敬意と愛情を懐き、その系譜を信じる確かな読書人の存在を確認することができた。

その結果に励まされて、専ら時代に追従し、徒らに新奇を追うごとき文芸ジャーナリズムから一歩距離をおいた新しい文芸書シリーズの刊行を小社は思い立った。即ち、狭義の文学史や文壇に捉われることなく、浪漫的心性に富んだ近代の文学者・芸術家を選んで四十二冊とし、小説、詩歌、エッセイなど、それぞれの作家精神を窺うにたる作品を文庫本という小宇宙に収めるものである。

以って近代日本が生んだ文芸精神の一系譜を伝え得る、類例のない出版活動と信じる。

新学社

新学社近代浪漫派文庫（全42冊）

①維新草莽詩文集
②富岡鉄斎／大田垣蓮月
③西郷隆盛／乃木希典
④内村鑑三／岡倉天心
⑤徳富蘇峰／黒岩涙香
⑥幸田露伴
⑦正岡子規／高浜虚子
⑧北村透谷／高山樗牛
⑨宮崎滔天
⑩樋口一葉／一宮操子
⑪島崎藤村
⑫土井晩翠／上田敏
⑬与謝野鉄幹／与謝野晶子
⑭登張竹風／生田長江
⑮蒲原有明／薄田泣菫
⑯柳田国男
⑰伊藤左千夫／佐佐木信綱
⑱山田孝雄／新村出
⑲島木赤彦／斎藤茂吉
⑳北原白秋／吉井勇
㉑萩原朔太郎
㉒前田普羅／原石鼎
㉓大手拓次／佐藤惣之助
㉔折口信夫
㉕宮沢賢治／早川孝太郎
㉖岡本かの子／上村松園
㉗佐藤春夫
㉘河井寛次郎／棟方志功
㉙大木惇夫／蔵原伸二郎
㉚中河与一／横光利一
㉛尾崎士郎／中谷孝雄
㉜川端康成
㉝「日本浪曼派」集
㉞立原道造／津村信夫
㉟蓮田善明／伊東静雄
㊱大東亜戦争詩文集
㊲岡潔／胡蘭成
㊳小林秀雄
㊴前川佐美雄／清水比庵
㊵太宰治／檀一雄
㊶今東光／五味康祐
㊷三島由紀夫